Alpharebell

Buch 6
Aloha Shifters: Perlen des Verlangens

Anna Lowe

Inhaltsverzeichnis

Kapitel 1

Cynthia saß auf einem Schaukelstuhl auf der Westveranda und spielte nervös mit ihren Perlen. Eine Biene summte und ein Vogel zwitscherte von einem nahen Baum. Äußerlich wirkte es wie ein weiterer perfekter Tag auf Maui. Ein weiterer stürmischer Tag in ihrer Seele.

Sie drehte sich um, um die Berge zu betrachten, denn sie war sich sicher, dass dunkle Wolken über die Hänge kriechen würden. Aber da war nichts – noch nicht einmal eine neblige Krone um die Gipfel. Nur reines, goldenes Sonnenlicht, das die Farben von Maui zum Leben erweckte. Warum hatte sie dann so ein Gefühl der Vorahnung?

Sie rang mit den Händen und schaute nach Norden. Joey, ihr Sohn, war nebenan auf Koa Point, dem Nachbargrundstück. Ein Stich der Angst durchfuhr sie, aber sie verdrängte die Emotion. Joey war dort genauso sicher wie auf der Koakea Plantage, ihrem Zuhause. Beide Orte wurden von kampferprobten Gestaltwandlern bewohnt, die ihr Leben für Joey geben würden, wenn es nötig wäre. Es gab keinen Grund zu glauben, dass er in Gefahr schwebte. Nur die Paranoia einer Mutter, nahm sie an.

Dennoch wurde sie das Gefühl nicht los, dass etwas im Gange war. Als würde das Schicksal die Figuren auf einem Schachbrett bewegen und seinen nächsten Angriff vorbereiten. Schließlich hatte der Tag, an dem sie vor drei Jahren alles verloren hatte, genauso friedlich begonnen wie dieser. Wie aus dem Nichts waren feindliche Drachen aufgetaucht und Schreie hatten die Luft erfüllt.

Nimm Joey. Lauft! Lauft!

Sie kniff die Augen zusammen, konnte die Stimme ihres verstorbenen Mannes jedoch nicht aus ihren Gedanken verdrängen.

Ich kann kämpfen, hatte sie beharrt.

Du musst Joey beschützen. Jetzt geh!

Sie klammerte ihre Arme um ihren Bauch, so wie sie sie an jenem Tag um ihren Sohn geschlungen hatte. Und obwohl sie sich kaum bewegte, fühlte es sich so an, als würde sie wieder fliehen. Ihr langes schwarzes Haar peitschte um sie herum und ihre nackten Füße rannten über den Rasen. Sie konnte das Knistern des Drachenfeuers hören und spüren, wie seine tödliche Hitze nach ihr griff. Die Luft dröhnte vom Schlagen der Drachenflügel, während der Kampf über ihr tobte und Joeys panische Schreie sich wie Dolche in ihr Herz bohrten.

Sie riss die Augen auf, schnappte nach Luft und zwang sich, sich zu beruhigen. All das lag in der Vergangenheit. Joey war in Sicherheit. Gemeinsam hatten sie unter einem falschen Namen auf Maui Zuflucht gefunden, wo das Schicksal sie mit einer starken, harten und unglaublich loyalen Gruppe von Gestaltwandlern bekannt gemacht hatte – Gestaltwandler, die genauso dringend einen Neuanfang brauchten wie sie. Gemeinsam hatten sie aus einem vorübergehenden Unterschlupf ein langfristiges, behagliches Zuhause geschaffen und einen neuen Weyr gegründet. Ein Rudel, mit anderen Worten, wenn auch ein zusammengewürfeltes.

Zumindest dies entlockte ihr ein bittersüßes Lächeln. Was würde ihre Mutter zu alledem sagen? Sie, die Erbin eines mächtigen Drachenclans, die unter Bären, Wölfen, Löwen und einer Handvoll Drachen aus minderwertigen Blutlinien lebte?

An ihnen ist nichts minderwertig, Mutter. Wenn du nur wüsstest.

Ein Seufzer kam über ihre Lippen und sie drängte die Erinnerungen in eine Ecke ihres Geistes zurück. Sie war es Joey schuldig, nach vorn zu schauen und nicht zurück. Wenn sie nur nicht so vieles bereuen würde...

Sie ertappte sich dabei, wie sie schaukelte, und stemmte einen Fuß auf den Boden, um aufzuhören. Sie war viel zu jung, um sich den Tag auf einem Schaukelstuhl zu vertreiben

– selbst einen freien Tag wie diesen. Normalerweise herrschte auf der Plantage reges Treiben. Hailey und Sophie würden auf den Feldern arbeiten und das Unkraut in einer weiteren Reihe von Kaffeepflanzen jäten, die jahrzehntelang vernachlässigt worden waren. Dell, der Löwengestaltwandler, würde mit seiner Tochter Quinn und Cynthias Sohn Joey im Sandkasten Lkw-Geräusche machen. Mit anderen Worten, er benahm sich wie ein drittes Kind, obwohl er ein erwachsener Mann war. Währenddessen schnüffelten Chase' Hunde – alle fünf, um Himmels willen – an den Sträuchern herum. Jenna würde an ihrer neuesten Surfbrettkreation schleifen, während Connor Tim bei der Verschönerung des Grundstücks half. Obwohl keinem von ihnen das zehn Hektar große Grundstück gehörte, konnten sie doch mietfrei dort wohnen, solange sie das Anwesen instand hielten.

Aber es war Sonntag und sie hatten sich darauf geeinigt, an diesem Tag nicht zu arbeiten. Was großartig war, aber Cynthia konnte sich nicht entspannen.

Ein leises Dröhnen erklang von der fernen Straße und sie drehte sich um und lauschte aufmerksam. Doch das Geräusch verstummte und schon bald hörte sie nichts als das Rascheln der Büsche und das Rauschen des Meeres.

„Verdammt noch mal", murmelte sie und wandte sich ab.

Früher konnte sie das Geräusch einer Triumph Thruxton schon aus einem Kilometer Entfernung erkennen. Heutzutage drehte sie bei jedem Motorrad hoffnungsvoll den Kopf.

Sie stand abrupt auf und ging ins Haus, um zu versuchen, sich mit etwas zu beschäftigen. Aber der Wohnbereich war blitzsauber und in der Küche lief bereits der Geschirrspüler. Sie warf einen Blick in die Richtung der Tafel, an der sie den Dienstplan für die Woche notierte. Vor geraumer Zeit war dieser Dienstplan ein Streitpunkt zwischen ihr und den Männern von Koakea gewesen. Jetzt packten alle mit an, ohne zu protestieren – mit Ausnahme von Dell, der deswegen immer noch nörgelte, wenn auch nur zum Schein. Sie waren alle disziplinierter geworden, während sie selbst gelernt hatte, sich ein wenig zu entspannen.

Sie runzelte die Stirn und starrte durch die wehenden

Vorhänge aufs Meer hinaus. Warum konnte sie sich also jetzt nicht beruhigen? Sie hatte kaum ein paar Schritte im Haus gemacht und doch raste ihr Puls und ihre Nerven lagen blank.

Was? wollte sie schreien. *Was ist los?*

Etwas..., murmelte ihr innerer Drache.

Das Gefühl war nur vage, aber so eindringlich, dass es sie fast umbrachte. Sollte sie Connor, den Co-Alpha ihres Rudels rufen und ihm sagen, er solle alle alarmieren? Oder war es nur ein Fall von Nervosität?

Sie schlug mit einer Faust auf ihren eigenen Oberschenkel. Verdammt noch mal, sie war doch sonst nicht der nervöse und flatterhafte Typ.

Nun, okay. Sie konnte zugeben, dass sie ein wenig angespannt war.

Ein wenig? würden die anderen scherzen.

Ein wenig, verdammt. Aber sie beschränkte sich darauf, sich um reale Probleme zu sorgen, nicht um eingebildete. Und sie neigte normalerweise sicher nicht zu Panikattacken.

Warum spielten ihre Finger dann so nervös mit ihrer Perlenhalskette? Warum schwankte ihr Körper zwischen Hitze und Frösteln?

Ich weiß, warum, murmelte ihr Drache.

Cynthia runzelte die Stirn. Okay, sie hatte letzte Nacht ein paar nicht ganz jugendfreie Fantasien gehabt. Aber was war schon dabei? Sie war noch keine fünfunddreißig und hatte schon viel zu lange ohne die Gesellschaft eines Mannes gelebt.

Nicht nur irgendein Mann. Ihr Drache summte sinnlich. *Mein Gefährte.*

Sie schloss die Augen, als die Gefühle in ihr hochkochten und sich in ihr überschlugen. Lust. Schuld. Loyalität. Verlangen. Das Problem war nur, dass jedes dieser Gefühle an einen von zwei verschiedenen Männern gebunden war.

Du weißt, wen ich meine, knurrte ihr Drache. *Unseren Gefährten.*

Gefährte war ein Begriff, der auf verschiedene Weise interpretiert werden konnte. Er bezog sich auf den Jahrzehnte älteren Mann, den ihre Eltern für sie ausgesucht hatten, um sie mit dem Drachenäquivalent einer Ehe zu verbinden. Das wäre

Barnaby, der Vater ihres Sohnes. Aber obwohl sie Barnaby zu respektieren und zu schätzen gelernt hatte, waren ihre Gefühle nie darüber hinausgegangen. Der gute Mann hatte dies von Anfang an gewusst und akzeptiert und sie würde nie vergessen, wie bereitwillig er das ultimative Opfer für Joey gebracht hatte.

Also ja. Barnaby war in gewisser Weise ihr Gefährte gewesen, aber niemals der Gefährte ihres Herzens, ihres Körpers und ihrer Seele.

Ich meine unseren Schicksalsgefährten, flüsterte ihr Drache. *Cal.*

Ein heißer Schauer rauschte durch ihren Körper und sie klammerte sich am Geländer fest, das ins Obergeschoss führte. Seit zwölf einsamen Jahren hatte sie Cal weder gesehen, noch von ihm gehört, noch – was noch wichtiger war – ihn berührt. Sie hatte auch nie aufgehört, an ihn zu denken. Aber in letzter Zeit waren ihre Fantasien außer Kontrolle geraten. Jede Nacht träumte sie davon – umgeben von Herbstfarben, die so feurig wie die Leidenschaft waren, die noch immer in ihrem Herzen brannte –, auf dem Rücksitz seiner Triumph eine von Bäumen gesäumte Straße in den Adirondacks entlangzurasen. Sie träumte davon, ihre Arme um ihn zu schlingen, nachdem sie verschwitzt und befriedigt vom Liebesspiel im Bett lagen. Sie träumte davon, in dunkle, geheimnisvolle Augen zu blicken, die so voller Liebe waren, dass es schmerzte.

„Cal", flüsterte sie in die Stille.

Sie schloss die Augen und ließ die Geräusche, den Anblick und die Gerüche in ihren Gedanken wiederaufleben. So intensiv, dass sie sich das Knirschen des Kieses unter Motorradreifen in der Einfahrt vorstellte. Sie bildete sich sogar ein, den Duft von Leder und Sandelholz in der Luft zu riechen.

Ein paar stille Minuten lang tat sie so, als wäre das alles wahr. Dass sie nie gezwungen worden wäre, sich von ihrer wahren Liebe zu trennen. Das alles so gelaufen wäre, wie es sich ihr zwanzigjähriges Ich so verzweifelt gewünscht hatte.

Dann wurden ihre Gedanken von einer leisen Stimme unterbrochen, die sie aus ihrer Träumerei herausriss.

„Cynthia?"

Sie würde sich erst umdrehen, wenn die Röte aus ihren Wangen gewichen war. Als Co-Alpha dieses gemischten Gestaltwandlerrudels sollte sie sich nicht wie eine läufige Katze benehmen – oder eine einsame Witwe, die sich immer noch nach ihrer ersten Liebe sehnte.

„Ja?"

Als sie sich endlich gefasst hatte, drehte sie sich schließlich um und verschränkte die Arme vor sich. Sie wirkte wie die vornehme Dame, zu der ihre Mutter sie erzogen hatte.

Anjali stand auf der Veranda und spähte hinein, ohne tatsächlich einzutreten, was seltsam war. Die untere Etage des Hauses war ein Gemeinschaftsbereich und jeder kam und ging, wie er wollte. Nur Cynthias private Räume im Obergeschoss waren tabu. Warum wirkte Anjali – die ruhige, selbstbewusste Anjali – also so nervös und unsicher?

Anjali warf einen Blick zurück, als Dell hinter ihr die Treppe erklomm. Seine Schultern waren durchgedrückt und sein übliches Lächeln war, ebenso wie das gewohnte Funkeln in seinen Augen, verschwunden. Weitere schwere Schritte erklangen auf der Verandatreppe, als Tim, der Bärengestaltwandler, zu ihnen stieß.

Cynthia stand aufrechter. Irgendetwas stimmte definitiv nicht. Aber was?

Ein Anflug von Panik ließ sie an Joey denken, aber als sie in Gedanken nach ihm suchte, spürte sie Lachen und Freude, während er auf dem Nachbargrundstück spielte. Joey war also in Sicherheit, Gott sei Dank.

„Was ist los?"

„Jemand möchte Sie sehen", sagte Anjali.

Dell warf seiner Gefährtin einen besorgten Blick zu. „Ich wollte den Kerl eigentlich abweisen, aber Anjali denkt... "

Er verstummte und Cynthia runzelte die Stirn. Was dachte Anjali?

„Sie wissen, dass ich niemals einen Fremden hierherbringen würde", erklärte Anjali. „Aber ich glaube... "

„Ich glaube, er bedeutet Ärger", knurrte Connor von draußen.

Er? Wer, er? Cynthia trat an die Tür und war überrascht, alle dort stehen zu sehen. Hailey und Tim, die Bärengestaltwandler, standen auf der Verandatreppe und schauten grimmig. Jenna und Sophie standen unten und warfen Anjali aufmunternde Blicke zu. Die Frauen schienen den Besucher gutzuheißen, wer auch immer er war, während die Männer alle nervös waren. Einschließlich Chase und Connor, die in der Einfahrt standen und einen anderen Mann festhielten. Gemeinsam fixierten sie ihn mit den Armen auf dem Rücken wie einen Verbrecher, der auf frischer Tat ertappt worden war.

Anjali trat zur Seite und Cynthia trat an den Rand der Veranda, um hinunterzuschauen. Der Besucher starrte schweigend zu ihr auf und–

Gut, dass es eine Säule auf der Veranda gab, an der Cynthia sich festhalten konnte. In der Einfahrt stand tatsächlich eine Triumph Thruxton und der Mann, der darauf angekommen war, war eine Vision direkt aus ihren Träumen. Er war älter. Abgeklärter. Weiser – so wie sie, ohne Zweifel. So gut aussehend wie eh und je auf diese schurkenhafte Art, die die meisten Menschen auf Abstand hielt. Er war härter und zäher als bei ihrer ersten Begegnung, als wäre die unsichtbare Rüstung, die er trug, in den Jahren seither noch dicker geworden.

Hatte er sich nach ihr gesehnt, so wie sie sich nach ihm verzehrt hatte? Hatte er auch nur ein Viertel der Tränen vergossen, die sie vergossen hatte? Oder verabscheute er sie für das, wozu sie gezwungen worden war, so wie sie sich manchmal selbst verabscheut hatte?

Cal Zydler. Gestandener Biker. Wolfsgestaltwandler.

Gefährte, weinte ihr Drache.

„Cal", flüsterte sie gegen ihren Willen.

Seine rauchgrauen Augen verrieten nichts, ebenso wenig wie seine tiefe, unerschütterliche Stimme.

„Cynthia", murmelte er in einem so leisen Ton, dass es ein Flüstern im Wind hätte sein können.

Kapitel 2

Cal nahm den längsten und tiefsten Atemzug seines Lebens und hielt ihn an. Wer brauchte schon Luft, Nahrung oder Wasser, wenn er Cynthia einfach einatmen konnte? Sein Herz klopfte und seine Kehle wurde so trocken wie die Wüstenstraßen, die er ziellos durchquert hatte, nachdem sie vor all diesen Jahren mit ihm Schluss gemacht hatte.

Ich liebe dich mehr als alles andere, aber ich kann nicht mit dir zusammen sein, hatte sie in angefleht, zu verstehen.

Fast hätte er sie sich über die Schulter geworfen, wäre mit ihr auf die Triumph gesprungen und an einen Ort gefahren, an dem sie niemand finden würde. Aber nein. In dem Moment, als sie sich kennengelernt hatten, hatte er bereits gewusst, dass sein Herz dazu bestimmt war, gebrochen zu werden. Oder besser gesagt, zerschmettert. Oder besser gesagt, pulverisiert. Oder besser gesagt–

Er unterband diese Gedanken. Cynthia war diejenige mit dem vornehmen Vokabular. Er war der mit dem klaffenden Loch in der Brust, dort wo früher sein Herz gewesen war.

Bitte mache es nicht noch schwerer, hatte sie unter Schluchzen gefleht. Dann hatte sie ihr Bestes gegeben, um zu erklären, warum sie einen Jahrzehnte älteren Drachengestaltwandler heiraten musste, den sie nicht einmal kannte.

Familienehre... Tradition... Blutlinien...

Dinge, die für einen einsamen Wolf wie ihn keinen Sinn ergaben. Einen einsamen Wolf, der das Scheißglück hatte, sich in eine Frau wie sie zu verlieben – und zwar Hals über Kopf.

Die ersten zwei Jahre, in denen er von Cynthia getrennt war, hatte er unter Qualen verbracht. Die nächsten zehn Jahre vergingen in einem tauben, gefühllosen Zustand. So sehr, dass er sicher gewesen war, die Fähigkeit verloren zu haben, überhaupt irgendetwas zu fühlen. Aber als er Cynthia jetzt sah, kam alles zurück. Die Sehnsucht. Die Einsamkeit. Das Bedürfnis, sie zu halten und nie wieder loszulassen.

Vielleicht war es also gut, dass er von zwei Kerlen festgehalten wurde – einem Wolfs- und einem Drachengestaltwandler, ihrem Geruch nach zu urteilen. Sonst wäre er vielleicht tatsächlich die Treppe hinaufgestürmt, hätte Cynthia umarmt und seinem inneren Wolf einen Grund zur Hoffnung gegeben.

Warum nicht hoffen? protestierte sein Wolf. *Sie ist doch wieder Single, nicht wahr?*

Cal presste die Zähne zusammen. Der Tag, an dem Cynthia ihn abgewiesen hatte, war der Tag, an dem er innerlich gestorben war. Es gab kein Zurück aus seiner eigenen persönlichen Hölle.

Eine Möwe schrie. Cal blinzelte und folgte ihrer Flugbahn mit den Augen. Es war Mittagszeit und die Sonne stand hoch. Kein Windhauch, kein Schatten, in dem man sich vor ihr verstecken könnte.

Sein innerer Wolf stieß ein langes, klagendes Heulen aus. *Ich will mich nicht verstecken. Ich will meine Gefährtin für mich beanspruchen.*

Ja, nun. So war das Leben, nicht wahr? Er stand völlig still und achtete darauf, dass sein innerer Feuersturm nach außen hin nicht zu sehen war.

Der Typ zu seiner Linken – der Drache – verdrehte ihm den Arm, was Cal zusammenzucken ließ. Wer auch immer dieses Arschloch war, er wollte Cynthia beschützen. So wie auch die anderen Männer, angefangen von dem drahtigen Wolfsgestaltwandler über den Sunnyboy-Löwen, bis hin zu dem stämmigen Bärengestaltwandler, der nur einen halben Schritt entfernt stand. Jeder von ihnen schien bereit zu sein, ihm den Kopf abzureißen. Und das war auch gut so. Cynthia brauchte jeden Schutz, den sie bekommen konnte. Mehrere der Männer trugen Tätowierungen der Spezialeinheit des Militärs oder Erkennungsmarken um den Hals, was bedeutete, dass sie von einer beachtlichen Schutztruppe umgeben war.

Die Frauen waren freundlicher, wenn auch misstrauisch. Aber sie waren diejenigen gewesen, die die Männer dazu überredet hatten, ihn hereinzulassen. Natürlich hatten Frauen dieses geheimnisvolle Ding namens *Intuition* und ihre Blicke hatten sich in ihn gebohrt, während sie entschieden, ob sie seinen Arsch wieder auf die Straße setzen sollten. Diese Frauen waren ebenfalls Gestaltwandler und es war offensichtlich, dass man sich mit ihnen genauso wenig anlegen sollte wie mit den Männern.

Offenbar war Cynthia von einer gesunden Mischung aus Muskeln und Verstand umgeben. Die Frage war nur, würde es reichen? Und war sich Cynthia der drohenden Gefahr bewusst, die sich ihr näherte?

„Cal, wer?", zischte der zudringliche Drachengestaltwandler an seiner Seite.

„Cal Zydler", flüsterte Cynthia.

Seine Lippen verzogen sich zum kleinstmöglichen Grinsen. Gott sei Dank hatte sie ihn nicht *Calvin* genannt. Es störte ihn nicht, dass sie seinen Nachnamen verraten hatte, denn wer interessierte sich schon für Namen?

Sein innerer Wolf seufzte. *Drachen tun es.*

Cynthia hatte ungefähr elf zusätzliche Vornamen und drei Nachnamen, wie er irgendwann erfahren hatte. Alle sorgfältig ausgewählt, um einen illustren Stammbaum widerzuspiegeln. Einen Stammbaum, der aus verdammtem Gold bestehen musste, so wie ihre Eltern darüber sprachen, als er sie das eine Mal getroffen hatte. Sie hatten ihm steif und fest erklärt, warum es für ihn unmöglich war, sich mit ihr zu verpaaren. Verdammt, sie selbst aus der Ferne zu lieben, war in ihren Augen schon ein Verbrechen.

Er zog eine Grimasse. Sie waren sogar so weit gegangen, dass sie versucht hatten, ihn zu bestechen. Als ob ihn Geld mehr als seine Gefährtin interessieren würde.

„Connor. Chase", flüsterte Cynthia den Männern zu, die seine Arme festhielten. „Lassen Sie ihn los." Keiner der beiden bewegte sich, um zu gehorchen, bis sie leise hinzufügte: „Bitte."

Die großen Gestaltwandler schauten sich an, bevor sie ihren eisernen Griff schließlich lockerten. Dennoch fixierten sie ihn mit mörderischen Blicken und waren bereit, jederzeit zuzuschlagen, würde er auch nur zucken.

Cal schüttelte seine Arme aus und er konnte genau sagen, in welchem Moment Cynthia die Brandnarben bemerkte, denn sie zuckte zusammen.

Oh Gott, schrie ihr Gesichtsausdruck. *Was ist passiert?*

Scheiße ist passiert, wollte er sagen.

Er beobachtete sie genau. Verabscheute sie, was sie sah, oder konnte sie sein wahres Selbst hinter den Narben erkennen? Die Cynthia, die er vor mehr als einem Jahrzehnt gekannt hatte, hatte diese Fähigkeit besessen. Aber das Schicksal hatte es mit keinem von ihnen beiden gut gemeint. Natürlich war sie so wunderschön wie eh und je – vielleicht sogar noch schöner mit ihren edlen, markanten Zügen und den perfekt geschwungenen Lippen. Diese feurigen, dunklen Augen. Ihre stolze Haltung, die geradezu nach *Königtum* schrie. Verdammt, sogar ihr langes, glänzendes, schwarzes Haar war wie zu einer Krone hochgesteckt.

Doch trotz ihres blauen Blutes hatte Cynthia nie eine versnobte Ausstrahlung gehabt. Ihre Augen hatten immer vor Neugier gefunkelt und sie hörte jedem genau zu, den sie traf. Von ungehobelten Vagabunden wie ihm bis hin zu ganz normalen Menschen auf der Straße.

Aber jetzt hing die Traurigkeit wie ein Schatten über ihr, den sie einfach nicht abschütteln konnte. Sie fingerte nervös an ihren Perlen herum, bevor sie die Schultern durchdrückte und ihm andeutete, die Treppe hinaufzukommen.

Er gehorchte sofort, wobei er das leichte Hinken seiner linken Seite zu verbergen versuchte. Die anderen traten zur Seite, aber nur gerade genug, um Platz zu machen, denn sie blieben wachsam. Cal versteifte sich, als er die Hand ausstreckte, um ihre so geschäftsmäßig wie möglich zu schütteln. Aber in dem Moment, als sich ihre Hände berührten, wurde sein Körper von einem knisternden Energiefeld erfasst, und er wäre beinahe ins Schwanken geraten.

Mein Gott, Lady. Was du mit mir machst.

Früher hatte er dies auf eine gute Art und Weise gesagt, wie etwa nachdem sie miteinander geschlafen hatten und verschwitzt aufs Bett zurückgesunken waren – wenn die Hitze des Augenblicks es ihnen erlaubt hatte, es bis zu einem Bett zu schaffen. Jetzt unterstrich das Gefühl nur, wie sehr sich alles verändert hatte.

Cynthia erschauderte leicht und ihre Lippen öffneten sich gerade so weit, dass sein Körper schmerzte.

„Schön, dich wiederzusehen", sagte er.

Das Problem war, dass es ihn umbringen würde, sie wiederzusehen. Und er wusste es.

„Und dich", antwortete sie so leise, dass er nicht genau sagen konnte, was sie wirklich meinte.

Dann zwang er sich, zu sagen: „Es tut mir leid, von Barnaby zu hören. Er war ein guter Mann."

Er meinte es auch so. Barnaby hatte sich als zu gut erwiesen, um ihn zu hassen, so sehr Cal es auch versucht hatte. Nicht, dass er Cynthia jemals eingestehen würde, wie gut er ihren verstorbenen Mann kennengelernt hatte.

Ihre Augen funkelten und er starrte zurück. Wusste sie denn nicht, dass dies einer Anerkennung der Tatsache, dass sie mit einem anderen Mann hatte schlafen müssen, so nahe kam, wie es ihm möglich war?

Offensichtlich nicht, denn ihr Kiefer zuckte, so wie es immer der Fall war, wenn sie wütend wurde. Sie spie regelrecht zurück: „Das war er."

Er wollte ihr unbedingt die Wahrheit sagen – die ganze Wahrheit und nichts als die Wahrheit. Aber verdammt noch mal, er hatte geschworen, diese Geheimnisse für immer zu bewahren. Und man musste kein blaublütiger Drache sein, um zu wissen, dass ein Schwur ein Schwur war.

Hinter ihm tippelten kleine Schritte und noch bevor irgendjemand protestieren konnte, flitzte ein kleines Kind vorbei und stürzte sich direkt in Cynthias Arme.

„Mommy! Mommy! Schau doch mal die Muschel an, die ich gefunden habe!"

Cal starrte das Kind an und richtete seinen Blick dann auf den Boden. Verdammt noch mal. Der kleine Rotschopf – Joey, so wusste Cal – war das Ebenbild seines Vaters. Was bedeutete,

dass der alte Barnaby immer da sein würde, um Cal heimzu-
suchen.

Cynthia kniete sich hinunter und hielt die Muschel mit beiden Händen fest. „Sie ist wunderschön, mein Süßer."

Ihre Stimme schwankte und... Moment. War das eine
Träne, die ihrem rechten Auge entfliehen wollte?

Sie wischte schnell darüber hinweg und umarmte Joey dann
lange und innig.

Der kleine Junge lachte. „Es ist doch nur eine Muschel,
Mommy."

Und trotzdem hielt Cynthia ihn fest. Fast eine Minute
später schluckte sie und löste sich von ihm. „Ja, aber es ist
eine sehr schöne Muschel und sie kommt von der Person, die
ich mehr liebe als jede andere auf der Welt."

Cal presste seine Lippen zu einer scharfen Linie zusammen.
Wenn das keine Andeutung war, was dann?

Cynthia richtete sich auf und schickte den Jungen ins Haus.
Dann strich sie sich die Bluse glatt. Als sie Cal erneut ansah,
war ihr Blick sanft und unverwandt, und er hätte schwören
können, dass ihre Augen heller strahlten. Doch einen Moment
später versteifte sie sich und ihr Gesicht wurde wieder kalt.

Cal schüttelte den Kopf. Wie recht er doch vor all diesen
Jahren gehabt hatte. Das dieses nervöse, unerfahrene College-
Mädchen, das er am Straßenrand aufgegabelt hatte, eines Tages ein verdammt mächtiger Alpha werden würde. Nicht, dass
ihre perfekt manikürten Fingernägel und ihr seidiges Haar darauf hingedeutet hätten – nur ihre stählernen Nerven. Die scharfe Disziplin. Die Fähigkeit, schwierige Entscheidungen zu treffen, wenn es nötig war.

„Joey, nicht wahr?", murmelte Cal. „Er sieht Barnaby so
ähnlich."

Cynthia kniff die Augen zusammen. „Woher kennst du den
Namen meines Sohnes?"

Cal hätte am liebsten geschnaubt. Wenn sie nur wüsste.

In dem Moment, als sie ihre Stimme erhob, kamen die
Gestaltwandler neben ihm näher und ballten ihre Hände zu
Fäusten. Cal hätte nichts dagegen gehabt, es mit einem oder
zwei von ihnen aufzunehmen. Aber vier wütende Männer und

vier weitere Frauen, die ebenso fähig aussahen, ihm die Augen auszukratzen? Vielleicht lieber nicht.

Er zuckte mit den Schultern. „Ich weiß eine Menge Dinge.“

Ja, das machte Cynthia zu recht stutzig. Sie musterte ihn langsam von oben bis unten.

„Du siehst genau wie deine Mutter aus, wenn du das tust“, murmelte er unwillkürlich.

Sie riss den Kopf nach oben und sein Wolf knurrte seine menschliche Seite an: *Hör auf, sie zu ärgern.*

Er verbarg ein bittersüßes Lächeln. Früher hatte er sie aus Spaß gereizt – nur ein wenig und nur, wenn ihre blaublütige Erziehung zum Vorschein gekommen war. Genauso wie er sich in Kurven gelegt hatte oder mit dem Motorrad im Slalom über die Mittellinie gefahren war, nur um sie zum Quietschen zu bringen. Sich zu necken, hatte früher zu ihrem Liebesspiel gehört.

Jetzt ist es kein Spiel mehr, beklagte sich sein Wolf.

„Was führt dich nach Maui?“, fragte sie und beobachtete ihn ganz genau.

„Du.“

Sie riss die Augenbrauen hoch.

Der Bärengestaltwandler hinter Cal stieß ein leises, warnendes Knurren aus, aber Cal ignorierte ihn. Die Umstände zwangen ihn vielleicht dazu, ein paar Geheimnisse vor Cynthia zu haben, aber er würde sie niemals anlügen. Außerdem war er zu sehr auf die dünnen geschwungenen Linien von Cynthias Augenbrauen fixiert. Auf die Vertiefungen unter ihren Wangenknochen. Die winzigen Fältchen an ihren Augenwinkeln. Gott, sie war wunderschön. Aber sie sah erschöpft aus. Ausgelaugt.

Ein wenig wie er selbst, nahm er an.

Ihr Blick fiel auf seine Triumph. Ja, es war dasselbe Motorrad, das er schon damals besessen hatte. Er hatte es vom Festland hinüberschiffen lassen. Und ja, der Schal, den sie ihm einst geschenkt hatte, war noch immer um seinen Lenker gewickelt. Aber einer der Männer kam näher und versperrte Cynthia den Blick.

Sie runzelte die Stirn und räusperte sich. „Und was genau hast du in den letzten Jahren so getrieben?“

„Willst du das wirklich wissen?“

Sie spitzte die Lippen. War sie genauso überrascht wie er selbst, zu sehen, dass er diese eingebildete, schurkenhafte Seite noch immer zur Schau stellte?

„Ja." Diese eine knappe Silbe war ein Befehl, keine Frage. Entgegen besseren Wissens antwortete er.

„Ich habe Drachen getötet."

Ihr Mund klappte auf und sie riss die Augen weit auf. Ein unverhohlener Ausdruck, den er gern für einen Moment oder zwei genossen hätte, genau wie in den guten alten Zeiten. Aber der Löwen- und der Drachengestaltwandler packten ihn erneut bei den Armen und zerrten ihn zurück.

„Das reicht. Du wirst sofort von hier verschwinden, Arschloch."

„Nein!", schrie Cynthia.

Alle erstarrten und schauten sie an.

„Ich meine. . . ", stammelte sie, vielleicht verunsichert über die schiere Not, die ihr Tonfall verriet. „Ich meine. . . "

Die Männer warfen sich gegenseitig Blicke zu, als hätten sie ihre Anführerin noch nie so aus dem Gleichgewicht gebracht gesehen. Dann sprach der große Drachengestaltwandler entschlossen.

„Bringt ihn zu Silas." Er beugte sich nah zu Cal heran und ließ Tod und Zerstörung in seinen Augen aufblitzen. „Drachentöter? Das werden wir ja sehen."

Kapitel 3

Cal widersetzte sich nicht, als die beiden Gestaltwandler ihn abführten. Ein Teil von ihm war immer noch innerlich aufgewühlt, nachdem er etwas in Cynthias Augen gesehen hatte. Liebe. Hoffnung. Sehnsucht – nach ihm.

Natürlich war das alles hinter einem Jahrzehnt des Bedauerns vergraben – und was noch schlimmer war, des Misstrauens. Aber die Liebe war immer noch da. Genug, um ihm Hoffnung zu machen.

Was schlimm war, aber sein dummer Wolf konnte manche Dinge einfach nicht in seinen liebeskranken Dickschädel bekommen.

Sie liebt mich immer noch!

Nun, natürlich tat sie das. Sie waren füreinander bestimmt. Aber die Dinge folgten nicht immer dem Plan des Schicksals, vor allem nicht, wenn beschissene Traditionen edler Drachenclans dazwischenkamen.

Er holte tief Luft und konzentrierte sich wieder auf seine Umgebung. Maui, was? Selbst als Frau auf der Flucht war es Cynthia gelungen, an einem ziemlich beeindruckenden Ort Unterschlupf zu finden.

„Weißt du, warum ich dich nicht auf der Stelle töte?", knurrte der stürmische Drache, während er Cal vor sich hertrieb.

„Es muss etwas mit meinem Charme zu tun haben", schoss Cal zurück. Der Löwengestaltwandler verdrehte ihm den linken Arm und Cal zuckte zusammen, fuhr dann jedoch fort. „Oder weil du vor Neugierde stirbst."

„Sterben, was?" Der Drachengestaltwandler schlang eine dicke Hand um Cals Hals. „Bring mich nicht auf dumme Gedanken.“

Cal schnaubte. Damals, als er Cynthia kennengelernt hatte, hatten ihn Drachen ein wenig eingeschüchtert. Selbst ein mächtiger Wolfsgestaltwandler musste vor einer Kreatur mit Flügeln, Krallen und der Fähigkeit, Feuer zu speien, Respekt haben. Aber Drachen hatten auch ihre Schwachstellen. Sein rechter Arm mochte von Brandnarben überzogen sein, aber der Drache, der ihm das angetan hatte, war tot.

Er drehte sich einmal – eher, um die Gestaltwandler zu testen, die ihn festhielten, als um sich tatsächlich zu befreien. Ein Test, den sie mit Bravour bestanden, was gut war. Cynthia brauchte echten Schutz, nicht nur einen Haufen Amateure in Muskelshirts.

„Musst du so grob zu ihm sein, Connor?“, beschwerte sich die Frau, die ihnen folgte.

Eine Drachendame, entschied Cal, ihrem Duft nach zu urteilen. Einem Duft, in den sich salzige Luft und Meerwasser mischte. Er schnupperte noch einmal und schaute dann zu ihr zurück.

„Wow. Meeresdrache?“

Sie grinste, aber ihr Gefährte riss Cal so heftig am Arm, dass seine Zähne klapperten.

„Was geht dich das an?“

Wären Cals Hände frei gewesen, hätte er sie nach oben gestreckt, um anzuzeigen, dass er ihnen nichts Böses wollte. Nicht diesen Drachen – oder den Löwen, Bären und Wölfen, unter denen sie lebten. Zum Teufel, wenn es in diesem bizarren kleinen Rudel einen Koalagestaltwandler gäbe, wäre ihm das auch recht. Je mehr und je wilder, desto besser, denn sie beschützten Cynthia alle. Das war ihm auf den ersten Blick bewusst gewesen.

Offensichtlich stimmte das Gerücht, das Cynthia sich bei einer Gruppe von Veteranen der Spezialeinheit verkrochen hatte. Vielleicht hatte sie ja doch eine reale Chance, gegen den Shitstorm anzukämpfen, von dem er wusste, dass er bald über sie hereinbrechen würde.

„Connor...“, warnte die Meeresdrachendame.

„Jenna…“, erwiderte ihr Gefährte in genau demselben Ton.

Doch einen Moment später löste der Drache seinen Griff um Cals Hals. „Ich traue ihm nicht.“

„Du traust niemandem“, seufzte Jenna.

„Ich verstehe nicht, warum du und Anjali darauf bestanden habt, diesen Kerl reinzulassen.“

„Nenne es eine Vermutung.“

Cal hätte sich gern umgedreht und Jennas Gesichtsausdruck studiert, aber Connor würde ihm wahrscheinlich den Arm ausreißen, wenn er dies versuchte. Wusste sie mehr, als sie nach außen hin zeigte? Es war unmöglich gewesen, die Blicke zu deuten, die sie und die andere Frau – Anjali – ausgetauscht hatten, als er darum gebeten hatte, Cynthia zu sehen. Fast hätten sie ihn abgewiesen, aber Anjali hatte ihn aufmerksam gemustert und drei Worte geflüstert.

Was wäre, wenn…?

Danach hatten die Frauen kein Wort mehr gesagt, aber er konnte spüren, wie sie sich gegenseitig Gedanken zuschoben, wie es alle eng miteinander verbundenen Gestaltwandler tun konnten.

Was wäre, wenn. In der Tat. Frauen redeten, oder? Hatte Cynthia ihnen die ganze lange, traurige Geschichte während eines ausgelassenen Abends mit Frauengesprächen erzählt? Hatte sie den einsamen Wolf beschrieben, der aus dem Nichts aufgetaucht war und sie im Sturm erobert hatte?

Er bezweifelte es. Cynthia führte keine Frauengespräche. Sie machte auch keine Andeutungen. Schließlich war sie ein Drache und das Einzige, was Drachen noch mehr hüteten als ihre Schätze, waren Geheimnisse.

„Wir werden sehen, was Silas von eurer Vermutung hält“, murmelte Connor.

Abgesehen vom Stampfen ihrer Füße und dem gelegentlichen Rascheln von Zweigen, die beim Gehen beiseitegeschoben wurden, verliefen die nächsten Minuten in Stille. Cal schaute sich um und versuchte, sich zu orientieren. Die Küstenstraße, auf der er gekommen war, lag irgendwo zu seiner Rechten und bildete eine lang gezogene Kurve weg von diesem riesigen

Grundstück. Dem Rauschen der Brandung nach zu urteilen, musste sich die Küste zu seiner Linken befinden. Dazwischen befand sich ein langer, dichtbewaldeter Streifen zwischen dem Ufer und der Straße. Das perfekte Versteck für Gestaltwandler.

Ein Waldstück wich einem anderen und er hatte das Gefühl, eine unmarkierte Grundstückslinie überquert zu haben, denn alles veränderte sich. Das Unterholz war lichter, der Wald gepflegter – eher wie ein Privatgrundstück als eine verwilderte Farm. Sie kamen sogar an einer Lichtung vorbei, auf der sauber getrimmtes Gras einen Hubschrauberlandeplatz säumte, auf dem ein brauner Hubschrauber mit roten und gelben Streifen stand.

Er versteifte sich und riss den Kopf nach links herum. Jemand verfolgte sie aus dem Gebüsch. Ein paar Tiger?

Fast hätte er gepfiffen. Vielleicht hatte Cynthia eine größere Armee zu ihrer Verfügung, als er gedacht hatte.

Schließlich erreichten sie ein Stück gepflegten Rasens. Aus allen Richtungen führten Fußwege zu einem offenen, mit Stroh bedeckten Gebäude hin, in welchem mehrere stämmige Männer standen, die ihre starken Arme vor der Brust verschränkten. Es gab auch Frauen und jede von ihnen sah genauso fähig aus, den Ort zu verteidigen wie die Männer selbst. Eine Reihe von Tiki-Fackeln markierte den Hauptzugang zu diesem Versammlungshaus und obwohl es gerade Mittag war, konnte er sich vorstellen, wie sie nachts knisterten und loderten.

Insgesamt also ein ziemlich beeindruckender Anblick. Jeder unauffällig angespannte Muskel und ihre sichere Haltung verrieten ihm, dass mit diesem Rudel nicht zu spaßen war.

Dann schlängelte sich ein Kaliko-Kätzchen zwischen den Beinen dieser kalten, kompromisslosen Männer hindurch und Cal musste sich ein Grinsen verkneifen, als der eine oder andere mit einem sanften, nachsichtigen Lächeln zu Boden blickte.

Sie waren alle so hart, hatten jedoch ein Herz. Ein weiteres gutes Zeichen, zumindest was Cynthia betraf. Trotzdem änderte das nichts an der Tatsache, dass es etwa ein Dutzend von ihnen gab und nur einen von ihm.

Mit anderen Worten, die üblichen beschissenen Aussichten. Sein Wolf seufzte.

Connor und der Löwengestaltwandler marschierten mit Cal direkt auf den großen, dunkelhaarigen Mann zu, der an der Spitze der Gestaltwandler stand, die im Versammlungshaus warteten.

„Lassen Sie mich raten. Silas Llewellyn", sagte Cal ach so beiläufig.

Die dunklen Augen des Mannes flackerten auf, aber er antwortete gelassen. „Und mit wem habe ich das Vergnügen?"

Bevor Cal antworten konnte, schüttelte Connor ihn.

„Ein Drachentöter – das behauptet er zumindest."

Cal stand mit erhobenem Haupt da, als Silas' dunkler Blick über ihn hinwegfegte und er jedes Detail an ihm musterte.

Ja, schau mich ruhig an, Drache, wollte er sagen. *Und warte bloß nicht darauf, dass ich beeindruckt von dir bin.*

Wenn Cal jedoch ehrlich war, *war* er beeindruckt. Nicht so sehr vom Reichtum, der Macht oder dem Ruf dieses Mannes – ja, er hatte seine Hausaufgaben gemacht, bevor er nach Maui gekommen war –, sondern von dem soliden Maß an Loyalität und Respekt, das Silas von den Personen um ihn herum genoss. Bis zu diesem Moment war Silas Llewellyn für Cal immer nur ein Name gewesen – nur ein weiterer Name auf einer langen Liste versnobter Drachenclans. Aber jetzt...

„Lassen Sie ihn los", murmelte Silas.

Cal spitzte die Lippen. Die Logik sagte ihm, dass es außer Cynthia noch andere anständige Drachen auf der Welt geben musste. Er war nur eben selten einem begegnet.

Der Drachengestaltwandler runzelte die Stirn und der Löwe protestierte frei heraus. „Silas, Mann. Haben Sie gehört, was Connor gesagt hat?"

Cal grübelte erneut und war schon wieder beeindruckt. Soldaten, die selbstständig dachten und sich nicht scheuten, verrückte Befehle infrage zu stellen, auch wenn sie ihren Kommandanten respektierten? Davon könnte die Welt mehr gebrauchen.

Silas nickte ernst und die anderen gehorchten, wichen jedoch nicht zurück. Sie standen kampfbereit da und würden sich sofort auf Cal stürzen, falls er etwas versuchte.

„Drachentöter? Der, von dem wir gehört haben?" Silas drehte seinen Kopf hin und her und musterte Cal aus verschiedenen Blickwinkeln. „Der, der angreift und dann spurlos verschwindet?"

Cal grinste. Komisch, dass ein Ruf manchmal eine gute Sache sein konnte.

Er zuckte mit den Schultern und gab sich gelassen. „Ich bin einer von ihnen."

Ihnen allen klappten die Kinnladen auf und selbst der ruhige, gefasste Silas blinzelte zweimal. Typisch Drache – sie versuchten, alles zu verbergen und verrieten doch zu viel.

„Einer von ihnen?"

„Ein Drachentöter, der Unschuldige tötet?", fragte die Rothaarige zu seiner Rechten unbeeindruckt.

„Durch die Adern der Drachen, die ich töte, fließt kein Funken Unschuld."

„Und welche Drachen mögen das sein?", verlangte Silas zu wissen.

Cal verzog das Gesicht. „Glauben Sie mir, ich bin darauf spezialisiert, die Bösewichte zu töten."

„Das hängt von Ihrer Definition von Bösem ab." Die Rothaarige verschränkte die Arme. Ihre Augen waren so grün wie der Smaragd, der an ihrer Halskette hing. Ihr Gesicht war steinhart.

Cal knirschte mit dem Kiefer von links nach rechts. „Wie wäre es mit Drachen, die Frauen stehlen, die sie nicht in ihre dreckigen Krallen kriegen dürften? Oder doppelzüngige Drachen, die der Welt nach außen zeigen, wie reich und großzügig sie sind, während sie nebenbei viel Geld mit Drogen verdienen? Drachen, die einen Mann vor den Augen seines Kindes töten und dabei lachen? Erfüllt einer davon Ihre Definition?"

Er hatte nicht laut werden wollen, aber verdammt. Normalerweise verdrängte er die Erinnerungen, aber die Erwähnung jedes einzelnen dieser Bastarde ließ alles in ihm wieder hochkommen. „Glauben Sie mir. Sie haben es alle verdient."

Die nächsten Sekunden verstrichen in absoluter Stille und Cal atmete mehrmals tief durch. Cynthia wiederzusehen, hatte ihm mehr zugesetzt, als er gedacht hatte.

„Was ist mit Bartholomäus James?“, forderte Silas.

Jetzt war Cal an der Reihe, überrascht zu blinzeln. James war ein enger Vertrauter von Cynthias Ehemann Barnaby gewesen.

„Verdammt, nein. Sein einziges Verbrechen war es, ein Snob zu sein. Sie wissen schon, wie alle Drachengestaltwandler.“

Connor funkelte ihn an. „Wir sind nicht alle Snobs.“

Cal warf ihm einen Seitenblick zu. Das musste er dem Kerl lassen. Während Silas eine besonnene, aristokratische Ausstrahlung hatte, schrie alles an Connor nach *Rebell*. Er fragte sich, was wohl dahinter steckte.

Cynthia ist auch kein Snob, sagte sein innerer Wolf träumerisch. *Sie ist etwas Besonderes.*

Ja, das war sie. So wie auch Silas Llewellyn, wenn er ehrlich war. Dem Ruf nach zu urteilen – und seinem äußeren Anschein nach – war Silas einer dieser seltenen Drachen, die sich eher edel als versnobt erwiesen. Die Art mit Herz und einem Sinn für Prinzipien, die sie ab und zu über ihr eigenes Wohlergehen hinausblicken ließen.

„Moment mal“, mischte sich der Löwengestaltwandler ein. „Wie genau tötet ein Wolf einen Drachen?“

Cal ließ sein bestes Grinsen aufblitzen. „Geschäftsgeheimnis.“

Silas runzelte die Stirn. „Das Wie interessiert mich weniger. Es geht mir eher um das Warum und um die Andeutung, dass es mehr als einen Drachentöter geben könnte.“

Cal schnaubte. „Drachen führen mehr Fehden gegeneinander als jede andere Gestaltwandlerspezies. Ist es da so überraschend, dass einer von ihnen zu Auftragskillern gegriffen hat?“

Silas kniff die Augen zusammen. „Ist es das, was Sie sind? Ein Auftragskiller?“

Cal verzog das Gesicht. Für wen zum Teufel hielten sie ihn? „Nein, ich führe meinen eigenen persönlichen Rachefeldzug.“

„Und der wäre…?“

„Das geht Sie gar nichts an.“

Der Löwengestaltwandler stieß ein leises Knurren aus und ein Hauch von Schwefelgeruch schwebte aus Connors Richtung hinüber – ein sicheres Zeichen dafür, dass der Mann kurz davor stand, sich in seine Drachenform zu verwandeln. Doch ein unauffälliges Zeichen von Silas ließ sie wieder zurückweichen.

Cal beschloss, dass er den Kerl mochte. Zumindest für einen Drachen. Und das gemischte Gestaltwandlerrudel, das Silas anführte, war … interessant. Sehr interessant, um es gelinde auszudrücken.

Ein weiterer stiller Moment verging, bevor Silas wieder das Wort ergriff. „Was genau haben Sie mit Ms. Brown zu tun?"

Cal brauchte eine Sekunde, um zu verstehen, wen Silas meinte. Dann brach er in Gelächter aus. „Cynthia? Brown?"

Silas warf ihm einen scharfen Blick zu und alle anderen runzelten verwirrt die Stirn.

Cal schüttelte ungläubig den Kopf. „Eine so edle Drachendame wie Cynthia namens *Brown*? Ich weiß, dass sie untergetaucht ist, aber wer zum Teufel soll das denn glauben? Wir wissen doch beide dass sie eine Ba–"

Silas unterbrach ihn mit einem Grunzen und Cal starrte ihn an. Alle anderen taten es ebenfalls und es dämmerte ihm schließlich, dass er und Silas vielleicht genau wussten, wer Cynthia war, die anderen aber möglicherweise nicht.

Er schaute Silas mit erneuertem Respekt an. Das war also das Maß an Sicherheit, dass der Mann Cynthia bieten wollte. Nun, sehr gut.

Cal räusperte sich und dachte über Silas' Frage nach. Was hatte er mit Cynthia zu tun? Er winkte in die Richtung des angrenzenden Grundstücks. „Warum fragen Sie sie nicht selbst?"

Seine Stimme war heiser, verdammt noch mal, und er fragte sich, was Cynthia wohl sagen würde, wenn Silas sie fragte. Würde sie zugeben, dass sie einst einen niederen Wolf wie ihn geliebt hatte?

Sie liebt uns immer noch, knurrte sein Wolf. *Das wirst du schon sehen.*

„Wie dem auch sei", fügte Cal hinzu und fuhr schnell fort. „Cynthia ist nicht mein Angriffsziel und sie wird es auch nie sein. Genauso wenig wie ihr Kind – oder Sie selbst, wenn Sie es wissen müssen."

Silas schien bereit, ihn beim Wort zu nehmen, aber Connor schnaubte. „Und das sollen wir einfach so hinnehmen?"

Cal verdrehte die Augen. „Drachen töten Drachen andauernd. Aber wenn ein anderer Gestaltwandler es tut, rastet ihr alle aus?"

„Ich töte nur, wenn ich es muss, und auch nur die Bösen", knurrte Connor.

„Genau wie ich, Arschloch. Genau wie ich."

Als Connor sich sträubte, drückte Jenna ihm eine Hand auf den Arm und wandte sich dann an Cal. „Warum mischst du dich überhaupt in Drachenangelegenheiten ein?"

Etwas in Cal schnappte über. Nicht so sehr aufgrund von Jennas Worten, sondern wegen der vielen ungläubigen Gesichter. „Weil ich geschworen habe, Cynthia zu beschützen. Ich habe geschworen, die Drachen zu jagen, die ihre Familie getötet haben." Seine Stimme wurde mit jedem Wort lauter. „Weil ich für sie sterben würde, klar?"

Das darauffolgende Schweigen war überwältigend und Cal verfluchte sich selbst. Warum hatte er das jetzt zugegeben?

Aber verdammt – es war die Wahrheit. Er würde für sie sterben. Das war er sogar schon, zumindest in seinem Herzen.

Warum hat es dann so heftig geschlagen, als du sie gesehen hast? gab sein Wolf zu bedenken. *Wir lieben sie immer noch und sie liebt uns.*

Cal runzelte die Stirn. Hoffnung. Die gefährlichste Emotion von allen.

Ein unangenehmer Moment verging, während dem ihn alle musterten. Einige misstrauisch, während andere ihn in einem neuen Licht zu sehen schienen. Fingen sie an, zu begreifen, dass sie kein Monopol auf Liebe und Ehre hatten? Dass ein Kerl wie er diese Qualitäten auch besitzen könnte?

Als Silas erneut sprach, war seine Stimme sanfter und leiser. „Und Cynthia schwebt in Gefahr, weil…?"

Cal räusperte sich. „Weil Moira ihre Streitkräfte mobilisiert."

Mehrere Leute stöhnten bei der Erwähnung dieses Namens und er konnte es ihnen nicht verdenken. Diese Drachendame war die Pest der Gestaltwandlerwelt.

Eingebildet… Arrogant… Gierig… schimpfte sein innerer Wolf.

Fang bloß nicht damit an, seufzte er.

„Das wissen wir", erwiderte Silas unbeeindruckt.

Drachen. Sie dachten, sie wüssten alles.

Cal täuschte ein Gähnen vor. „Okay, dann wissen Sie sicher auch von Kravik und der Bande, mit der er nach Nordamerika gezogen ist."

Die Art, wie Silas die Augen zusammenkniff, ließ darauf schließen, dass er genau wusste, wie viel Ärger diese Drachen aus der Alten Welt mit sich brachten.

„Der Lombardi Clan? Woher wissen Sie das?"

„Ich weiß eine Menge."

„Glauben Sie mir, ich habe ihre Schritte genau verfolgt", sagte Silas.

Cal lachte unverhohlen und berührte seine Narben. Er hatte viel mehr getan, als die Drecksäcke nur zu verfolgen. Er hatte sie gejagt, einen nach dem anderen. Aber die Lücken waren schnell durch Neuankömmlinge geschlossen worden, die einem vielversprechenden neuen Anführer folgen wollten.

Kravik, knurrte sein Wolf.

Cals Brandnarben juckten. Er hatte Kravik schon einmal gegenübergestanden, aber der Bastard war entkommen, bevor Cal einen Angriffsplan aushecken konnte.

„Ich weiß nicht, was schlimmer ist", sagte Cal. „Der Gedanke, dass diese Mistkerle einen totalen Gestaltwandlerkrieg gegen Moira antreten oder sich mit ihr in einer Art Deal verbinden könnten."

Silas' Gesicht verfinsterte sich. „Moira wird sich an keinen Deal halten."

„Ich weiß das und Sie wissen es, aber weiß Kravik es auch? Sie müssen die Möglichkeit in Betracht ziehen."

Silas sah grimmig aus. „Das gefällt mir nicht."

Der Löwengestaltwandler an seiner Seite verzog das Gesicht. „Was heißt denn gefallen?" Silas warf Cal einen langen strengen Blick zu und wandte sich dann an die anderen.

„Meine Damen und Herren", verkündete er und schaute sich langsam um. „Ich würde mit Mr. Zydler gerne unter vier Augen sprechen, bitte."

Die anderen schauten überrascht, aber einer nach dem anderen wichen sie zurück – außer Hörweite, wenn auch nicht sehr weit. Alle bis auf den sturen Löwengestaltwandler, der mit verschränkten Armen stehen blieb.

„Mr. O'Roarke", murmelte Silas.

Der Löwengestaltwandler schüttelte mit einer Geste den Kopf, die aussagte, *Ich werde nirgendwo hingehen*. Cal hätte schwören können, dass der Bart des Mannes dichter und länger wurde, was darauf hindeutete, dass er kurz davor stand, sich zu verwandeln.

„Dell", warnte Silas. „Wir alle wollen Cynthia beschützen."

„Und Joey", fügte Dell hinzu und bewegte sich immer noch keinen Zentimeter.

„Und Joey", stimmte Silas zu. „Aber wenn Sie Cynthia respektieren, werden Sie auch respektieren, dass sie gewisse ... Geheimnisse hat."

Cal wollte lachen. Oh ja und was für Geheimnisse sie hatte.

Dell sah nicht beeindruckt aus, aber Silas fuhr fort. „Ich verspreche, Ihnen alles mitzuteilen, was Sie wissen müssen. Bis dahin... " Er zog die Augenbrauen in einem nicht ganz so subtilen Drachenbefehl nach oben.

Dell schob seinen Kiefer hin und her und durchbohrte Cal mit einem mörderischen Blick. „Ich werde dich im Auge behalten, verstanden?"

Cal verdrehte die Augen. Löwen. Benahmen sich immer wie die Könige des gottverdammten Dschungels.

Schließlich zog Dell sich zurück und Silas beugte sich vor.

Cal behielt einen regungslosen Gesichtsausdruck, als Silas in leisen, ernsten Tönen zu sprechen begann, obwohl es ihm manchmal schwerfiel. Silas wusste mehr über Cynthia, als Cal geahnt hatte. Dann war der Spieß umgedreht und Cal erzählte Silas genau, was Kravik und sein europäischer Clan vorhatten.

Je mehr Cal enthüllte, desto mehr stellte er sich selbst infrage. War er verrückt geworden, einem Drachen Wissen anzuvertrauen, für das er fast gestorben wäre? Aber verdammt.

Cynthia vertraute Silas. Also würde auch Cal ihm vertrauen. Er musste es tun, wenn er wollte, dass der Alphadrache es erwiderte.

Ihr privates Gespräch dauerte nicht länger als drei oder vier Minuten, zuzüglich der langen schweigsamen Minute, die Silas nutzte, ihn am Ende einzuschätzen. Schließlich ergriff der Drache das Wort.

„Mr. Zydler, ich stelle Sie vor eine Wahl. Gehen Sie jetzt und gehen Sie in Frieden. Kehren Sie der Sache den Rücken zu, solange Sie es noch können und überlassen Sie es uns."

Cal schnaubte, aber Silas schüttelte den Kopf.

„Sie haben vieles aufgedeckt, aber es gibt auch noch sehr viel, was Sie nicht wissen."

Es gibt auch vieles, was du nicht weißt, Arschloch, hätte Cal fast geknurrt.

„Oder...", fuhr Silas fort.

Cal konnte nicht anders, als sich vorzubeugen. „Oder?"

„Bleiben Sie und arbeiten Sie mit uns zusammen, um Cynthia und ihren Sohn zu beschützen."

Cal spottete. „Dazu brauche ich Sie nicht."

Silas neigte den Kopf. „Wenn Ihnen wirklich etwas an ihr liegt – und ich habe das Gefühl, dass dies der Fall ist –, würden Sie erkennen, dass es besser ist, wenn wir unsere Kräfte vereinen. Wenn diese Angelegenheit so ernst ist, wie ich vermute, müssen wir alle uns zur Verfügung stehenden Mittel nutzen."

Cals Rebellenblut kochte bei diesem Satz hoch. „Ich bin nicht Ihr Mittel und stehe Ihnen auch nicht zur Verfügung."

„Sie wählen also die erste Option? Ihr den Rücken zuzukehren?"

Cal schaute finster. Er hatte geschworen, Cynthia zu beschützen, und nichts würde ihn dazu bringen, zu gehen. Aber zu bleiben – oder schlimmer noch, zu kooperieren – kam nicht infrage. Zum einen war er kein Teamplayer.

Hätte ich sein können, knurrte sein Wolf.

Er schnitt eine Grimasse. Wäre er in ein halbwegs stabiles Rudel mit einer anständigen Führung hineingeboren worden, hätte man ihm zugetraut, dass er Alpha werden würde, wenn seine Zeit gekommen war. Aber seine Mutter war während seiner gesamten Kindheit von Rudel zu Rudel gezogen. Immer wenn Cal es gerade geschafft hatte, sich in einem Rudel zu etablieren, trat seine Mutter einem neuen bei, und der ganze mühsame Prozess begann von vorn. Als er sechzehn wurde, hatte er von Rudeln die Nase gestrichen voll gehabt und war losgezogen. Auf sich allein gestellt zu sein, war so viel einfacher. So viel leichter.

So viel einsamer, schnippte sein Wolf.

Ja, das war es gewesen. Aber dann hatte er Cynthia kennengelernt und einen neuen Sinn im Leben gefunden. Sie zu lieben. Sie zu umgarnen. Sie zum Lachen zu bringen. Damals war sie mit ihrem Studium beschäftigt gewesen – in Yale noch dazu – und hatte darauf bestanden, dass er ihr Freiraum gab. Aber jedes Wochenende war er in die versnobte College-Stadt gefahren, hatte sie abgeholt und die nächsten achtundvierzig Stunden damit verbracht, seiner Schicksalsgefährten alles zu geben, was ihr in ihrem goldenen Käfig fehlte. Freiheit. Lachen. Liebe. Sein Körper wurde bei dem Gedanken an all die Male ganz heiß, in denen sie sich irgendwo zusammen verkrochen und heiß und innig geliebt hatten.

Dann fiel ihm wieder ein, dass Silas nur einen halben Schritt entfernt war.

Hör' auf damit, verfluchte er seinen inneren Wolf.

Womit aufhören? fragte das Tier nur allzu unschuldig.

Cal räusperte sich und zwang sich, sich wieder auf das Wesentliche zu konzentrieren. Möglichkeit A – zu verschwinden – kam nicht infrage. Aber Möglichkeit B war noch schlimmer. Zu bleiben, bedeutete noch mehr Kämpfe. Mehr Leid. Mehr Herzschmerz. Wenn er bei Verstand bleiben wollte, musste er gehen.

Ich werde meine Gefährtin nie verlassen, erklärte sein Wolf.

Cal ballte seine Hände zu Fäusten. Natürlich gab es noch eine dritte Möglichkeit. Er konnte in der Nähe bleiben und tun, was ihm verdammt noch mal gefiel. Aber Silas hatte recht in Bezug darauf, ihre Kräfte zu vereinen. Tatsächlich hatte der Drache in den meisten Punkten recht. Es war nur so, dass

Cals Rebellenherz zu sehr daran gewöhnt war, sich Befehlen zu widersetzen.

Aber im Endeffekt war die Antwort offensichtlich und er wusste es selbst.

Cal runzelte die Stirn. „Also gut. Aber Sie dürfen mich nicht herumkommandieren, Drache."

Silas hob die Hände. „Sie müssen sich an unsere Regeln halten, aber darüber hinaus können Sie sich frei bewegen und tun, was Sie für richtig halten. Sie werden mir jeden Tag Bericht erstatten."

„Bericht erstatten?" Cals Stirnrunzeln vertiefte sich.

Silas seufzte. „Dann nennen wir es eben ein Treffen. Sie mögen der geborene Alpha sein, aber hier habe ich das Sagen, haben Sie das verstanden?"

Cal wollte lachen. Ein geborener Alpha? Ha. Er war ein Einzelgänger und so gefiel es ihm.

Was ist mit der Prophezeiung? grummelte sein Wolf.

Er wollte lachen. *Prophezeiung, von wegen.* Nur weil eine alte Frau behauptet hatte, sie hätte eine Vision gehabt, als er geboren wurde, musste er das noch lange nicht glauben. Dass er ein Krieger werden und große Dinge vollbringen würde – ein Krieger, der ein großes Übel auslöschen und in der Welt der Gestaltwandler eine neue Ära des Friedens einläuten würde.

Sein Herz klopfte heftiger, aber er verdrängte den Gedanken und schaute Silas an. Seine Entscheidung war gefallen und sie wussten es beide.

Widerwillig streckte er eine Hand aus. „Sie haben einen Deal. Ich hoffe nur, Sie behalten recht."

Silas schüttelte seine Hand und warf einen besorgten Blick in den Himmel, als erwartete er, dass jeden Moment ein Dutzend feindlicher Drachen über den Bergrücken stürzen würde.

„Ich hoffe, dass ich mich irre", murmelte er. „Um Cynthias Willen."

Kapitel 4

Cynthia rang mit den Händen, als sie von Zimmer zu Zimmer ging. Die Sonne war schon längst untergegangen. Ihr Herz klopfte wild und ihre Handflächen waren schweißnass. Sie hatte sich so lange nach Cal gesehnt und jetzt...

Seit seiner Ankunft waren Stunden vergangen, aber es fühlte sich wie wenige Minuten an. Sie schwankte immer noch zwischen Erregung und Bestürzung hin und her. Das Schicksal hatte ihren wahren Gefährten zurückgebracht, aber es war zu spät.

Schuldgefühle durchfluteten sie beim Gedanken an ihren verstorbenen Mann. Wenn Barnaby doch nur ein selbstsüchtiger, gieriger Mistkerl gewesen wäre. Dann könnte sie ihn hassen und einfach weitermachen. Aber Barnaby war ein wahrer Gentleman gewesen, der sie geliebt, geehrt und ihr unendliche Güte entgegengebracht hatte. Tatsächlich der ideale Partner, hätte sie aus einer anderen Generation gestammt.

Aber was ist mit Liebe? beharrte ihr Drache in demselben Tonfall, mit dem sie sich einst gegen ihre Eltern aufgelehnt hatte. *Verpaart zu sein, bedeutet zu lieben – tief, unbändig, leidenschaftlich.*

Reue nagte an ihrer Seele, aber sie verdrängte sie. Nichts würde sie dazu bringen, die Vergangenheit ungeschehen zu machen, denn das würde bedeuten, auch Joeys Existenz ungeschehen zu machen, und nichts auf der Welt war kostbarer als ihr Sohn. Weder das bequeme Leben, das sie verloren hatte, noch die Schätze, die ihr vorenthalten wurden. Noch nicht einmal die Selbstachtung, die sie durch die Heirat mit einem Mann, den sie nicht liebte, hatte opfern müssen.

Sie berührte ihre Perlen und ihre kühle, beruhigende Präsenz ließ ein bittersüßes Lächeln über Cynthias Lippen huschen. Sie waren die einzige Erinnerung an zwei riesige Vermögen – das ihrer Eltern, das sie hätte erben sollen, und das Vermögen, in das sie eingeheiratet hatte. Jetzt gehörte ihr nicht einmal mehr das Geschirr, von dem sie aß. Komisch, welche Spiele das Schicksal doch spielte.

Nicht sehr komisch, weinte ihr Drache.

Sie verzog das Gesicht. Kein Vermögen konnte Freiheit kaufen, geschweige denn Glück. Cal hatte sie das gelehrt.

Schritte erklangen auf der Verandatreppe und sie richtete sich schnell auf. Es wäre nicht gut, wenn einer der anderen sie in einem solchen Zustand sehen würde. Nicht, wenn sie so hart dafür gearbeitet hatte, sich als Co-Alpha dieses Rudels zu etablieren.

„Cynthia?", rief Hailey leise.

„Kommen Sie herein."

Cynthia holte tief Luft, als der Duft von frischgebrühtem Kona-Kaffee ins Haus wehte und Hailey damit einen Schritt voraus war. Alles, um den Geruch ihres Gefährten – ähm, Cals Geruch – aus ihrem Kopf zu vertreiben.

Die Blondine streckte ihr eine Kaffeetasse entgegen. „Möchten Sie einen Kaffee, bevor sie gehen?"

Cynthia blickte in den Himmel. Verdammt. Sie hatte fast vergessen, dass heute Mittwoch war – der Abend, an dem sie immer ausging. Nicht zum Spaß – Gott bewahre – sondern zum Fliegen. Trainieren. Lernen. Nicht, dass sie irgendetwas über das Fliegen selbst lernen musste, aber zu kämpfen...

Sie runzelte die Stirn. Als Tochter einer wohlhabenden Drachengestaltwandlerfamilie hatte sie eine strenge Ausbildung in allen Überlieferungen und Lektionen des Drachentums genossen. Aber zu kämpfen wurde den männlichen Drachen überlassen, während die weiblichen eher traditionelle Rollen einnahmen. Sie konnten das Familienunternehmen leiten oder die Führung in Sachen Diplomatie übernehmen, aber niemals kämpfen. Das war nie nötig gewesen. Aber jetzt...

Cynthia erschauderte und blickte zum zunehmenden Mond hinauf. Die letzten Jahre hatten in der Drachengestaltwandlerwelt eine Wachablösung eingeläutet und nichts war mehr so, wie es einmal gewesen war. Moira war dabei, ein Imperium zu erschaffen, und es gab Gerüchte, dass eine mächtige Gruppe europäischer Drachen ebenfalls ihren Einflussbereich ausweiten wollte. Cynthia konnte es sich nicht leisten, tatenlos zuzusehen und darauf zu hoffen, dass Silas, Connor und die anderen Gestaltwandler von Koakea sie beschützen würden – und was noch wichtiger war, Joey. Es war an der Zeit, dass sie selbst zu kämpfen lernte. Also hatte sie in den letzten Monaten ihre Kampffähigkeiten mithilfe ihrer Drachengestaltwandlerkollegen verfeinert.

Verdammt ja, hätte Cynthia fast gesagt, als sie die dampfende Tasse entgegennahm. „Danke.“ Sie konnte definitiv einen Kaffee vertragen.

Dann hätte sie sich fast die Hand vor den Mund geschlagen. Was würde ihre Mutter denken, wenn sie solche Worte von ihrer einzigen Tochter hörte? Und schlimmer noch, was würde ihre Mutter zu all dem Training und den Kämpfen sagen?

Das ist einfach nicht damenhaft, würde die Frau heulen.

Cynthia schaute stirnrunzelnd in ihren Kaffee. Nein, das war es nicht. Aber sie würde alles tun, um Joey zu beschützen.

Alles, stimmte ihr Drache mit einem leisen Knurren zu.

Dann erinnerte sie sich an Hailey – und an ihre Manieren. Hatte sie diese Tasse Kaffee mit kaum mehr als einer einzigen Silbe des Dankes angenommen? Hailey war doch keine Dienerin und sie war auch nicht nur einfach eine Rudelgefährtin. Genau wie alle Frauen auf Koakea war auch Hailey zu einer Freundin geworden.

„Das ist köstlich.“ Sie schenkte Hailey ein Lächeln. „Sie sollten einen Coffeeshop eröffnen.“

Hailey lachte und ihre Wangen wurden vor Stolz ganz rot. „Den kleinsten Coffeeshop der Welt, wenn man den Umfang meiner Ernte betrachtet. Aber nächstes Jahr...“

Ihre Augen strahlten, so wie sie es immer taten, wenn sie über ihren Traum sprach.

Cynthia trank den Kaffee in mehreren dankbaren Schlucken und unterhielt sich ein oder zwei Minuten lang. Dann informierte sie Hailey, die auf Joey aufpassen sollte, während Cynthia unterwegs war, über alles, was sie wissen musste.

Nennen wir es Übung, hatte Hailey einmal scherzend angedeutet, dass sie und Tim daran dachten, eine eigene Familie zu gründen.

Während Cynthia sprach, wurde ihr einmal mehr bewusst, wie glücklich sie sich schätzen konnte, Hailey und die anderen zu haben. Sie hätte nie gedacht, dass sie Joey irgendjemandem anvertrauen könnte, aber in diesen Tagen tat sie es immerzu. Ihre Rudelkollegen waren Leute, auf die sie sich in allen Lebenslagen verlassen konnte – was nie deutlicher geworden war als in ihrer Reaktion auf Cals Ankunft. Sie alle waren in höchster Alarmbereitschaft gewesen und bereit, Cal in Stücke zu reißen, wenn er die Absicht gezeigt hätte, ihr etwas anzutun. Gleichzeitig waren die Frauen entschlossen gewesen, Cal eine Chance zu geben. Hatten sie gespürt, dass er der Richtige war?

Sie zog eine Grimasse. Welche Magie sie und Cal auch immer geteilt hatten, sie lag in der Vergangenheit und es gab kein Zurück mehr.

Das vielleicht nicht, brummte ihr Drache. *Aber einen Neuanfang...*

Sie schnaubte. Es würde keinen Neuanfang geben. Sie hatte sich damit abgefunden, für den Rest ihres Lebens Witwe zu bleiben, und damit war es erledigt.

„Hey", flüsterte Hailey. „Geht es Ihnen gut?"

Cynthia zwang sich zu einem knappen Lächeln. Das Lächeln, mit dem sie beteuerte, dass es ihr gut ging, auch wenn es nicht der Fall war.

„Es geht mir bestens. Vielen Dank für den Kaffee – und dafür, dass Sie auf Joey aufpassen."

Hailey lächelte. „Es ist mir ein Vergnügen."

So blieb Cynthia nichts anderes übrig, als über die Veranda, den Rasen und zu einem Felsvorsprung hinter der Scheune zu schreiten – ein idealer Platz zum Starten und Landen.

Normalerweise würde ihr Drache sie drängen, sich in die Lüfte zu erheben. Aber sie schlurfte den ganzen Weg dorthin mit den Füßen und machte sich Sorgen. Zum Beispiel darüber,

Joey zurückzulassen. Über Cal. Weil Silas – verflucht sollte er sein – zugestimmt hatte, den Wolfsgestaltwandler bleiben zu lassen.

Es könnte mehr im Gange sein, als wir bis jetzt wissen, hatte er erklärt, als er ihr zuvor einen Besuch abgestattet hatte. *Und ich glaube, er kann uns helfen, den Feind zu besiegen.*

Cynthia starrte stirnrunzelnd in die laue Nacht. Ein unsichtbarer Feind, der jederzeit einen Angriff auf das schöne Maui planen könnte.

„Cal", flüsterte sie in die Nacht hinein.

Warum, warum, warum? Von allen Leuten, dic das Schicksal hätte senden können, um Joey zu beschützen, warum gerade ihn? Sie hatte doch bereits ein ganzes Team der Spezialeinheit an ihrer Seite, ganz zu schweigen von deren ebenso kämpferischen und beschützenden Gefährtinnen. Brauchte sie Cal wirklich?

Natürlich brauchen wir ihn, beharrte ihr Drache. *Genauso, wie er uns braucht.*

Ihre Schritte gerieten ins Stocken, aber sie ging weiter und legte im Gehen immer mehr Kleidungsstücke ab. Ein dunkler Schatten schwebte über ihr und gab kaum ein Geräusch von sich, aber eine Stimme erklang deutlich in ihrem Kopf.

Bereit zu fliegen?

Es war Jenna, so ausgelassen wie immer. Cynthia schaute wehmütig auf. Wie schön es wäre, als Tochter eines Surfers geboren zu sein, frei und ohne Sorgen.

„Ich komme gleich", rief Cynthia leise.

Sie streckte die Arme aus und verwandelte sich im Gehen. Sie spreizte ihre Finger weit und erlaubte den Hautfalten dazwischen sich auszudehnen, bis sie zu einem Paar ledriger Flügel wurden. Die Gerüche wurden schärfer und vielschichtiger, je weiter sie sich verwandelte, und ihre scharfen Drachenaugen erfassten die kleinste Bewegung in den Schatten. Als sie auf den Felsvorsprung zustürmte, hätte sie beinahe einen donnernden Ruf in die Nacht hinausgebrüllt. Ein so alter Drachenclan wie der ihre hatte jedes Recht, seine Anwesenheit in die Welt hinauszuposaunen, so hatte man sie es jedenfalls gelehrt. Aber sie zwang sich, den instinktiven Ruf wegzuhusten.

Ihr Schicksal hatte sich verändert und sie konnte sich nicht wie eine Königin präsentieren.

Nur wie eine Prinzessin, seufzte ihr Drache.

Sie spannte ihre Beine an, schnippte mit dem Schwanz und sprang in die Luft, während sie sich selbst daran erinnerte, dass sie deswegen nicht hochnäsig werden sollte. Ihre Familie hatte Europa vor Generationen verlassen, also war sie auch nicht wirklich eine Prinzessin. Und auch wenn es leicht war, sich überlegen zu fühlen, während sie durch die Lüfte schwebte, funktionierten die Dinge doch nicht so. Cal, Connor und die anderen hatten ihr beigebracht, dass Ehre und Würde keine Eigenschaften waren, die nur adlige Clans besaßen. Die Geburt war Zufall und Gestaltwandler, die unter gewöhnlichen – oder sogar widrigen Umständen geboren wurden, konnten sich als edler erweisen als diejenigen, denen Privilegien und Macht in die Wiege gelegt worden waren.

Mit ein paar kräftigen Flügelschlägen schoss sie in Richtung Mond hinauf. Welches Erbe sie auch immer hinterlassen würde, es würde eines sein, das sie mit ihrem eigenen Blut, Schweiß und Tränen verdient hatte.

Ihr Drache schnaubte. *Nun, das mit den Tränen haben wir bereits drauf.*

Sie flog schneller und versuchte, den hässlichen Erinnerungen zu entkommen. Sie öffnete ihr Maul und spie Feuer in die dunkle Nacht hinaus. Es war nur ein dünner Feuerstrahl, um von den Menschen, die an diesem Abend unterwegs waren, nicht bemerkt zu werden.

In der Ferne erhellte ein weiterer Feuerausbruch den Himmel und sie verspannte sich einen Augenblick lang. Aber es war nur der Kilauea, ein brodelnder Vulkan weit drüben auf der Großen Insel. Das Ungetüm war in den letzten Monaten aktiv gewesen und die riesige Aschewolke, die er aufsteigen ließ, war genauso deutlich wie sein Leuchtfeuer, das von kleinen Feuerausbrüchen gekennzeichnet war.

Feuer. Wie die Leidenschaft, die früher zwischen uns und Cal brodelte, jammerte ihr Drache.

Und dann, *zisch!* Jenna flog im Sturzflug an Cynthias Flügelspitze vorbei und verscheuchte diese Gedanken aus ihrem Kopf. Es war an der Zeit zu trainieren, nicht sich selbst zu bemitleiden.

Sie raste hinter Jenna her und drehte sich jedes Mal in der Luft, wenn ihre Flugkameradin auswich oder sich überschlug. Es war berauschend. Befreiend. Stärkend.

Und überhaupt nicht damenhaft, grinste ihr Drache.

Jenna drehte sich, um nach ihrer Flügelspitze zu schnappen, aber Cynthia wich nach rechts aus.

Gut, dröhnte Connors Stimme in ihrem Kopf. Der große, grünbraune Drache schwebte an der Seite und studierte ihre Bewegungen wie ein Boxtrainer. Er hatte ihnen beim Training geholfen, seit Tessa mit vagen Ausreden aufgehört hatte, sich ihnen anzuschließen.

Jenna hatte Cynthia deswegen zugezwinkert. *Ich wette, sie ist schwanger – sie ist nur noch nicht bereit, es offiziell zu machen.*

Wenn das stimmte, wären es tolle Nachrichten. Tessa und Kai, die Drachen von Koa Point, hofften schon lange, eine Familie zu gründen. Aber da die Verwandlung einem ungeborenen Baby schaden könnte, wäre Tessa noch ein paar Monate auf ihre menschliche Form beschränkt.

Cynthia hoffte, das Jenna recht hatte. Angetrieben von ihrem Wunsch, ihr Rudel zu schützen, trainierte sie noch härter als je zuvor.

Die Technik, die Sie gerade benutzt haben, funktioniert gut, sagte Connor. *Aber es gibt noch einen besseren Trick, den Sie lernen sollten. Jenna, komm her und wiederhole das mit mir, damit ich es demonstrieren kann, okay?*

Mit Vergnügen, Jenna gluckste und schoss direkt auf ihn zu.

Cynthia spitzte die Lippen. Jenna und Connor waren großartige Trainer, aber das verpaarte Drachenpärchen hatte eine Art, jede ihrer Bewegungen zu einem sinnlichen Tanz zu verwandeln. Trotzdem schaute sie genau zu.

Genau so, sagte Connor, als Jenna seinen Flügel angriff. Anstatt sich von ihr wegzubewegen, faltete er seine Flügel plötzlich eng zusammen und drehte sich, so dass er sich direkt unter Jenna fallen ließ. Dann riss er die Flügel wieder auf und schoss nach oben, während er Feuer gegen ihren Bauch spie. Nur ein winzig kleiner Funke, der kaum genug war, um seine Gefährtin zu kitzeln. In einem echten Kampf würde er ein wahrhaftes Inferno entfachen, das großen Schaden anrichten würde.

Und wenn das den Feind nicht erledigt, machen Sie das hier. Er stürzte sich auf Jennas Hals. Doch anstatt sie anzugreifen, rieb er sich an ihr und sie beide brachen in herzhaftes Drachengelächter aus. Cynthia seufzte und wandte sich ab, um die Technik zu üben. Wenn Connor und Jenna sich erst einmal in die Augen geschaut hatten, war es schwer, ihre Aufmerksamkeit zurückzuerlangen.

Und tatsächlich, nach ein paar weiteren halbherzigen Manövern räusperte sich Jenna und flog eine Kurve nach rechts.

Ähm, ich glaube, ich habe den Wasserkocher zu Hause angelassen.

Das sollten wir auf jeden Fall prüfen, stimmte Connor zu und folgt ihr dicht hinterher.

Cynthia schaute ihnen nach. In wenigen Minuten wäre das Paar zurück in seiner felsigen Höhle und in Leidenschaft versunken. Aber wer war sie denn, einem ungestümen Liebespaar den Spaß zu verderben?

So waren wir auch einst, trauerte ihr Drache und rief Bilder aus der Vergangenheit wach. Wie eine jüngere Version von sich selbst, die sich quietschend an Cals Taille klammerte, während er sein Motorrad auf einer von Blättern bedeckten Straße in Neuengland im Herbst auf Touren brachte. Der Wind peitschte ihren rosa Schal herum und Cals Körperwärme ließ sie sich näher an seinen Hals schmiegen.

Unbewusst suchte sie den Boden nach Wolfsspuren ab. Dann sauste sie über das Dach ihres Hauses hinweg, genau wie ihr Vater es getan hatte, als sie noch ein Kind war. Bei dieser Erinnerung lächelte sie und dachte daran, wie sie damals im Bett gelegen hatte und die Tage zählte, bis auch sie ein mächtiger Drache sein würde.

Sie stieß einen bittersüßen Seufzer aus. Das Schicksal ließ die Dinge nicht immer so verlaufen, wie es hätte der Fall sein sollen.

Aber ich bin ein mächtiger Drache, beharrte ihr inneres Biest und bewunderte die goldenen Flügel, die sie zu ihren Seiten ausstreckte.

Cynthia machte sich nicht die Mühe, zu antworten. Wie mächtig war denn ein Drache, der sich auf einem privaten Anwesen versteckte und auf die Hilfe seiner Freunde angewiesen war?

Dann fing sie sich wieder. Als Mutter ging es nicht darum, ihre Macht zur Schau zu stellen. Es ging darum, dafür zu sorgen, dass ihr Sohn glücklich, gesund und in Sicherheit war.

Sie umkreiste das Plantagenhaus erneut und flog dann nach Norden in die Richtung der zerklüfteten Berge von West Maui. Schließlich glitt sie über den Ozean hinaus und erinnerte sich daran, was das neueste Mitglied ihres gemischten Gestaltwandlerrudels sagen würde.

Die Welt ist voller Liebe und Schönheit.

Cynthia wiederholte Sophies Worte in ihren Gedanken, während sie langsam zurückflog. Liebe und Schönheit. Um Joeys willen musste sie stets daran denken. Und verdammt. Maui machte es ihr leicht mit seiner dramatischen Skyline, den sich wiegenden Palmen und den langen, goldenen Sandstränden.

Als sie über die Plantage zurückflog und bereit war, ihren Flug zu beenden, lenkte eine Bewegung ihre Aufmerksamkeit an eine felsige Stelle. Als sie einen einsamen Wolf dort erkannte, machte ihr Herz einen Sprung. Es waren weder Chase noch Sophie, noch Boone oder Nina, die Wölfe von Koa Point.

Cal, heulte ihr Drache.

In ihrer Aufregung wäre sie fast über ihn hinweggeflogen, aber stattdessen beobachtete sie ihn aus der Ferne. Die Windrichtung stand zu ihren Gunsten und Cal hatte sie noch nicht entdeckt. Was bedeutete, dass er sie wahrscheinlich nicht beim Fliegen beobachtet hatte, und ein Teil in ihr war traurig darüber. Als sie das erste Mal zusammen gewesen waren, hatten sie ein Spiel daraus gemacht, nachts in ihren verschiedenen Tiergestalten loszuziehen. Sie war durch die Lüfte geschwebt, während Cal am Boden entlang trottete. Schließlich hatten sie sich auf einer Bergkuppe getroffen und einander umkreist, um dann wieder aufzubrechen und das Spiel fortzusetzen. Dann würden sie sich in ihre menschlichen Formen zurückverwandeln und den Spaß in eine sinnliche Richtung lenken.

Sie atmete tief ein und hasste es, dass sie wie eine alte Jungfer im Schaukelstuhl klang. Die Art, die dasaß und seufzte, *Das waren noch Zeiten.*

Cal hob seine Schnauze und auch dies war genau wie in den guten alten Zeiten. Doch anstatt vor Freude zu heulen, stieß er einen langen klagenden Schrei aus. Für menschliche Ohren waren die Geräusche kaum zu unterscheiden, aber sie hatte den Unterschied gelernt und es traf sie tief. Sein Heulen klang einsam und bar jeder Hoffnung. Resigniert und leer, anstelle von stolz und optimistisch, wie es früher der Fall gewesen war. War das ihre Schuld?

Sie stieß einen winzigen Stoß heißer Luft aus und erinnerte sich daran, dass Cal sein Versprechen, ihr – egal was passierte – bis ans Ende seiner Tage treu zu bleiben, nicht gehalten hatte. In dem Moment, in dem sie gezwungen gewesen war, ihn zu verlassen, war er losgezogen und hatte sich auf die erstbeste Wölfin eingelassen, die ihm über den Weg gelaufen war. Eine Landstreicherin namens Sheila, so hatte Cynthia gehört.

Sie schlug mit ihren Flügeln durch die Luft, um Abstand zwischen sich und Cal zu bringen – oder zwischen sich und die Vergangenheit? Wie auch immer. Es war Zeit, nach Hause zu ihrem Sohn und zu ihrem neuen Rudel zurückzukehren, für das sie so hart gearbeitet hatte, um Co-Alpha zu werden. Es spielte keine Rolle, dass ihre Seele weinte, und dass ihr Herz sich anfühlte, als wäre es gerade von Neuem gebrochen worden. All das war Teil ihres alten Lebens und sie hatte es endlich geschafft, neu anzufangen.

Sie glitt in einem langsamen Kreis und murmelte die ganze Zeit vor sich hin.

Ein Neuanfang... Ein Neuanfang...

Sicher. Tu nur so, als ob, seufzte ihr Drache.

Sie richtete sich für die Landung aus und prüfte noch einmal den Wind. Dann zog sie die Flügelspitzen ein, senkte den Schwanz und streckte die Krallen aus. Wenige Augenblicke später landete sie hüpfend nicht weit von der Stelle, an der sie gestartet war. Dann breitete sie ihre Flügel aus und schüttelte sie, bevor sie sich wieder in ihre menschliche Gestalt zurückverwandelte. Als sie ihre Kleidung anzog, fühlte sich jede Schicht wie eine Rüstung an, die sie beschützte. Sie wurde wieder zu der kühlen, unnahbaren Cynthia, die Co-Alpha des Rudels war. Eine Person, die man nicht Trübsal blasen sehen sollte.

Ich blase keinen Trübsal, beharrte ihr Drache. *Ich versuche nur, einen Weg zu finden, damit die Dinge mit Cal funktionieren können.*

„Nun, sie werden nicht funktionieren", murmelte sie und ging auf das Haus zu.

Ihr Weg führte sie an der Scheune vorbei, wo die Tür nur angelehnt war. Jemand hatte das Licht darin brennen lassen.

„Was, schon wieder?", murmelte sie und war froh, etwas anderes zu haben, worüber sie sich aufregen konnte.

Sie trat hinein und ging zur Werkbank, um das Licht auszuschalten. Doch bevor sie dies tun konnte, blitzte etwas auf und fiel ihr ins Auge. Sie hielt kurz inne, als das Mondlicht auf dem Chrom glänzte – Cals ramponierte, alte Triumph.

Ihr Puls raste. Allein der Anblick der klassischen Form der Thruxton rief so viele Erinnerungen in ihr wach. Wie oft hatte sie bereits auf dem Rücksitz dieses Motorrads gesessen? Ihre Arme eng um Cals Taille geschlungen, ihre Wange warm an seinen Rücken gekuschelt...

So viele gute Zeiten, flüsterte ihr Drache.

Mit Cal Motorrad zu fahren, war immer eine Flucht aus der steifen, korrekten Welt gewesen, in der sie aufgewachsen war. Sie hatten Geschwindigkeitsbegrenzungen überschritten und viel zu viel Lärm gemacht. Sie waren auf Straßen gefahren, die mit *Keine Durchfahrt* gekennzeichnet gewesen waren, um Anhöhen zu erreichen, auf denen sie sich zurücklehnen und die Sterne zählen konnten. Mit Cal schien alles möglich zu sein – selbst die Unmöglichkeit ihrer Liebe.

Dann erinnerte sie sich daran, wie Cal auf diesem Motorrad aus ihrem Leben gerauscht war. Ihre Schultern versteiften sich. Das war das letzte Mal gewesen, dass sie ihn gesehen hatte.

Eine Woche vor der Zeremonie, bei der sie gezwungen worden war, sich mit dem Drachengestaltwandler zu verbinden, den ihre Eltern für sie ausgesucht hatten. War Cal in dieser Nacht schon mit Sheila zusammen gewesen?

Sie senkte den Kopf und kämpfte gegen den Kloß in ihrem Hals an. Draußen schrie eine Eule, die ihr sagte…

Was will sie mir sagen? wollte sie schreien. Sollte sie ihren Stolz hinunterschlucken und die Chance ergreifen, Cal wieder zu lieben. Oder sollte sie die Mauern verteidigen, die sie um ihr Herz errichtet hatte.

Nutze die Chance, flüsterte ihr Drache.

Dann erstarrte sie und entdeckte den rosa Schal, der um den Lenker gewickelt war. Es war der gleiche Schal, den sie Cal in der ersten Nacht, in der sie sich kennengelernt hatten, geschenkt hatte. Er war jetzt zerfetzt und eher braun als rosa. Die Enden waren ausgefranst und er war mit Schlamm bespritzt. Aber er war immer noch da. Warum hatte er das alte Ding nicht abgerissen?

Weil er uns immer noch liebt, sagte ihr Drache. *Das hat er immer und wird er immer.*

Cynthias Knie wurden weich. Noch nie hatte sie sich so dafür geschämt, wozu sie gezwungen worden war, und sie hatte auch noch nie so viel Bedauern empfunden. Was, wenn Cal sie gar nicht aufgegeben hatte, obwohl sie nicht länger selbst an sich glaubte?

Und was ist mit Sheila? wollte sie protestieren.

Wir haben vielleicht gehört, dass Cal mit ihr durchgebrannt ist, aber wir wissen es nicht genau, erwiderte ihr Drache. *Frag ihn. Du wirst schon sehen.*

Sie griff nach ihrer Halskette und versuchte, an der glatten vertrauten Oberfläche ihrer Perlen Trost zu finden. An der Mittleren rieb sie besonders heftig. Irgendetwas stimmte mit ihr nicht – sie färbte sich zu einem blassen glänzenden Blau. Oder war das nur das Mondlicht?

Leise Schritte erklangen hinter ihr und sie wirbelte herum.

„Cal", hauchte sie und starrte auf den Wolf, der in der Scheunentür stand. Er war genauso dunkel und verwegen wie immer. So groß und dramatisch und genauso trotzig. Kurz um, genau derselbe Wolfsgestaltwandler, in den sie sich verliebt hatte. Bis hin zu der winzigen Narbe an seiner Lippe. Die einzige wirkliche Veränderung waren die Verbrennungsnarben – und die dunkle Wolke des Leides, die er mit sich herumtrug.

Der Wolf blickte zwischen ihr und der Triumph hin und her und sie spürte, dass auch er sich erinnerte. All die schönen Zeiten, all die Hoffnung... Und all das Bedauern. Sie starrten sich einige Minuten lang an, ihre Augen glühten und sagten mehr, als sie jemals in Worte fassen konnten.

Ich wünschte...

Ich will...

Ich habe dich so sehr vermisst, dass es wehtut.

Doch gerade als sie sich sicher war, dass Cal sich in seine menschliche Gestalt zurückverwandeln und sprechen würde, schüttelte sich der Wolf kräftig und trottete wortlos in die Nacht hinaus.

Cynthia öffnete und schloss ihren Mund, um nach Worten zu suchen. Aber was gab es wirklich zu sagen?

Wie wäre es mit, ich vermisse dich immer noch, Cal, flüsterte ihr Drache. *Ich liebe dich immer noch. Kannst du mir jemals verzeihen?*

Sie brachte nicht einen Pieps über ihre zu stolzen Lippen, aber sie stürmte los, um ihm hinterherzuschauen, während er schweigend davontrottete. Sie klammerte sich an das Schiebetor der Scheune, um nicht hinter ihm her zu laufen. Was vorbei war, war vorbei, und damit basta.

Es war niemals vorbei, weinte ihr Drache.

Der Wolf warf ihr einen letzten traurigen Blick zu und trottete weiter. Sein Pfad führte ihn durch eine Schneise aus Mondlicht und sie sah zu, wie er von der Dunkelheit ins Licht und wieder in die Dunkelheit glitt, bevor er endgültig verschwand.

Cynthia ließ sich gegen das Scheunentor sinken und fühlte sich niedergeschlagener, einsamer und verlorener als je zuvor.

Kapitel 5

Cal griff nach einem Stück Eisenholz, lehnte sich auf dem Baumstumpf zurück, den er als Schemel benutzte, und schnitzte weiter. Einen Moment später wischte er sich über die Stirn, schaute sich um und unterdrückte einen Seufzer. Sein zweiter Tag auf Maui. Der erste war schon hart genug gewesen, aber dieser sollte ebenfalls ein Kracher werden. Alle starrten ihn an, als wäre er ein Verräter und jedes Mal, wenn Cynthia vorbeiging, fühlte es sich an, als stünde sein Körper in Flammen.

Er hätte nicht kommen sollen. Warum sich quälen?

Silas' Worte hallten in seinem Kopf wider. *Gehen Sie jetzt und gehen Sie in Frieden. Oder Bleiben Sie und arbeiten Sie mit uns zusammen, um Cynthia und ihren Sohn zu beschützen.*

Er knirschte seinen Kiefer hin und her. Er war nach Maui gekommen, um die Dinge zu Ende zu bringen, verdammt noch mal. Ganz egal, wie sehr es wehtat.

Timber, der Bärengestaltwandler, sägte in nicht allzu weiter Entfernung eine Sperrholzplatte. Chase, der Wolf, hackte Holz. Zumindest taten sie so, als würden sie dies tun, während sie Cal im Auge behielten. Hätte Silas nicht allen befohlen, ihn in Ruhe zu lassen, hätten sie ihn wahrscheinlich über alle Berge gejagt. Ihr Verdacht hing sowieso wie ein unsichtbarer Nebel in der Luft, aber Cal seufzte nur. Es war schon sein ganzes Leben so gewesen. Er hatte stets Köpfe verdreht, er, der große böse Wolfsgestaltwandler aus der armen Unterschicht. Ein wenig ungehobelt und unkultiviert. Die Art von Kerl, die Leute dazu brachte, voreilige Schlüsse darüber zu ziehen, wie viel Gefahr von ihm ausging.

Nun, sollten sie doch alle denken, was sie wollten. Er war hier, um Cynthia zu beschützen, und das war alles.

Er durchsuchte den Holzstapel, bis er schließlich einen langen, geraden Ast fand, der vielleicht sogar noch besser geeignet war als der erste. Er prüfte sein Gewicht, die Balance und seine Stärke. Ja, der könnte passen. Er lehnte sich wieder zurück, legte den Pfahl über sein Knie und begann, an einem Ende eine scharfe Spitze zu schnitzen. Er verzog die Mundwinkel sogar noch tiefer, als er an die Aufgabe dachte, die er damit bewältigen wollte. Wie viel Zeit würde vergehen, bis er gezwungen sein würde, ihn zu benutzen? Er blickte in den Himmel und wünschte sich ein Zeichen. Würde er die Welt endlich von dem Bösen befreien können, das Cynthia schon so lange verfolgte?

Sophie, die Wölfin, winkte freundlich, als sie vorbeikam. Anjali war bei ihr und hielt ein blondes Baby im Arm, das Dell sehr ähnlich sah.

„Hallo Cal. Hast du gut geschlafen?", rief Anjali.

Er konnte spüren, wie sich die Männer anspannten. Es war genau wie am Abend zuvor – die Frauen von Koakea waren bereit, ihm eine Chance zu geben, aber die Männer wollten ihn am liebsten in Stücke reißen.

„Hätte nicht besser sein können", murmelte er.

Tim und Chase tauschten Blicke aus, was für Cal in Ordnung war. Er war nicht hier, um Freunde zu finden. Er wollte nur, dass sie ihm seinen Freiraum ließen, und ihren Teil dazu beitrugen, dass Cynthia in Sicherheit war. Und so, wie es aussah, machten sie ihre Sache verdammt gut. Er war an diesem Morgen früh auf dem Grundstück herumgeschlichen – wobei er die ganze Zeit von einem übereifrigen Löwengestaltwandler verfolgt worden war – und hatte seinen Eindruck bestätigt, dass die Schutzmaßnahmen solide waren. Die Gestaltwandler beobachteten alles genau und es gab keinen einzigen Amateur unter ihnen.

Dennoch konnte man sich nicht entspannt zurücklehnen, nicht einmal an einem Ort wie diesem. Er blickte auf das Meer hinaus. Diese Land-Wasser-Grenze war ein gemischter Segen. Einerseits bildete sie mit dem Riff und der Brandung ihre eigene Verteidigungslinie. Andererseits konnte das Meer für einen Überraschungsangriff genutzt werden. Das gleiche galt für die Berge im Landesinneren. Es brauchte nicht viel, um sich ein

Drachengeschwader vorzustellen, das im Pearl Harbor-Stil aus heiterem Himmel angeflogen kam.

Er musterte die zerklüfteten Bergrücken und merkte sich die Felsen, die für sein Vorhaben infrage kämen. Später an diesem Tag würde er sich auf den Weg machen, um sie sich genauer anzusehen. Auszukundschaften war der erste Schritt. Zusätzliche Verteidigungsposten zu errichten – und sie zu bewaffnen –, war der Zweite und wer wusste schon, wie viel Zeit ihm blieb?

Er beugte sich über das Holz und schnitzte schneller.

Dell lachte, als er vorbeiging. „Erzähl mir nicht, dass du vorhast, ein paar Drachen mit bloßer Hand zu erledigen."

Cal machte sich nicht die Mühe, aufzublicken, als Dells Schritte plötzlich zum Stillstand kamen.

„Bist du verrückt, Mann? Man kann Drachen nicht mit Pfeilen erlegen."

Cal schnitzte weiter und schließlich schlenderte der Löwengestaltwandler davon und murmelte: „Ich glaube, er ist wirklich verrückt."

Cal schnaubte. Nein, er war nicht verrückt. Zumindest nicht *zu* verrückt.

„Hallöchen, Joey", rief Dell.

Cal riss den Kopf hoch. Er hatte am Vortag nicht viel von Cynthias Sohn gesehen. Aber da war er wieder, ein kleiner Rotschopf mit leuchtend grünen Augen. Das Ebenbild von Barnaby.

Hör auf damit, befahl Cal seinem inneren Wolf, als dieser zu knurren begann. *Das ist nur der Junge, nicht Barnaby selbst.*

Der Mann, der unsere Gefährtin gestohlen hat, knurrte sein Wolf.

Er knirschte mit den Zähnen, um sich unter Kontrolle zu bringen. Er hatte Barnaby verachtet und sogar mit dem Gedanken gespielt, den Kerl zu ermorden. Er war auch kurz davor gewesen, sich in Barnabys Büro zu schleichen, um ihn zu überrumpeln. Das war ein Jahr, nachdem Cal gezwungen worden war, Cynthia zu verlassen, gewesen. Als ihm alles so klar erschien.

Barnaby töten. Cynthia finden, hatte sein Wolf gesagt. *In den abgeschiedensten Winkel der Welt mit ihr verschwinden, wo wir endlich in Frieden leben können.*

Aber Barnaby, verdammt sollte er sein, hatte sich in seinem riesigen Ledersessel umgedreht und ganz beiläufig gesprochen.

„Mr. Zydler. Ich habe Sie schon erwartet."

Cals Kinnlade war fast aufgeklappt, aber er hatte sein Bestes getan, um Gleichgültigkeit vorzutäuschen.

„Das muss bedeuten, dass Sie damit rechnen, zu sterben."

Seltsamerweise hatte es nicht den Anschein gehabt, als würde diese Vorstellung Barnaby sonderlich stören. Nachdem er Cal einmal angesehen hatte, deutete auf einen Stuhl.

„Nehmen Sie Platz. Bitte." Barnabys Stimme hatte erschöpft geklungen und sein Blick wirkte schmerzverzerrt.

Cal hatte hauptsächlich aus Neugierde gehorcht. Er könnte erst zuhören und ihn später töten. Das wäre auch in Ordnung.

Zunächst hatte Barnaby einfach nur dagesessen und schweigend auf seine Bücher gestarrt, die in raumhohen Regalen standen. Die meisten von ihnen waren alte, in Leder gebundene Bände, die den Raum wie eine gottverdammte Bibliothek riechen ließen. Bücher über Gestaltwandler, Wissenschaft, Geschichte – einfach alles. Cal entdeckte sogar einen ganzen Abschnitt, der dem alten Rom gewidmet war, und sein Wolf hatte geschnaubt. Nicht ein einziges Buch über Motorreparaturen und kein Werkzeug in Sicht. Kümmerten sich Drachen nicht um die Probleme der realen Welt?

Aber schließlich hatte Barnaby gesprochen. Zunächst langsam und dann schneller und immer leidenschaftlicher. Je mehr er preisgab, desto größer wurde Cals Überraschung und seine Annahmen bröckelten.

Barnaby war nicht das arrogante Arschloch, für das Cal ihn gehalten hatte. Er war genauso zögerlich gewesen, sich mit Cynthia zu verpaaren, wie sie es gewesen war. Natürlich hätte Cal ihn trotzdem gerne umgebracht. Aber dann hatte Barnaby vier Worte gemurmelt, die alles verändern würden.

„Ich brauche Ihre Hilfe."

Cal hatte geschnaubt und auf das opulente Büro des Mannes gedeutet. Barnaby leitete Millionen-Dollar-Unternehmen.

Er besaß ein Anwesen in Connecticut mit einem Pferdestall und privaten Wachen. Verdammt, der Drachengestaltwandler könnte eine ganze Armee von Söldnern anheuern, wenn er es wollte.

„Wofür brauchen Sie mich?"

„Um die Frau zu beschützen, die ich liebe. Ich liebe sie wirklich", fügte Barnaby schnell hinzu. „Wenn auch nicht auf die Art, wie Sie es vermuten."

Cal hätte vielleicht gespottet, aber Barnaby fuhr fort und legte alles offen. Die verborgenen Feinheiten der Drachenwelt – Details, von denen Cal bis dahin nicht einmal etwas geahnt hatte. Die Fehden und Rachefeldzüge, die sich allmählich zuspitzten. Barnaby schien zu spüren, wie sich die Schlinge um seine Welt immer weiter zuzog. Eine große neue Macht erhob sich in der Drachenwelt und selbst ein Gestaltwandler, der so gut vernetzt war wie Barnaby, musste auf der Hut sein.

„Glauben Sie mir, ich würde Drax liebend gern selbst erledigen und gegen ihn kämpfen."

Barnaby hatte die Finger gekrümmt und es war leicht gewesen, sich vorzustellen, wie sie sich in Klauen verwandelten und Drax in Stücke rissen. Drax, den rücksichtslosen Drachen, der die Gestaltwandlerwelt beherrschen wollte.

„Aber ich kann es nicht", schloss er. „Ich muss jetzt an Cynthia denken – und an unser Kleines."

Eine Schockwelle war durch Cals Körper gerauscht. Cynthia war schwanger? Mit dem Kind eines anderen Mannes?

Wenn er geglaubt hatte, seine Welt wäre im letzten Jahr aus den Fugen geraten, hatte er sich getäuscht. Sein Wolf heulte innerlich auf und er war nahe dran gewesen, auf die Knie zu fallen. Dass Cynthia mit Barnaby zusammenlebte, war schlimm genug. Aber Cynthia, die Barnabys Kind zur Welt brachte... Die beiden würden auf eine Weise miteinander verbunden sein, die nie wieder rückgängig gemacht werden konnte.

„Ja, unser Kleines." Ein bittersüßes Lächeln umspielte Barnabys Lippen, aber das *Bittere* überwog das *Süße* und Cal fragte sich, warum.

Dann räusperte Barnaby sich und fuhr fort. „Wie dem auch sei. Unsere Feinde vermehren sich. Und schlimmer noch, sie greifen zu Methoden, die wir Drachen noch nie angewandt haben.“

Zum ersten Mal schlich sich Verachtung in Barnabys Stimme ein und ein Stück der Arroganz der Alten Welt kam zum Vorschein. Er kratzte mit seinen Fingernägeln, die sich vor Cals Augen verlängerten, über die lederne Unterlage auf seinem Schreibtisch, so dass das weiche Material zerriss.

„Ich brauche Ihre Hilfe“, wiederholte Barnaby und klang dabei entschlossener als je zuvor. „Ich werde den Familiennamen nicht beschmutzen, indem ich selbst zu solchen Mitteln greife, aber ich bin bereit, zu … sagen wir mal, zu unkonventionellen Waffen zu greifen.“

Cals Augen wären ihm fast aus dem Kopf gesprungen. Meinte Barnaby ihn damit?

Er hatte den Rest von dem, was Barnaby an diesem Abend gesagt hatte, kaum mitbekommen. Cynthia war tatsächlich für immer für ihn verloren. Aber er würde sie immer lieben und das bedeutete, sie zu beschützen.

Das heißt aber nicht, dass wir Barnaby nicht töten können, hatte sein Wolf noch einmal versucht.

Aber er hatte diese Fantasie sofort wieder verdrängt. Barnaby zu töten würde Cynthias Kind zu einer Waise machen und das wäre falsch, egal wie sehr sein Wolf nach Rache heulte.

Diese unerwartete Begegnung hatte sich zum seltsamsten Abend in Cals Leben entwickelt – einem Abend, der ihn in völlig neuen Aufruhr stürzte. Doch anstatt in seiner Trauer zu versinken, wie er es im vergangenen Jahr getan hatte, hatte er ein neues Lebensziel gefunden: Cynthia zu beschützen. Sie würde vielleicht nie von seiner geheimen Rolle erfahren und das schmerzte ihn. Aber es spielte keine Rolle, solange es ihr gut ging.

Cal blinzelte in das sanfte tropische Licht von Maui und konzentrierte sich auf das Kind, das auf ihn zukam. Joey. Allein der Anblick des Jungen ließ sein Herz schmerzen.

Der kleine Rotschopf sprang die Einfahrt entlang und wurde von einem hyperaktiven Hund umkreist. Cal rechnete im Kopf still nach. Joey musste fast sechs Jahre alt sein. „Das Kleine“, von dem Barnaby bei ihrem ersten Treffen vor über zehn Jahren gesprochen hatte, war eine Fehlgeburt gewesen, und Joey war erst Jahre später zur Welt gekommen.

„Buzz und ich haben mit dem Ball gespielt“, rief Joey Chase zu und sah dabei unglaublich glücklich aus. Dann entdeckte er Cal und ging zu ihm hinüber.

Die Luft war genauso regungslos, wie im Wilden Westen, wenn ein Revolverheld in die Stadt kam, und sich alle auf der Straße schnell zerstreuten – einschließlich des Hundes, der nur einen Blick auf Cal warf und mit eingezogenem Schwanz davonlief. Kurz gesagt, alle, bis auf den kleinen unschuldigen Jungen, der noch nicht genug wusste, um sich fernzuhalten.

Nun, wenn irgendjemand dachte, dass Cal eine Gefahr für das Kind darstellte, dann lagen sie falsch. Er hatte dem Jungen das Leben gerettet – sogar zweimal schon, auch wenn weder Cynthia noch der Junge selbst davon wussten.

„Was machst du da?“ Joey ging direkt auf die Spitze von Cals Stock zu.

Cal starrte ihn an. Es erstaunte ihn, dass eine solche Unschuld in der Welt noch existierte. Er hatte nicht nur eine fünfzehn Zentimeter lange Klinge in der Hand, sondern auch den Anfang eines ziemlich stabilen Speers. Aber der Junge sah beides nicht als Bedrohung an. Was, so nahm Cal an, ein gutes Licht auf Cynthia und ihre Freunde warf. Der Junge hätte jedes Recht, misstrauisch und ängstlich aufzuwachsen. Aber irgendwie hatten sie es geschafft, Joey ein Kind sein zu lassen.

„Wow.“ Joey studierte die Spitze des Speers. „Darf ich die anfassen?“

Cal blickte in die Richtung der Männer, die bereit waren, ihn in Stücke zu reißen. „Ich bin mir nicht sicher, ob deine Mutter das mögen würde.“

Seine Gedanken überschlugen sich und es drehte ihm den Magen um. Es war verrückt, welche Wirkung dieses Kind auf ihn hatte. Joey war der lebendige Erbe des Mannes, den Cal zu hassen versucht hatte –, worin er jedoch gescheitert war. Das Symbol des Schicksals, das ihm ins Gesicht lachte. Und gleichzeitig war dieses Kind das wertvollste in Cynthias Welt.

„Was machst du denn?“

„Ich spiele nur ein bisschen herum“, bluffte Cal.

Er legte den Speer ab, wobei er darauf achtete, die Spitze von dem Kind fernzuhalten. Dann griff er nach einem gegabelten Ast. Innerhalb von Sekunden hatte er den Ast auf eine Größe zurechtgeschnitten, die in die Hand des Kindes passte. Joey schaute ihm fasziniert zu. Cal glättete die Kanten, da er davon ausging, dass die Hände des Kindes nicht halb so schwielig waren wie seine, und schnitt dann zwei Schlitze in die Enden des Y. Dann zeigte er auf das Regal in der Scheune. „Hol' mir mal das große Gummiband, ja?"

Er hatte keine Ahnung, warum seine Stimme so heiser war. Es war doch nur ein Kind, um Himmels willen.

Joey sprang auf Kommando hinüber und Cal beobachtete jede seiner Bewegungen. Der Junge hatte nicht einen Hauch von Cynthia in sich. Zumindest nicht äußerlich – nicht mit diesem feuerroten Haar und dem breiten Grinsen.

„Das hier?", rief Joey.

Cal räusperte sich. „Ja. Das funktioniert."

Das Kind huschte so eifrig zurück, dass es Cal Angst machte. Ein Feind bräuchte nicht viel zu tun, um diesen Jungen auszutricksen und wer weiß was mit ihm zu tun. Kein Wunder, dass sich die Männer bereithielten, zuzuschlagen.

„Halte es mal nach vorn, ja?"

Joey tat, wie ihm geheißen, und dehnte das Gummiband. Cal schnitt es vorsichtig durch, wobei er seine Bewegungen übertrieb, um zu zeigen, dass er die Klinge von dem Kind wegbewegte. Er brauchte wirklich keine Gestaltwandler, die um ihn herum in Tiergestalt angesprungen kamen und ihn angriffen. Der Junge würde sich furchtbar erschrecken.

„Okay. Also, jetzt machen wir Folgendes..." Er band das eine Ende des Gummibandes an den linken Ast des Stockes.

Es war schon komisch, wie eine so einfache Bewegung Erinnerungen im Gedächtnis eines Mannes hervorrufen konnte. Meistens waren es schlechte Erinnerungen. Aber dieses Mal musste Cal lächeln. Sein Vater war ein völliger Versager gewesen, aber sein Onkel war stets ruhig, besonnen und geduldig gewesen. Wie aus dem Nichts hatte Cal eine Erinnerung daran, wie er am Knie seines Onkels hockte und ihm beim Schnitzen zuschaute, genau wie Joey es jetzt tat. Cal ertappte sich sogar dabei, dass er die gleichen Worte sprach, die sein Onkel einst gewählt hatte.

„Jetzt dehnen wir die Seite nach dort drüben..."

Joey klatschte vor Freude in die Hände. „Eine Schleuder!"

„Ja. Willst du sie ausprobieren?" Das Kind nickte eifrig. „Gut, dann geh und such' dir einen Stein." Cal hob den Ellbogen, um in eine Richtung zu deuten.

In dem Augenblick, als Joeys Blick auf Cals Arm fiel, riss der Rotschopf die Augen weit auf.

„Wow. Du hast aber viele Narben."

Dass Cals Herz in diesem Moment noch heftiger schlug, hatte jedoch weniger mit der Bemerkung zu tun als viel mehr mit der Tatsache, dass Cynthia genau in diesem Augenblick auftauchte.

„Schätzchen, es ist nicht nett, so etwas zu sagen." Sie berührte sanft die Schulter ihres Sohnes.

Cal blickte in ihre unglaublichen schwarzen Augen. *Cynthia*, wollte er flüstern. *Können wir miteinander reden? Bitte?*

Aber stattdessen schüttelte er den Kopf und murmelte: „Es macht mir nichts aus."

„Wie hast du sie bekommen?", fragte Joey fasziniert.

Cal dachte kurz darüber nach. Er konnte ja nicht gerade sagen, dass er gegen einen *Drachen gekämpft* hatte. Nicht zu einem Kind, das seinen Vater bei einem Drachenangriff verloren hatte.

„Nur eine Verbrennung. Und? Hast du Munition für deine Schleuder gefunden?"

Joey quietschte und rannte wieder los, um den Boden abzusuchen.

„Joey, Schätzchen...", rief Cynthia.

„Schon okay", flüsterte Cal, sowohl zu sich selbst als auch zu ihr. Denn verdammt, seine Hände zitterten ein wenig und seine Stimme war kurz davor zu brechen, nur weil er in Cynthias Nähe war. Es war verdammt gut, dass Joey einen Moment später mit einer Handvoll Steinchen zurückkam.

„Also gut. Die erste Regel lautet: Richte deine Schleuder nie auf etwas, das du verletzen oder kaputtmachen kannst. Sie ist nur zum Spaß da, in Ordnung?", fragte Cal.

Joey nickte und die tiefen Falten auf Cynthias Stirn lockerten sich leicht.

„So lädst du sie, und dann ziehst du sie zurück." Cal demonstrierte es und reichte Joey die Schleuder.

Der Junge nahm sie mit einem Blick entgegen, der so freudig war, dass sich die schmerzhaften, widersprüchlichen Gefühle in Cals Brust etwas entspannten. Er schnappte sich eine Dose mit Nägeln und stellte sie ein paar Schritte entfernt ab. Dann ging er zu Joey zurück und zeigte darauf.

„Schau mal, ob du die treffen kannst. Aber stelle vorher sicher, dass niemand im Weg ist."

Joey nickte, zog die Schleuder zurück und konzentrierte sich. Cal schaute ihm fasziniert zu. Vielleicht hatte der Junge ja doch ein wenig von Cynthia in sich.

Joeys erster Schuss ging meilenweit daneben, aber Cal zuckte nur mit den Schultern. „Ich habe es beim ersten Mal auch nicht hingekriegt. Man braucht eben etwas Übung."

Er griff nach einem Stein und ließ sich von Joey die Schleuder geben. Dann zielte er betont langsam, so dass der Junge zuschauen konnte.

„Wenn du loslässt, musst du darauf achten, dass du die Finger wegziehst, damit der Stein gerade fliegen kann."

Er ließ los und *kling!* Der Stein prallte von der Dose ab und purzelte über die Einfahrt.

Joey schaute staunend zu. „Wow. Du bist aber gut."

Cal verbarg ein Lächeln. Wenn der Junge nur wüsste, wie genau er schießen konnte, und wie groß die Ziele waren, die er zu Fall gebracht hatte.

Cal ging wieder nach vorn und zog seinen Stiefel durch den Kies, um einen großen Kreis um die Dose herum zu markieren.

„Versuche es noch einmal. Fünf Punkte, wenn du es in den Kreis schaffst, und zehn Punkte, wenn du die Dose triffst."

Cynthia neigte den Kopf und schaute ihn auf eine Art und Weise an, die schwer zu entschlüsseln war. Cal wandte sich schnell ab und sagte sich, er solle nicht zu viel nachdenken.

Joey schoss einen weiteren Stein und Cal nickte. „Fünf Punkte. Gut gemacht, Kumpel."

Joey sah hocherfreut aus und auch die anderen Männer lächelten. Hatten sie endlich begriffen, dass Cal nicht ihr Feind war?

„Das macht Spaß", verkündete Joey.

Cal ließ seinen Blick über die Auffahrt und die sanften grünen Hänge hinunterwandern. Es machte tatsächlich Spaß. Die Sonne schien und die Luft duftete nach tropischen Blumen. Niemand drohte, ihn zu töten – zumindest nicht im Moment. Koakea war ein schöner Ort, besonders für Gestaltwandler, die eine engere Verbindung zu Mutter Natur hatten als die meisten Menschen. Es war auch ein schöner Ort, um ein Kind dort aufzuziehen.

Cal warf Joey einen Blick zu. Der arme Junge hatte seinen Vater verloren, aber er hatte eine liebevolle Mutter und so, wie es aussah, mehrere vernarrte Onkel. Er lebte an einem schönen, ruhigen Ort, wo er vor den Gefahren der Gestaltwandlerwelt beschützt werden konnte.

Aber eine Wolke zog über die Sonne und warf einen Schatten. Cal runzelte die Stirn. Es spielte keine Rolle, wie sonnig oder warm ein Ort war. Die Gefahr konnte überall und jederzeit zuschlagen.

Hailey kam auf sie zu und schien eine Frage für Cynthia zu haben. Sie winkte sie zu sich heran.

„Du könntest eine richtig große Schleuder bauen. Einen ganzen Haufen davon." Joey grinste. „Und sie überall aufstellen, damit wir die Bösewichte erwischen können, wenn sie kommen sollten."

Cal erstarrte für einen Moment und verbarg dann ein kleines Lächeln. „Ich schätze, das könnte man machen."

Schlaues Kind, murmelte sein Wolf.

„Wie dort oben." Joey deutete auf eine Klippe.

Die anderen konzentrierten sich auf Haileys Gespräch mit Cynthia, also lehnte sich Cal näher zu Joey heran und streckte sein Kinn vor. „Es gibt sogar noch einen besseren Platz. Siehst du den Vorsprung dort? Das wäre der perfekte Ort, um deine Verteidigung zu positionieren, meinst du nicht?"

Gott, er forderte sein Glück heraus. Aber verdammt. Es fühlte sich gut an, seinen Plan anzudeuten, auch wenn es nur einem Kind gegenüber war.

Joey nickte wie ein Besessener.

Natürlich bräuchten wir bessere Munition, brummte Cals Wolf.

Und schon schweiften seine Gedanken zu den zahlreichen Vorbereitungen ab, denen er sich widmen musste. Mehr Speere. Teile für die Waffe, die zu bauen er plante. Mehr...

„Joey, Schatz", rief Cynthia. „Es ist Zeit für deine Schularbeiten. Ich verspreche dir, dass du mit der Schleuder spielen kannst, sobald wir fertig sind."

Zu Cals Überraschung stöhnte Joey nicht einmal auf. Er griff einfach nach der Hand seiner Mutter und ging neben ihr her. „Was machen wir heute?"

„Ein bisschen Mathematik, ein wenig Rechtschreibung..."

Cal schaute von Cynthia zu ihrem Sohn. Heimunterricht, was? Das hatte er sich denken können. Erstens, weil Cynthia bei allem, was sie tat, gern die Kontrolle behielt. Zweitens, weil sie bei allem, was sie anpackte, verdammt gute Arbeit leistete. Und Supermutter zu sein, war genau ihr Ding. Und drittens konnte sie ihren Sohn ja nicht auf eine normale Schule schicken, wo er ein Ziel für feindliche Gestaltwandler wäre.

Cals Brust zog sich zusammen. Seine Kindheit war nicht gerade zum Lachen gewesen, aber er hatte seine Freiheit gehabt. Er schaute Cynthia und Joey an und war für sie beide traurig. Cynthias Kindheit war genauso eingeschränkt gewesen wie die von Joey. Hatte sie die Zeit, die sie miteinander verbracht hatten, deshalb stets so genossen?

Wenn ich eine Kostprobe der Freiheit bekommen habe, dann nicht für lange, erinnerte ihn ihr trauriger Blick.

Aber zu Joey sagte sie: „Nach dem Buchstabieren lesen wir unser Buch."

„Juhu! Die Geschichte der Drachen."

Cal neigte den Kopf und begegnete Cynthias Blick. *Im Ernst?*

Sie wandte sich ab und ging mit Joey an der Hand weg. „Genauso ist es. Lass uns gehen."

„Tschüss." Joey winkte, als sie weggingen.

Als die beiden um die Ecke verschwunden waren, kam Dell hinüber, um die Dose mit den Nägeln wegzuräumen. Dann blieb er neben Cal stehen und sah etwas weniger mörderisch aus als zuvor.

„Sie bringt ihm im Ernst diesen ganzen Drachenschwachsinn bei?", fragte Cal.

Cynthia hatte ihm einmal anvertraut, dass sie selbst gezwungen worden war, die Geschichte der Drachen auswendig zu lernen, die Tausende von Jahren zurückreichte. Eines Nachts, nachdem sie miteinander geschlafen hatten, hatte sie ihm sogar die edlen Drachenblutlinien vorgetragen. Damals hatten sie darüber gelacht, aber jetzt konnte er seinen Sinn für Humor nicht heraufbeschwören.

Dell seufzte. „Ja. Aber wir haben es geschafft, sie zu überreden, die Schulzeit von vier auf zwei Stunden am Tag zu reduzieren. Das ist ein Fortschritt. Armes Kind."

Cal schaute den Löwengestaltwandler an, der ungefähr so groß und schwer war wie er selbst. Obwohl der Männerdutt, zu dem Dell sein goldenes Haar gebunden hatte, ihn noch ein paar Zentimeter größer erscheinen ließ.

Dell ließ ein Lächeln aufblitzen. „Du gehst gut mit Joey um, das muss ich dir lassen." Sein Blick verfinsterte sich. „Aber eine falsche Bewegung..."

Cal streckte die Hände hoch. „Keine falschen Bewegungen von mir." Dann ließ er seinen Blick über den Himmel schweifen und murmelte: „Aber ja. Bleib stets auf der Hut."

Kapitel 6

Cynthia flog über das Plantagengelände und musterte den Boden. Es waren Tage vergangen, seit sie Cals gequältes Heulen gehört hatte, und sie war seitdem jede Nacht unterwegs gewesen, um nach ihm zu suchen.

Nein, Moment. Sie war jede Nacht unterwegs gewesen, um ihre Kampffähigkeiten zu verbessern, richtig?

Sicher, murmelte ihr Drache. *Schon klar.*

Nun, das mit dem Kämpfen war nicht ganz gelogen. Sie war wirklich zum Trainieren unterwegs gewesen. Sie hatte Jenna oft genug überrumpelt, so dass ihre Freundin große Augen machte und sagte, *Wow. Sie sind wirklich gut geworden. Sie müssen ein größeres Naturtalent sein, als Sie dachten.*

Sogar Connor war beeindruckt. *Heiliger Strohsack, Cynthia. Haben Sie heimlich geübt?*

Nein, das hatte sie nicht, aber sie hatte in einem Buch, das sie sich aus Silas' Bibliothek ausgeliehen hatte, einiges über Luftkämpfe gelesen und war die Bewegungen in ihrem Kopf durchgegangen. Cals Ankunft hatte in ihr den unerklärlichen Instinkt geweckt, vorbereitet sein zu wollen, – etwas, das sie schon eine ganze Weile gespürt hatte, jedoch noch nie so dringend wie jetzt.

Vorbereitet worauf? fragte sie sich immer wieder.

Aber weder ihr Instinkt noch das Schicksal machten sich die Mühe, sie aufzuklären. Sie ließen sie nur beunruhigt und wundernd zurück.

Eine Windböe fegte zwischen den Bergen hindurch und ohne darüber nachzudenken, stürzte sie sich nach unten, drehte sich und schoss zu einer Seite davon. Dann blinzelte sie und realisierte, was sie getan hatte.

Wow. Vielleicht hatte Jenna ja recht. Sie beherrschte ihre neuen Tricks wirklich. Sie blickte hinunter zum Plantagenhaus. Als sie sich vorstellte, wie ein Feind auf sie zustürmte, konnte sie nicht anders, als Feuer zu spucken, wenn auch nur kurz. Sie würde niemals zulassen, dass jemand ihrem Sohn etwas antat.

Vor langer Zeit war dieser *Jemand* Drax gewesen, der skrupellose Drache, der Barnaby und andere Mitglieder des Gestaltwandlerestablishments ermordet hatte. Silas hatte Drax schließlich getötet und damit dem Bösen ein Ende gesetzt. Aber an Drax' Stelle war eine neue Macht aufgestiegen – seine Geliebte, Moira, die immer dreister versuchte, die Gestaltwandlerwelt zu beherrschen. Moira war sogar so weit gegangen, mehrere Angriffe auf die Gestaltwandler von Koakea zu verüben, und es schien nur eine Frage der Zeit zu sein, bis ihre Übergriffe eskalieren würden.

Gleichzeitig stellte der Zustrom böser Drachen aus der Alten Welt eine ganz neue Bedrohung dar.

Cynthia erlaubte sich, noch ein wenig mehr Feuer zu speien. Sie würde nicht zulassen, dass jemand ihrem Sohn etwas tat. Weder Moira, noch ihre Handlanger, noch Kravik. Und wenn sie es auch nur versuchten...

In den nächsten Minuten übte sie weiter ihre Tricks. Weit in der Ferne glühte etwas Rotes. Es war nur der Kilauea – der Vulkan drüben auf der Großen Insel, der einmal mehr die Kraft von Mutter Natur zur Schau stellte. Aber Cynthia kam nicht umhin, sich das Feuer eines Drachen vorzustellen.

Sie richtete ihre Aufmerksamkeit auf die Landschaft unter sich. Eine dunkle Gestalt bewegte sich am nördlichen Ende des Anwesens und ihr Herz schlug höher. War Cal auf vier Füßen unterwegs? Als sie näher heranflog, entdeckte sie Tim, der in Bärengestalt herumstapfte. Sie senkte den rechten Flügel und flog davon, während sie sich völlig dumm vorkam. Sie war keine verliebte Zwanzigjährige mehr.

Aber in dem Augenblick, als sie einen Schatten auf den Hügeln über dem Plantagenhaus entdeckte, raste ihr Puls schneller und ihre Stimmung stieg.

Cal. Ihr Drache jubelte. *Er ist es.*

Sie steuerte auf die Berge zu und flog in niedriger Höhe, um nicht gesehen zu werden. Dann kreiste sie herum und schaute sich um.

Es war Cal und er machte sich bereit, wieder zu heulen. Das konnte sie daran erkennen, wie er sich auf seine massiven Pfoten stützte und die Schultern durchdrückte. Dann holte er tief Luft, hob die Schnauze und heulte.

Aruuuu...

Der Laut war lang. Tief. Wehmütig. Seine Stimme klang nicht nur traurig – sie klang tragisch. Jeder lang gezogene Ton erschütterte sie. Voller Schmerz, Kummer und Bedauern. So sehr, dass sie fast mitgeheult hätte.

Wir hätten ein gemeinsames Leben haben können, flüsterte ihr Drache. *Wir hätten alles haben können.*

Cals Stimme brach und wurde dann wieder ruhiger, während er weiterklagte.

Aruuuu...

Cynthia neigte den Kopf. Warum hatte das Schicksal sie und Cal vor all den Jahren überhaupt zusammengeführt, nur um sie dann wieder zu entzweien? Und warum hatte es sie jetzt, wo es längst zu spät war, wiedervereint?

Drachen weinten nicht, aber ihre Augen brannten sehr.

Es ist noch nicht zu spät, betonte ihr Drache. *Das darf es nicht sein.*

Aruuuu...

Cal hielt einen weiteren langen Ton, um seinem jahrelangen Leiden Ausdruck zu verleihen. Doch plötzlich drehte er sich um und blickte gen Süden. Er spitzte die Ohren und hob eine seiner Pfoten vom Boden hoch.

Cynthia blinzelte und folgte seinem Blick. Was hatte er gespürt?

Einen Augenblick später sprintete Cal den Hang hinunter. Cynthia folgte ihm und hielt ihren Abstand. Was hatte ihn aufgewühlt? Und warum sprintete er auf die Mitte des Geländes zu? Tatsächlich raste er auf ihr Haus zu.

Zunächst beobachtete sie ihn neugierig. Aber dann sprang seine Dringlichkeit auf sie über und ein wachsendes Gefühl der Angst ließ ihre Gelenke verkrampfen.

Joey! schrie sie, als Cal direkt auf ihr Haus zusteuerte.

Kostbare Sekunden verstrichen, bevor es ihr gelang, die Verfolgung aufzunehmen. Hatte Cal einen Eindringling entdeckt? Oder schlimmer noch, hatte er es auf Joey abgesehen? Ihr Herz schlug laut, während sie weiterraste. Aber Cal hatte gerade genug Vorsprung, um vor ihr am Haus anzukommen, und er sprintete in Wolfsgestalt die Treppe hinauf.

„Hey!", schrie Hailey und schreckte von ihrem Stuhl auf. Die Hand, die sie Cal entgegenstreckte, verwandelte sich in eine Bärentatze, aber der Wolf war bereits im Haus.

Mit einem Adrenalinschub, wie ihn nur eine Mutter aufbringen konnte, raste Cynthia Cal hinterher. In dem Moment, in dem sie auf dem Rasen aufsetzte, verwandelte sie sich zurück. Sie stürmte ins Haus, die Verandatreppe hinauf, dann die Treppe im Inneren hoch, wo sie an Hailey vorbeirannte.

Cal, stopp! wollte sie schreien, aber ihre Kehle war wie zugeschnürt. Er sprintete direkt auf Joeys Zimmer zu.

„Mommy!", weinte Joey.

Der Wolf stürmte einen Moment später hinein und für Cynthia verlangsamte sich die Zeit. Jeder Schritt dehnte sich im Sumpf der Ewigkeit aus, so wie es in Albträumen geschah.

„Joey!", schrie sie.

Sie streckte die Hand aus und war schon bereit, sie in eine Drachenklaue zu verwandeln, um gegen den Feind zu kämpfen – egal, ob es sich dabei um einen Eindringling oder um Cal selbst handeln sollte. Aber als sie die offene Tür zu Joeys Zimmer erreichte, erstarrte sie.

„Joey?"

Cal war noch immer in Wolfsgestalt und direkt neben Joeys Bett. Weit und breit war kein Eindringling zu sehen, nur ihr Sohn, der sich in einem schlimmen Traum hin und her wälzte.

„Mommy", weinte er im Schlaf.

Die Bettdecke war auf den Boden gefallen und Cal drückte sich an Joeys Körper – um ihren Sohn zu trösten, nicht um ihn zu bedrohen. Als die Dielen unter ihren unsicheren Schritten knarrten, wirbelte Cal herum und fletschte die Zähne. Riesige, elfenbeinfarbene Zähne, die im Mondlicht schimmerten, das den schummrigen Raum erhellte. Ein Tropfen Speichel ran von seinen Eckzähnen und die Haare auf seinem Rücken waren gesträubt.

Die meiste Zeit, die sie mit Cal verbracht hatte, war er ein überraschend witziger, zärtlicher Liebhaber gewesen, wenn auch nicht ganz so gesellschaftsfähig, wie ihre Familie es gern gesehen hätte. Sie hatte Cal nur ein paar Mal wütend – wirklich wütend – gesehen. Meist wenn seine besitzergreifende Alphaseite zum Vorschein kam, um sie vor anderen Männern zu schützen. Aber so mörderisch wie in diesem Moment hatte sie ihn noch nie gesehen.

Komme einen Schritt näher an dieses Kind heran und du wirst sterben, drohten seine Augen.

Sie starrte ihn an.

Ich werde mein Leben für dieses Kind geben, sagten seine Wolfsaugen.

Einen Augenblick später wurde sein Blick weicher, als er sie erkannte. Dann verhärtete er sich wieder, als Hailey in Bärengestalt an der Tür erschien.

Cal knurrte. Hailey brummte eine Grizzlywarnung. Joey wälzte sich im Schlaf. Cynthia riss die Hände in die Luft und wusste nicht, wen sie zuerst beruhigen sollte.

„Es ist alles in Ordnung", versicherte sie den anderen, bevor sie zu Joey lief. Sie fiel auf die Knie und umarmte seinen schmächtigen, verschwitzten Körper. „Es ist alles gut, mein Schatz. Mommy ist da."

Ihr Herz drohte zu zerspringen. Joey hatte Angst. Cal sehnte sich nach etwas, das er nie haben konnte, und was sie selbst betraf... Nun, es war gut, dass sie Joey zum Trösten hatte. Sonst wäre sie vielleicht in ein Schluchzen ausgebrochen, als all die Hoffnungen und zerschlagenen Träume der Vergangenheit wieder über sie hereinbrachen.

Cal schob die Decke in Joeys Richtung und Cynthia breitete sie über ihrem Sohn aus.

„Alles in Ordnung, mein Schatz. Ist schon gut."

Aber es war nicht in Ordnung, denn ihr Herz brach von Neuem. Umso mehr, als Cal sich mit seiner felsigen Flanke an ihre Seite kuschelte.

Hailey schnaufte fragend, aber Cynthia winkte mit der Hand ab. „Alles in Ordnung. Wir kommen zurecht."

Hätte Hailey sie gefragt, wer mit *wir* gemeint war, wäre Cynthia wohl kaum in der Lage gewesen, zu antworten. Sie und Joey? Sie und Cal? Sie alle drei? Das sollte nicht möglich sein, denn Joey verkörperte alles, was sie und Cal auseinandergetrieben hatte – und auch alles, was sie für immer voneinander fernhalten sollte.

Joey schlang seine dünnen Ärmchen um ihren Hals und weinte. „Mommy. Die bösen Drachen waren wieder da."

Cal verspannte sich und schnupperte in der Luft, während sie Joey wiegte.

„Alles in Ordnung, mein Schatz. Es war nur ein Traum. Daddy hat gegen die bösen Drachen gekämpft und sie werden nie wiederkommen."

In dem Moment, als sie *Daddy* sagte, wich Cal zurück. Die warme kraftvolle Präsenz, die sie beruhigt hatte, verschwand.

„Nie wieder?", wimmerte Joey.

Sie schluckte und warf Cal einen Blick zu, dessen misstrauische Augen das Gleiche fragten.

Nie wieder wäre eine Lüge, aber sie musste Joey irgendwie trösten.

„Wir sind hier sicher. Wir haben viele mächtige Drachen, die uns beschützen. Und Bären, Löwen und Tiger. Und auch Wölfe."

Sie schaute zu Cal hinüber und ihre Blicke trafen sich. Sie hatte natürlich die Wölfe ihres Rudels gemeint. Aber das Bild in ihrem Kopf schloss Cal mit ein und der Schwur in seinem Blick bestätigte dies.

Ich werde deinen Sohn beschützen, so wie ich dich beschütze, sagten seine rauchgrauen Augen. *Mit meinem Leben.*

Cynthia schloss die Augen und wiegte Joey erneut. Es half ihm, sich zu beruhigen, und ihr half es auch.

Sind Sie sicher, dass es Ihnen gut geht? Hailey drängte die Frage in ihren Kopf.

Cynthia nickte. Was definitiv gelogen war, aber verdammt. Selbst Hailey konnte ihr jetzt nicht helfen.

Falscher Alarm. Vielen Dank. Wir kommen zurecht, antwortete Cynthia.

Haileys zögerliche Schritte deuteten darauf hin, dass sie die Gefahr abwog, die Cal darstellte. Cynthias Herz wurde wieder warm. Ihr ganzes Leben lang hatte man ihr beigebracht, dass Drachen allen anderen Gestaltwandlern überlegen waren. Aber nur wenige Drachen strahlten eine solche Wärme aus wie Hailey und der Rest von Cynthias Rudelkameraden. Sie waren so unverhohlen liebevoll und loyal, dass Cynthia sich für ihre eigene Art schämte. Würde ein Drache dem Nachwuchs eines anderen Gestaltwandlers beim geringsten Anzeichen von Ärger zu Hilfe eilen?

Sie schluckte und starrte aus dem Fenster. Gut, dass es nur ein Albtraum gewesen war und nicht die Wirklichkeit. Dann vergrub sie ihr Gesicht in Joeys weichem Haar, drückte ihn fest an sich und murmelte: „Alles ist in Ordnung."

Ihr Drache schnaubte. *Zumindest für den Moment.*

Kapitel 7

Es dauerte eine halbe Stunde, bis Cynthia Joey wieder zum Einschlafen gebracht hatte. Als sie die Treppe hinunterkam, war Hailey bereits nach Hause gegangen, aber eine dunkle, grüblerische Gestalt saß auf den Stufen der Veranda und starrte genauso in den Himmel, wie der einsame Wolf es vor nicht allzu langer Zeit auf dem Felsvorsprung getan hatte.

Cynthia lehnte sich an den Türrahmen und zog den Bademantel enger, den sie sich übergeworfen hatte. Wie fühlte sie sich dabei, Cal dort zu haben? Glücklich? Traurig? Belästigt – oder getröstet? Sie gab den Versuch auf, sich zu entscheiden. Sie war zu erschöpft, um irgendetwas zu fühlen, und das war wahrscheinlich auch gut so.

Cal hatte sich erst Minuten zuvor aus seiner Wolfsgestalt zurückverwandelt – das konnte sie an seinem intensiven Waldgeruch erkennen. Wie immer war das Schweigen sein Begleiter. Er nickte nur und lehnte seinen Kopf gegen das Geländer der Veranda, während er sie beobachtete.

„Geht es dir gut?", murmelte er leise.

Sie zog ihren Bademantel fester. Der liebe, süße Cal. Er sagte etwas um ihretwegen, nicht um seinetwillen. Sie nickte stumm.

„Was ist mit Joey?"

Sie nickte erneut. „Er schläft."

Cal nickte und sie spürte einen Stich. Es war wie ein Echo von Gesprächen, die sie einst mit Barnaby geführt hatte. Nachdem sie ihren Sohn ins Bett gebracht hatte, würde sie hinunterkommen und sich Barnaby gegenübersetzen, während sie ihr Bestes tat, sich mit ihrem Schicksal abzufinden.

Aber jetzt war Barnaby nicht mehr da und was das Schicksal anging...

Cynthia starrte Cal an und versuchte, nicht daran zu denken, was alles hätte sein können.

„Hat er oft Albträume?", fragte Cal leise.

Cynthia ballte die Fäuste und wünschte, sie könnte damit auf die Mistkerle einschlagen, die ihren Sohn traumatisiert hatten. Fast hätte sie *ja* gesagt, aber als sie genauer darüber nachdachte, änderte sie ihre Meinung.

„Nicht mehr so oft, seit wir hier sind." Sie nahm sich vor, Dell und den anderen Männern zu danken. Sie hatten dafür gesorgt, dass Joey sich vom ersten Tag an wohl und sicher gefühlt hatte. „Er ist so widerstandsfähig, dass es mich immer wieder erstaunt. Das war das erste Mal seit einer ganzen Weile."

Sie runzelte die Stirn und dachte darüber nach. War es nur ein weiterer Traum oder eine Art Vorahnung gewesen?

Sei nicht dumm, befahl sie sich selbst.

Cal streckte sich, als wollte er aufstehen, und ihr Herz pochte laut. „Gehst du?"

Er zuckte mit den Schultern. „Du brauchst mich doch nicht, oder?"

In seinem Ton lag keinerlei Aufbegehren, nur Resignation. Alle Geister ihrer Vergangenheit schienen gleichzeitig an ihren Ketten zu rütteln.

„Du kannst bleiben. Für einen Moment. Ich meine, wenn du willst", sagte sie und stotterte leicht, ohne irgendetwas richtig herauszubringen.

„Was willst du?" Cals leise gleichmäßige Stimme gab keinen Hinweis darauf, welche Option er bevorzugte.

„Bleib. Bitte bleib noch."

Das Gewicht ihrer Worte überraschte sie, aber Cal nickte einfach nur, ohne sich etwas anmerken zu lassen.

Cynthia biss sich auf die Lippe, als ein weiterer stiller Moment verstrich. Warum sollte sie ihn bitten zu bleiben, wenn sie nichts zu sagen hatte?

Weil er nichts zu hören braucht, murmelte ihr Drache. *Weil es sich gut anfühlt, ihn einfach hierzuhaben.*

Es stimmte und sie war zu müde, um sich von dem Gedanken beunruhigen zu lassen. Sie war sogar zu müde, um darüber nachzudenken, warum sie in die Küche ging und einen Augenblick später mit zwei Gläsern und einer Flasche Wein zurückkam. Dann hielt sie inne und schaute zwischen einem Stuhl in der Nähe und der obersten Treppenstufe hin und her, auf der Cal saß.

Jetzt hab dich nicht so, murmelte ihr Drache.

Sie ließ sich auf die oberste Stufe sinken, nicht zu nah, aber auch nicht zu weit von Cal entfernt, und streckte ihm eins der Weingläser entgegen.

„Ich schätze, du kannst auch etwas davon vertragen."

Er zog einen Mundwinkel hoch. „Sieht man das?"

Sie legte den Kopf schief. „Sieht man was?"

Sein Lächeln wurde breiter, als er ihr das Glas abnahm. „Gut."

Sie füllte das Glas langsam. War Cal von dem Abend – und von den letzten Tagen – emotional genauso ausgelaugt wie sie? Oder war er einfach nur müde, nachdem er jahrelang durch die Welt gezogen war?

„Ein schöner spanischer Burgunder", bemerkte sie, als ob es Cal interessieren würde.

Er nahm das Glas mit einem unverbindlichen Nicken entgegen. Cynthia nippte an ihrem Wein und versuchte, sich zu beruhigen. Aber ihre Gedanken drehten sich im Kreis.

„Hör auf, so viel nachzudenken", murmelte Cal wie aufs Stichwort.

Sie seufzte. „Wenn ich das nur könnte."

Er ließ ein paar Sekunden verstreichen, bevor er eine Geste in die Richtung des glitzernden Ozeans machte. „Schau einfach."

Sie versuchte es. Das tat sie wirklich. Aber es gelang ihr nicht.

„Worauf schauen?"

„Wie sich das Licht auf dem Wasser kräuselt. Wie es funkelt – als wären Sterne zwischen die Wellen gemischt."

Der Mann war ein Dichter und wusste es nicht einmal. Sie seufzte und beobachtete, wie das Licht über kilometerlanges, dunkles Wasser hüpfte.

„Jetzt schließ deine Augen und lausche dem Rauschen der Blätter in den Bäumen."

Das klang nicht sehr vielversprechend, aber seltsamerweise funktionierte es. Schon bald konzentrierte sie sich auf das Rascheln der Blätter im Wind, von denen eines ein anderes auslöste. Und langsam – ganz langsam – machte sich ein Hauch von Frieden in ihrer Seele breit und verdrängte einen Teil der Unruhe.

Sie schwenkte den Wein in ihrem Glas, trank einen weiteren Schluck und dann noch einen. Ehe sie sich versah, war das Glas leer, und sie griff erneut nach der Flasche. Sie bot sie Cal zuerst an, aber er schüttelte den Kopf. Sein Weinkonsum entsprach den Worten, die er von sich gab – selten und spärlich. Sie hingegen füllte ihr Glas auf und trank. Es gab ihr gerade genug Auftrieb, um die Intensität ihrer Erschöpfung zu mildern. Als sie die Flasche abstellte, streifte ihr Arm Cals Bein und ein kleines Kribbeln rauschte durch ihre Nerven.

„Wie ist es dir ergangen?", wagte sie zu fragen. Dann verkrampfte sie sich. Was, wenn er ihr nun erzählen würde, mit wie vielen Beziehungen er sein Glück versucht hatte, seit sie sich getrennt hatten?

Aber Cal erzählte nicht viel. Nur ein einziges „Okay." Was alles Mögliche hätte bedeuten können.

„Wo warst du?", versuchte sie, nachdem eine weitere Minute verstrichen war.

Er machte eine vage Handbewegung. „Hier und dort."

Cynthia betrachtete ihre Hände. War er im Nordosten geblieben oder hatte er den ganzen Kontinent mit seinem Motorrad bereist? Hatte er eine Reihe schwieriger Beziehungen hinter sich, oder war er mit Sheila zusammen geblieben?

Wo auch immer er gewesen war und was auch immer er getan hatte, es hatte seine Spuren hinterlassen. Sein Gesicht war ein wenig gezeichneter, seine Arme viel vernarbter, seine Augen unruhiger als je zuvor.

„Warum bist du wirklich hier, Cal?", fragte sie schließlich und schwenkte ihr Glas zum Ausblick aufs Meer, als ob er von dort herangetrieben worden war.

Cal schien wie hypnotisiert von dem burgunderroten Schatten, den das Mondlicht durch das Glas warf, aber sie ließ sich nicht täuschen. Der Mann dachte nach. Er grübelte. Er überlegte, wie viel er preisgeben sollte.

Offensichtlich wenig, denn sein Gesicht veränderte sich nicht und seine Stimme blieb vollkommen gleichmäßig.

„Ich bin hier, um dich zu beschützen."

Sie runzelte die Stirn. „Wovor?"

Er zuckte mit den Schultern. „Ich bin mir noch nicht sicher. Vor nichts Gutem, so viel weiß ich."

Seine Worte waren nicht im Geringsten tröstlich, aber die Wärme seines Beines an ihrem war es schon. Er lehnte noch immer am Geländer, was bedeutete, dass sie näher gerückt sein musste. Sie warf ihrem Weinglas einen misstrauischen Blick zu und zuckte dann mit den Schultern. Früher waren sie sich noch viel näher gewesen, nicht wahr?

Ihr Drache stieß einen verträumten Seufzer aus, als die Erinnerungen durch ihren Kopf schossen. *Viel näher.*

Sie konnte praktisch sehen, wie sie sich mit den Händen an seinen Rücken klammerte und sie spürte, wie die Hitze zwischen ihren Körpern aufstieg. Sie erinnerte sich, wie gut sich ihre Beine um seine Taille geschlungen angefühlt hatten, und am besten von allem, wie hart und heiß er in sie eingedrungen war.

Cal stürzte sich seinen Wein mit einem hörbaren Schlucken hinunter und löste damit eine weitere Erinnerung in ihr aus. Eine, in der sein Motorrad ins Schleudern geraten war, als er gemurmelt hatte: *Mein Gott, Lady. Tun Sie mir das nicht an.*

Cynthia hustete und tat ihr Bestes, um die sinnlichen Bilder wegzudrängen. „Ich habe allen Schutz, den ich brauche."

„Tatsächlich?"

Sie schnaubte. „Du hast Silas und die anderen kennengelernt..."

Cal nickte knapp. „Das habe ich und sie sind gut. Sehr gut."

„Aber?"

Er sagte kein Wort, also antwortete sie für ihn. „Aber niemand ist so gut wie du. Ist es das, was du sagen willst?"

Für den Bruchteil einer Sekunde tanzten seine Augen, und sie konnte sich vorstellen, wie sein jüngeres, eingebildeteres Selbst etwas sagen würde wie: *Das hast du gesagt, Schätzchen.*

Ihr Blut rauschte und sie ertappte sich dabei, wie sie sich wünschte, er würde genau das sagen. Sie wünschte sich, sie könnten die Zeit zurückdrehen und wieder das sorglose Liebespaar sein, das sie einst gewesen waren.

Aber Cals Gesicht war unergründlich. „Ich sage nur, je mehr, desto besser. Um Joeys willen."

Sie runzelte die Stirn. „Das sagst du nur, weil du weißt, dass ich verrückt nach Joey bin."

„Er ist dein Sohn."

Bei dem Gedanken verkrampfte sie sich am ganzen Körper und platzte heraus: „Hast du Kinder?"

Er lachte, obwohl in dem Klang kein Funken Humor mitschwang. „Nein."

Sie fühlte sich schuldig, weil sie erleichtert war – und schuldig, weil ihr bewusst wurde, wie Cal sich fühlen musste, dass sie einen Sohn mit einem anderen hatte. Wenn er sie so sehr liebte, wie sie ihn liebte, musste das sehr schmerzhaft sein.

Er liebt uns. Glaube mir, das tut er, schwor ihr Drache.

Die grimmige Entschlossenheit in Cals Augen bestätigte dies und ließ sie nun noch schlechter fühlen. Ohne nachzudenken, legte sie ihre Hand um Cals Wange.

„Es tut mir leid. Es tut mir so leid." Ihre Kehle war so trocken, dass ihre Stimme brach, während sie sprach.

„Was tut dir leid?"

„Alles."

Als er ihr in die Augen sah, stockte ihr Atem, denn es geschah wieder. Dieses warme, klebrige Gefühl, das sie stets überkam, wenn sie sich nah waren.

Gefährte, murmelte ihr Drache.

Cals Augen glühten und sie hätte schwören können, dass seine Wolfseite das Gleiche flüsterte. *Gefährtin.*

Sie ertappte sich dabei, wie sie über sein raues, stoppliges Kinn streichelte, so wie sie es früher getan hatte. Sie beugte sich vor. Studierte die Linie, wo das Rosa seiner Lippen auf die wettergegerbte, bronzefarbene Haut seiner Wangen traf.

Cal stellte sein Glas hinter ihr ab und legte seinen Arm um ihre Schulter. Er ließ seine Hand sanft an ihrem Nacken ruhen, als wollte er sich zu einem Kuss nähern.

„Frag' mich noch einmal", sagte er in einem heiseren Flüsterton.

Sie atmete kaum. „Was soll ich dich fragen?"

Er bewegte sich leicht und schob sein Knie zwischen ihres, während sie sich dort auf der obersten Stufe gegenübersaßen.

„Frag mich, was ich gemacht habe."

Cynthia stützte sich mit der freien Hand auf der Veranda ab, denn sie wurde ganz zittrig und das würde sie nicht zulassen. Als sie sprach, waren ihre Worte gedämpft, fast ängstlich.

„Was hast du gemacht?"

Cals Augen glühten so, wie sie es immer taten, wenn er am intensivsten war. „Ich habe dich vermisst. Von dir geträumt. Ich habe mir gewünscht, ich könnte in der Zeit zurückgehen und alles noch einmal erleben."

Sie hätte sich zusammenkauern und weinen können, wie sie es in den letzten Jahren so oft getan hatte. Zwei Gläser Wein würden ihren Tränen sicher auf die Sprünge helfen, aber sie kämpfte gegen dieses Gefühl an.

„Frag *mich*, was ich in den letzten Jahren gemacht habe", flüsterte sie.

Cal ließ dieses traurige, kleine Halblächeln aufblitzen. „Was hast du gemacht?"

„Ich habe dich vermisst. Von dir geträumt. Nein – von uns geträumt. Ich wünschte, ich könnte in der Zeit zurückgehen und alles noch einmal erleben."

Die Worte sprudelten nur so aus ihr heraus und sie hielt wie erstarrt inne. Wow. Hatte sie das gerade laut gesagt?

Das hatte sie und sie meinte es auch. Was sie bewies, indem sie näher heranrückte und flüsterte: „Cal..."

Wenn ein Lächeln ein Cocktail wäre, wäre seines eine Mischung aus zwei Teilen Trauer und einem Teil Bedauern auf genügend Eis, um den Schmerz zu betäuben.

„Cynthia..."

Seine menschliche Seite formte das Wort, aber sie konnte das Heulen seines Wolfes darunter spüren. Sie schloss die Augen und beugte sich vor, wobei sie ihre Lippen vom Instinkt leiten ließ. Gerade als sie befürchtete, Cal falsch eingeschätzt zu haben, trafen sich ihre Lippen. Seine waren in der Mitte weich und an den Rändern trocken, so wie sie es immer gewesen waren. Ein wenig rissig von all der Zeit auf dem Motorrad. Er duftete nach Leder, Sandelholz und gerade genug Wolf, um ihr Herz höherschlagen zu lassen.

Mehr, flehte ihr Drache. *Bitte, mehr.*

Er öffnete seine Lippen auf ihren, so weich und verträumt.

Mehr, hätte sie fast gestöhnt und öffnete ihren Mund unter seinem.

Und *zisch!* Es war wie bei all den Fahrten auf Cals Triumph, wenn er den Motor in einen höheren Gang schaltete und sich in die Kurve einer Landstraße legte. Ihre Ohren dröhnten und hätte sie sich nicht an ihm festgehalten, wäre sie vielleicht von der Veranda gepurzelt, so wie sie ein paarmal fast vom Soziussitz seines Motorrads gefallen wäre. Sie gab kleine wimmernde Geräusche von sich, als sie ihn zum ersten Mal seit über einem Jahrzehnt schmeckte. Und sie fragte sich, ob das alles nur ein Traum war. Aber Cal hatte sie in ihren Träumen noch nie so festgehalten und er hatte sie auch nie mit so viel Hingabe geküsst.

„Cal… " Sie strich mit den Händen über seine Brust und seine Schultern und erinnerte sich daran, wie gut sie es vor langer Zeit einmal gehabt hatte.

Wir können es wieder so gut haben, sagte ihr Drache mit Nachdruck.

Aber konnte sie das? Sie war sich des Alkohols in ihren Adern und der Welle der Emotionen, die dies alles ausgelöst hatte, schmerzlich bewusst. Dennoch küsste sie Cal leidenschaftlich genug, um diese Gedanken zu verdrängen. Er schob sein Knie näher, so dass sie ihre Beine öffnete, um ihn zu sich zu lassen. Sie ertappte sich dabei, wie sie die Hände unter sein Hemd schob, während sie den Kopf über sich selbst schüttelte. Aber es war schwer, sich bei all der in ihr lodernden, aufgestauten Gestaltwandlerleidenschaft darum zu sorgen und sie fing an, Cals Hand zu ihrem Herzen zu führen.

Eine Fledermaus huschte über das Dach hinweg und warf einen Schatten auf die beiden. Cal schaute auf. Seine Brust hob und senkte sich und seine Augen glühten.

„Cynthia. . . "

Er zog sich zurück und das außer Kontrolle geratene Motorrad, auf dem sie gefahren waren, kam zum Stillstand. Cynthia wollte sich vorbeugen und noch ein letztes Mal verzweifelt Gas geben.

Warte, wollte sie weinen. *Bitte, lass mich der Realität noch ein wenig länger entfliehen.*

Cal legte seine Hände auf ihre und führte sie dann sanft von seinen Wangen zu ihren Schenkeln und hielt sie dort fest.

„Vielleicht solltest du nach Joey sehen", murmelte er und schaute auf, als hätte er etwas gehört.

Es war nur der Jakaranda-Baum, der über das Verandadach kratzte, und Cal wusste es. Trotzdem zwang Cynthia sich, zu nicken und sich zusammenzureißen. Sie war Alpha dieses Rudels, verdammt noch mal, und das bedeutete, dass sie jederzeit Selbstdisziplin haben musste. Sie hatte nicht das Recht, Cal zu küssen, schon gar nicht in ihrer momentanen Gemütsverfassung. Es war völlig unverantwortlich. Unvernünftig. Sogar kindisch.

Aber es fühlt sich so gut an, heulte ihr Drache.

Cal stand langsam auf. Die Gelenke knackten, als würde sein Wolf sich wehren. Er zog auch sie auf die Beine und ließ sie dann widerstrebend los. Einen Moment später griff er erneut mit den Händen nach ihr, doch dann schob er seine tief in seine Taschen und behielt sie dort.

„Ich gehe jetzt besser."

„Ich auch", erwiderte sie, obwohl es sie alle Kraft kostete.

Er ging die Verandastufen hinunter und hielt dort inne, wo die Schatten seinen Gesichtsausdruck verbargen.

„Gute Nacht, Cynthia."

Seine Stimme war ein tiefes Grollen – ein Geräusch, das sie in ihren Träumen immer wieder hören würde, wenn sie jemals einschlafen könnte.

Sie griff nach den Weingläsern und der Flasche, richtete sich auf und versuchte, sich daran zu erinnern, was ihre Mutter ihr über Stolz und Manieren beigebracht hatte. Angesichts der animalischen Leidenschaft, die in ihr tobte, eine unmögliche Aufgabe.

Schließlich zwang sie sich, zwei der schmerzhaftesten Worte auszusprechen, die sie je gesagt hatte. „Gute Nacht."

Cal wandte sich langsam zum Gehen und sie schaute ihm nach, sicher, dass sie den größten Teil der Nacht damit verbringen würde, sich selbst zu berühren. Aber Joey murmelte ängstlich im Schlaf und sie kuschelte sich schließlich an ihn.

„Drachen... Böse Drachen...", wimmerte Joey.

Cynthia zog ihn enger an sich und betrachtete den Himmel vor seinem Fenster. Waren seine Träume ein Echo der Vergangenheit oder Visionen der Zukunft? Der Schatten einer Möwe glitt vor dem Fenster hinweg und Cals Worte hallten in ihren Gedanken wider.

Ich bin hier, um dich zu beschützen.

Wovor?

Ich bin mir noch nicht sicher. Vor nichts Gutem, so viel weiß ich.

Sie lag die längste Zeit der Nacht steif da und war sich sicher, dass sie niemals einschlafen würde. Aber irgendwann musste sie doch eingenickt sein, denn sie erwachte mit der aufgehenden Sonne. Nach ein paar Minuten schlich sie sich leise auf den Balkon und kam gerade rechtzeitig, um Cal auf seiner Triumph aus der Einfahrt biegen zu sehen.

Wo fuhr er hin? Was hatte er vor?

Als er über die Anhöhe verschwand, ließ sie ihren Blick über die Hänge des Landesinneren schweifen, und lauschte noch lange nach dem sanften Geräusch der Thruxton, bis sie in der Ferne verklang. Sie schlang ihre Arme um sich und tat so, als wären es die seinen, während sie in den Wind flüsterte.

„Vielen Dank, mein Gefährte."

Kapitel 8

Cal umklammerte den Lenker, als er mit der Triumph die von Büschen gesäumte Piste hinauf ratterte. Stunden waren vergangen. Die Sonne stand hoch und ließ ihm den Schweiß von der Stirn rinnen. Das Knarren der Stoßdämpfer und der aufgewirbelte Schotter dröhnten in seinen Ohren. Zum Teil lag es an der rauen Oberfläche und dem steilen Abhang. Er war den ganzen Morgen unterwegs gewesen und hatte Ausrüstung an strategischen Stellen oberhalb der Plantage versteckt.

Aber die raue Fahrt war nur ein Grund für die Anspannung in seinem Körper. Der andere war die Art, wie Cynthias Kuss immer noch auf seinen Lippen brannte.

Es brennt auf eine gute Art, brummte sein Wolf.

Und er nahm an, dass das stimmte. Zum ersten Mal in den letzten zwölf Jahren erinnerte er sich daran, wie es sich anfühlte, lebendig zu sein. Mit Hoffnung in die Zukunft zu blicken, anstatt zu verzweifeln. Aber dieser Kuss hatte auch eine Menge Schmerz und Angst in ihm wachgerufen. Hoffnung war verdammt beängstigend. Genauso wie Träume. Es lag an dem Schmerz, den sie verursachten, wenn sie zerschellten und in Flammen aufgingen.

Das Motorrad wirbelte so viel Staub auf, dass er seine Lippen fest verschlossen halten musste. Es war eine gute Sache. Es hielt ihn davon ab, mit ihnen zu schmatzen und jede Mikrosekunde dieses Kusses erneut zu durchleben.

Was die Verarbeitung des Kusses anging, hatte er an diesem Morgen also nicht viel erreicht. Aber er hatte gute Fortschritte beim Verteilen seiner Ausrüstung gemacht. Eine Verteidigungsposition war einsatzbereit und zwei weitere waren auf gutem Weg dorthin. Er betrachtete den Himmel und fragte sich, wie viel Zeit ihm noch blieb, bevor Cynthias Feinde anrücken und den klaren blauen Himmel Mauis verdunkeln würden.

Ich stimme für niemals, murmelte sein Wolf.

Niemals wäre schön, aber er bezweifelte, dass Cynthia so viel Glück haben würde. Ihre Feinde kamen näher, ganz gleich, ob er sich auf sein Bauchgefühl oder auf die Berichte von Silas' Informanten verließ. Die Ankunft der Gefahr war nicht so sehr eine Frage des Ob, sondern eher eine des Wann.

Er blickte noch einmal über die Hänge. Er hatte bereits zwei Fahrten zwischen der Plantage und den Hügeln hinter sich und war versucht, eine dritte zu machen. Aber so viel Aktivität in einem Gebiet erregte mit Sicherheit Aufmerksamkeit, also würde er noch ein oder zwei Tage warten müssen.

Sein Wolf seufzte, *wie ich unser Glück kenne, wird es schon früher passieren.*

An einer Kreuzung verlangsamte Cal das Tempo, stieg ab und verwischte die Reifenspuren, die er hinterlassen hatte. Dann schwang er sich wieder auf sein Motorrad und bog auf die Hauptstraße. Wenige Minuten später fuhr er über den Asphalt. Der Wind peitschte durch sein Haar und die Erinnerungen rasten durch seinen Kopf. Es war nur allzu leicht, sich vorzustellen, wie Cynthia sich an ihn klammerte, während er die idyllische Küstenstraße mit dem Motorrad entlangfuhr. Sein Körper wurde ganz warm. Doch als er in die unauffällige Einfahrt der Plantage einbog, versteifte sich sein Rücken und seine Handflächen fingen bei der Aussicht darauf, sie wiederzusehen, erneut an zu schwitzen.

Tim öffnete ihm das Tor, wobei er seine buschigen Augenbrauen hochzog und zu sagen schien: *Was zum Teufel hast du getrieben, du Schurke?*

Cal fuhr wortlos vorbei und war dankbar, dass Silas ihm freie Hand gelassen hatte, sich nach Belieben zu bewegen. Sonst hätte er verdammt viel zu erklären gehabt. Am höchsten Punkt des Hügels hielt er inne und ließ seinen Blick über die Plantage schweifen. Das meiste war von Gestrüpp überwuchert und von Relikten der Vergangenheit übersät – ein rostiger Traktor hier, ein eingestürzter Schuppen dort. Offensichtlich war dieser Ort jahrelang verlassen gewesen. Die Stückchen Land, die Cynthia und die anderen wieder nutzbar gemacht hatten, stachen besonders ins Auge. Eines davon war das perfekt quadratische Stück Feld, auf dem saubere Reihen von Kaffeesträuchern wuchsen, die Hailey anbaute. Ein anderes war das gepflegte Rasenoval um das Haupthaus herum, komplett mit Blumentöpfen und kletternden Bougainvilleen. Dann gab es noch den gewundenen Pfad hinunter zu dem winzigen Stückchen Privatstrand und dahinter...

Er hielt einen Moment lang den Atem an. Dahinter befand sich der beste Teil – der Ozean. Kilometerweit erstreckte er sich bis in die Unendlichkeit. Als Wolfsgestaltwandler fühlte er sich normalerweise im Wald am wohlsten. Aber der Ozean war auch ziemlich beeindruckend. Die salzige Meeresluft, das Gefühl von Weite...

Ich könnte mich an diesen Ort gewöhnen, flüsterte sein Wolf.

Aber dann fiel sein Blick auf die Gestalt, die auf der Veranda des Plantagenhauses auf und ab ging. Aber könnte er es wirklich? So reizvoll der Gedanke auch war, ein einziger Kuss konnte ein Jahrzehnt der Verwüstung nicht ungeschehen machen.

Widerwillig stieß er sich ab und fuhr hinunter zur Scheune, wobei er die ganze Zeit Cynthias Blick auf sich spürte. Nachdem er das Motorrad geparkt hatte, strich er sich mit den Fingern durchs Haar und versuchte, sich wieder zu sammeln. Dann trat er in den Sonnenschein hinaus und war fest entschlossen, cool zu bleiben. Doch als er Cynthia entdeckte, blieb er stehen. Warum lief sie derart auf und ab? Was stimmte denn nicht?

Anstatt langsam hinüberzuschlendern und so zu tun, als wäre ihm alles egal, stürzte er also regelrecht hinüber und kam geräuschvoll am Fuße der Treppe zum Stehen. Cynthia schenkte ihm ein schwaches Lächeln, während sie in ihr Telefon murmelte.

„Wie lange?" Sie biss auf einen ihrer perfekt manikürten Fingernägel. „Können Sie nicht früher kommen?"

Cal kniff die Augen zusammen. Wer sollte kommen? Warum?

„Was ist mit Chase?" Es folgte ein langes Schweigen, während Cynthia auf eine Antwort wartete. „Gibt es denn niemand anderen, der für Sie einspringen kann?"

Cal fragte sich, wer dort am anderen Ende der Leitung war. Tim wartete schweigend neben ihm und sah besorgt aus. Schließlich legte Cynthia auf und schaute zu Boden.

„Was ist los?", fragte Tim.

Sie bedeckte ihre Augen mit einer Hand und rieb sie kräftig. „Es ist nichts."

Cal hätte losprusten können. *Es ist nichts*, war Cynthias Codesprache für ein riesiges Problem – eines, bei dem sie wegen ihres verdammten Stolzes nicht um Hilfe bitten konnte.

Er bewegte seine Hände durch die Luft und wünschte, er könnte sagen: *Frag. Es tut nicht weh, zu fragen.*

Aber so war Cynthia – sie versuchte stets, ihre Probleme alleine zu lösen. Als er sie kennengelernt hatte, hatte sie mit einem liegengebliebenen Auto am Straßenrand gestanden und behauptet, es wäre alles in Ordnung, obwohl es das bei Weitem nicht gewesen war.

Sie deutete in Richtung Süden. „Dell hat Joey heute Morgen mit in die Stadt mitgenommen, aber jetzt braucht das Lucky Devil jemanden, der die Mittagsschicht übernimmt, also kann Dell Joey nicht nach Hause bringen."

Cal wartete. Das war das große Problem?

„Kann Anjali Joey nicht fahren?", fragte Tim.

Cynthia schüttelte den Kopf. „Anjali ist mit dem Auto nach Kahului gefahren und sie wird eine ganze Weile nicht zurück sein."

„Was ist mit Chase oder Sophie?"

Cynthia fing wieder an, auf- und abzugehen. „Die arbeiten auch beide und das andere Auto steht drüben in Hunters Werkstatt."

Cal schaute von Cynthia zu Tim und wieder zurück. „Kann Joey nicht eine Weile warten?"

Cynthia drehte sich auf dem Absatz um und verdammt, sah sie empört aus. „Ich werde nicht zulassen, dass mein Sohn in einer Bar herumhängt."

Tim warf Cal einen Blick zu, der zu sagen schien, *Dränge dich niemals zwischen eine Bärenmutter und ihr Junges ... besonders nicht, wenn sie ein Drache ist.*

„Ich dachte, das Lucky Devil wäre ein Restaurant", sagte Cal überaus vorsichtig.

„Ein Restaurant mit einer Bar. Und Stammgästen." Cynthias Stimme triefte vor Geringschätzung.

Cal konnte sich ein lautes Lachen nicht verkneifen. „Du klingst wie deine Mutter."

Tim starrte ihn mit einem Blick an, der zu sagen schien: *Du kennst ihre Mutter?*

Cal rollte mit den Augen. Er hatte den größten Teil dieser verdammten Familie kennengelernt und sie waren noch schlimmer als seine eigene.

Cynthia stemmte ihre Hände an die Hüfte. „Tue ich nicht."

„Doch, das tust du."

Cynthia ließ die Schultern hängen. „Gott, du hast recht. Ich klinge wirklich wie sie."

Der Drang, nach ihr zu greifen und sie zu umarmen, überkam Cal. Um ihr zu sagen, dass sie vielleicht nicht perfekt war, er sie aber trotzdem liebte.

Ich liebe dich, krächzte sein Wolf.

Cal befahl der Bestie, still zu sein, aber es war zu spät. Cynthia schaute auf und starrte ihn an.

Du liebst mich? flüsterte ihre Stimme in seinem Kopf.

Natürlich liebe ich dich. Er seufzte und sandte die Worte in ihren Kopf. Dann fuchtelte er wieder mit den Händen durch die Luft.

„Wie dem auch sei... Joey?"

Cynthia wurde rot und begann erneut, auf- und abzugehen. „Ich will einfach nicht, dass er sich mit ... mit... "

Cal wartete und beobachtete, wie sich der rosa Farbton ihrer Wangen zu einem kräftigen Rot wandelte. Cynthia war im Grunde ihres Herzens kein Snob, aber ihre Erziehung kam schon manchmal durch. Es machte aber irgendwie Spaß, ihr dabei zuzusehen, wie sie mit diesen beiden Seiten in sich selbst zu kämpfen hatte.

„... mit schlechten Einflüssen umgibt, in Ordnung?" Sie verschränkte die Arme, aber es war eher eine Selbstumarmung als eine Geste des Trotzes.

Cal hätte sie am liebsten mit etwas geneckt wie: *Schlechte Einflüsse – so wie ich?* Aber sie war so gestresst, dass er nachgab.

„Kein Problem. Ich fahre dich."

Erleichterung breitete sich auf ihrem Gesicht aus. Aber dann erblasste sie. „Moment. Du meinst, mit dem Motorrad? Ich mit dir?"

Cal holte tief Luft und dachte daran, was das bedeutete. Traute er sich wirklich, ihr wieder so nahe zu sein?

Auf jeden Fall. Sein Wolf wedelte mit dem Schwanz. *Genau wie in alten Zeiten.*

Cal schnaubte. Es war nicht wie in alten Zeiten, nicht mit all den Altlasten, die er und Cynthia im Laufe der letzten Jahre angesammelt hatten.

„Sicher. Warum nicht?" Er bemühte sich sehr, das Schwanken aus seiner Stimme fernzuhalten.

„Und wie willst du Joey auf dem Motorrad zurückbringen?", wandte Tim ein.

„Wir holen uns die Autoschlüssel von Chase und fahren zurück."

Siehst du? beharrte sein Wolf. *Ganz einfach.*

Aber es war überhaupt nicht einfach, mit Cynthia auf das Motorrad zu steigen. Nicht angesichts der Kluft, die sich in den letzten zwölf Jahren zwischen ihnen aufgetan hatte. Dass er sie am Vorabend geküsst hatte, konnte er sich vielleicht verzeihen, denn sie waren beide aufgebracht gewesen. Und nicht nur das, auch das Mondlicht hatte direkt auf sie geschienen, so dass ihre Gestaltwandlerseiten die Kontrolle verloren hatten. Aber das hier war etwas ganz anderes.

Tim nickte. „Ah, richtig. Du meinst, Chase kann später mit deinem Motorrad zurückkommen?"

Cal schüttelte den Kopf. Niemand außer ihm fuhr dieses Motorrad. „Wir tauschen später zurück."

Wie auch immer, knurrte sein Wolf, der begierig darauf war, loszufahren.

Cynthia starrte ihn so eindringlich an, dass ihre Augen zu glühen begannen.

Ja, er wusste, wie sie sich fühlte. Sie brannte darauf, ihm wieder näherzukommen, genau wie er. Aber sie hatte auch Angst. Es war sicherer, Abstand zu halten, als sich auf das Minenfeld der Vergangenheit zu begeben. Es war einfacher, einen Groll zu hegen, als zu verzeihen. Hatte er wirklich in sich, was es dazu brauchte? Könnte sie es?

Als Cynthia schließlich sprach, war ihre Stimme so leise, dass Cal sie fast überhört hätte.

„In Ordnung." Einen Moment später fügte sie noch hinzu: „Wenn es dir nichts ausmacht."

Cal grinste. *Das ist mein Mädchen.*

Seine Antwort war ein Gemurmel, weil er versuchte, seine eigene Hoffnung in Schach zu halten. „Es macht mir gar nichts aus."

∞∞∞∞

Minuten später rasten sie die Küstenstraße hinunter und Cal musste sich kneifen, um sicher zu sein, dass es die Wirklichkeit und nicht nur ein Traum war. Aber das waren tatsächlich Cynthias Arme an seiner Taille und es war wirklich ihr Kinn, das an seiner Schulter ruhte.

Für den ersten Kilometer versuchte sie, einen gewissen Abstand zwischen ihren Körpern zu halten. Genau wie sie es damals getan hatte, nachdem ihr Wagen in den Adirondacks am Straßenrand liegen geblieben war. Aber der Versuch, sich nicht zu berühren, war hoffnungslos und sie wussten es beide. Zum einen ließ der Winkel des Sitzes ihren Körper gegen seinen gleiten. Und alte Gewohnheiten waren außerdem schwer zu brechen, auch wenn sie beide so tun wollten, als würden sie nicht an die Intimität denken, die sie einst geteilt hatten.

Schlussendlich gab Cynthia dem Unvermeidlichen nach und schlang ihre Arme immer fester um seine Taille. Cal wünschte sich, die Fahrt in die Stadt würde länger dauern, damit er dieses herrliche Gefühl noch weiter auskosten konnte. Er konnte die langen, seidigen Strähnen ihres schwarzen Haares nicht sehen, die im Wind wehten, aber er konnte die Bewegung hinter sich spüren. Auch die Erregung. Cynthia spürte es. Er spürte es. Und verdammt, es schien fast so, als gäbe es einen dritten Mitfahrer – das Schicksal.

Tausend Düfte hüllten ihn ein, während sie dahin rauschten – einige exotisch. Andere vertraut. Der Rosen- und Weidenduft von Cynthias Haut vermischte sich mit dem von riesigen rosa Blüten, die am Straßenrand wuchsen. Ein grüner Vogel flog vorbei, der strahlender war als jedes Tier, das Cal jemals gesehen hatte. Er rauschte mit der Triumph an zwei jungen Männern in einem alten Toyota vorbei, auf dessen Heck ein paar Surfbretter geladen waren. Es war, als wollte ganz Maui ihn aufmuntern und sagen: *Hey, du bist jetzt auf Hawaii. Mach dich locker, Mann.*

Dann, wie aus dem Nichts, wies Cynthia auf einen Strandpark auf der rechten Seite.

„Halte an.“

Cal warf einen Blick zurück und fragte sich, warum sie sich so verkrampft hatte. Aber er tat, wie ihm geheißen, und fuhr auf den Parkplatz. Dann drehte er sich erwartungsvoll um.

Cynthias Gesicht war von Sorgenfalten gezeichnet und ihre Augen wirkten niedergeschlagen, als sie flüsterte: „Wir müssen reden.“

Die Surfer fuhren mit ihrem Toyota gerade auf den Parkplatz, als Cynthia *reden* sagte, und einen Moment lang hatte Cal den verrückten Impuls, so zu tun, als hätte er es nicht gehört. Reden war beängstigend, denn Worte waren mit Gefühlen verbunden, und darin lauerte ein ganzer Haufen von Schmerz.

Aber Cynthia deutete ihm an, das Motorrad noch ein Stück weiterzufahren und unter einer dieser Bilderbuchpalmen zu parken, die man immer auf Postkarten sieht. Die mit den glücklichen Liebenden unter den sich wiegenden Palmwedeln, nicht Paare, die von einem Sturm namens Schicksal auseinandergerissen und wieder zusammengeführt wurden.

„Wir müssen reden“, beharrte sie.

Cal überlegte kurz, ob er sie daran erinnern sollte, dass sie Joey abholen mussten. Aber das wäre eine billige Masche und Cynthia hatte recht. Sie brauchten es. Als sie also von einer Seite des Motorrads abstieg, rutschte er auf der anderen hinunter. Das Motorrad stand still zwischen ihnen und stellte die metaphorische Mauer dar, die im Laufe der Jahre zwischen ihnen errichtet worden war.

Ihre Lippen bebten und eine einzelne Träne kullerte über ihre Wange. Er berührte ihr Gesicht und strich sie mit seinem Daumen weg.

„Ich bin so verwirrt." Cynthia biss sich auf die Lippe und begegnete langsam seinem Blick. „Warum?"

Er neigte den Kopf. Warum, was?

„Du hast gesagt, dass du mich liebst."

Cal nickte zuckend. „Natürlich liebe ich dich."

Hoppla. Er hatte, *liebte ich dich* sagen wollen – in der Vergangenheitsform.

Cynthias Augen blitzten mit Dutzenden von Emotionen auf, die sich genau wie seine eigenen alle vermischten und aufeinanderprallten.

„Ich kann verstehen, warum du gegangen bist. Ich musste Barnaby heiraten und habe dir gesagt, du sollst gehen. Aber..." Ihre Stimme stockte und Tränen standen in ihren Augen. „Aber als ich hörte, dass du mit Sheila durchgebrannt bist..."

Cals Gedanken rasten. Wovon sprach sie denn?

„Wie konntest du nur?", platzte Cynthia heraus.

„Wie konnte ich was?" Offensichtlich war das nicht die richtige Antwort, denn Cynthias Augen funkelten vor Wut.

„Ich war gezwungen, Barnaby zu akzeptieren. Aber niemand hat dich gezwungen, in dem Moment, in dem du mich verlassen hast, direkt in die Arme einer anderen Frau zu fallen."

Oha. Er drückte eine Hand auf den Tank der Triumph, während sich die Welt um ihn herum drehte.

„Ich... Was?" Wut kochte in ihm hoch und Gefühle, die er nie hatte aussprechen wollen, sprudelten heraus. „Du warst diejenige, die einen anderen Mann geheiratet hat. Weißt du eigentlich, was es für mich bedeutet hat, zu wissen, dass du mit einem anderen zusammen bist? Nacht für Nacht..." Er verstummte, denn der Gedanke machte ihn krank. Vielleicht hätte er doch nicht nach Maui kommen sollen.

„Es war nicht Nacht für Nacht." Cynthia funkelte ihn an.

„Nein, eher viele Jahre." Cal schnaubte. „Und du wirfst mir vor, dass ich einmal mit jemand anderem zusammen war?" Er wollte noch hinzufügen, dass er nichts dergleichen getan hatte, aber Cynthia unterbrach ihn.

„Glaube mir, Barnaby war von unserer Verpaarung genauso begeistert wie ich. Wir hatten getrennte Schlafzimmer. Getrennte Leben."

„Und so ist wohl auch Joey entstanden, nehme ich an?"

Sie funkelte ihn an. „Ich habe zweimal mit Barnaby geschlafen, Cal. Zweimal in neun Jahren. Und glaube mir, es war rein geschäftlich. Ein Geschäft, bei dem ich mich krank fühlte. Mich geschämt habe."

„Als ob. Als ob irgendein Mann, der mit dir verheiratet ist, mit ein oder zweimal zufrieden wäre. Es gibt keinen Grund, Barnaby zu einem gottverdammten Heiligen zu sprechen."

„Ich habe nie gesagt, dass er ein Heiliger war."

„Was willst du dann sagen?"

Sie hielt inne, als wäre sie kurz davor, ein großes Geheimnis zu enthüllen, und ihre Augen huschten von einer Seite zur anderen. Dann beugte sie sich vor und flüsterte:

„Barnaby war schwul, Cal. Schwul."

Die Worte hallten durch Cals Kopf, aber irgendwie konnte er ihre Bedeutung nicht ganz erfassen. „Was?"

Sie schaute sich erneut um, als ob ein Mitglied ihrer verrückten Familie lauschen könnte. „Ich sagte, Barnaby war schwul."

„Schwul?"

Cals Kinnlade klappte auf. Das hätte er nie und nimmer vermutet. Aber plötzlich ergab es einen Sinn. Ein etwas älterer Drache, der seine Verpaarung solange hinausgezögert hatte, wie er nur konnte, selbst wenn es um eine so begehrenswerte Frau wie Cynthia ging. Ein Mann, der sie nur berührt hatte, um das zu tun, was die Fortsetzung der Familienlinie verlangte.

„Es war für ihn genauso schwer wie für mich." Cynthia schluckte wieder. „Aber er war gut zu mir. Und er war ein großartiger Vater. Er liebte Joey mehr als alles andere auf der Welt." Cynthia sah aus, als würde sie gleich weinen, aber sie drückte die Schultern durch und fing sich wieder. „Ich habe es gehasst, dass ich es tun musste. Aber niemand hat dich gezwungen, mit einer anderen Frau durchzubrennen. Wir haben uns versprochen, unsere Liebe stets aufrechtzuerhalten, auch wenn wir nicht zusammen sein können. Warum hast du dein Wort gebrochen?"

Cal hätte aus Protest fast geschrien. Aber das letzte Jahrzehnt hatte ihn eine Menge gelehrt. Zum Beispiel, wann er den Mund halten und nachdenken sollte.

„Ich bin mit niemandem durchgebrannt", sagte er schließlich. „Ich weiß nicht, wovon du sprichst."

Cynthia runzelte die Stirn. „Du leugnest es?"

Er sah sie einfach nur an und ließ seine Augen für sich sprechen. Nachdem er Cynthia kennengelernt hatte, hatte er nie wieder eine andere Frau auch nur berührt. Er war noch nicht einmal in Versuchung gekommen, so etwas zu tun. Warum sollte er auch? Cynthia war seine Gefährtin. Es gab keine andere für ihn und es würde auch nie eine geben.

Cynthia musterte sein Gesicht und als sie sprach, war die harte Schärfe in ihrer Stimme etwas verblasst. „Sheila. Man hat mir gesagt, dass du zu Sheila gelaufen bist."

Endlich ging Cal ein Licht auf. „Meine Tante? Ja, ich habe sie besucht, nachdem du dich verabschiedet hattest. Unten in Georgia, einfach um eine Weile wegzukommen."

Cynthia starrte ihn an. „Deine Tante? Aber... Sie haben mir gesagt... "

„Wer hat dir was gesagt?"

Cynthia ließ ihren Blick über den Strand wandern, aber er konnte sehen, dass sie in Gedanken in der Vergangenheit war und nach nebligen Erinnerungen suchte. „Ich habe meinen Cousin und meine Cousine gebeten, dich zu finden und dir eine Nachricht zu überbringen. Um dir noch einmal zu sagen, wie sehr ich dich liebe. Aber sie kamen zurück und haben gesagt, dass du mit einer Frau namens Sheila zusammen warst."

„Und du hast ihnen geglaubt? Du hast den Schluss gezogen, dass es eine andere gibt?"

Einen Moment lang schwankte Cal zwischen Wut und Vergebung. Wie konnte Cynthia nur so etwas glauben?

Aber er hatte endlich die Chance, mit der Frau zu sprechen, die er liebte – vielleicht sogar die Chance, die Dinge wieder in Ordnung zu bringen. Also hielt er den Atem an und zählte bis zehn, bevor er weitersprach.

„*Wer* genau hat dir das erzählt?"

„Mein Cousin." Cynthia tippte mit ihren Fingern an ihr Kinn, während sie nachdachte. „Presley und... Presley und..." Die Erkenntnis blitzte über ihr Gesicht, als ihre Stimme plötzlich stockte. „Presley und Moira."

Der Name klang wie Gift und Cal zuckte zusammen.

„Moira? Und das hast du geglaubt, von ihr?"

Cynthia erblasste. „Ich dachte immer, Presley wäre in Ordnung. Und Moira..." Die Finger, mit denen sie tippte, nahmen die charakteristische Krümmung von Krallen an, als sich ihre Drachenseite zeigte. „Moira war damals noch anders." Sie verzog das Gesicht. „Oder vielleicht war sie es auch nicht. Vielleicht war mir zu diesem Zeitpunkt einfach nur noch nicht klar, wie grausam sie war."

Grausam beschrieb Moira nicht einmal ansatzweise. Diese Frau war teuflisch – das pure Böse. Aber wenn Cal wirklich über Cynthias Geschichte nachdachte, ergab sie einen Sinn. Damals hatte Moira ihren steilen Aufstieg zur Macht noch nicht begonnen. Niemand hätte vorhersagen können, dass sie mehr werden würde als eine böse Cousine dritten Grades, die die Familie zu ignorieren pflegte.

Cynthia schlang ihre Arme fest um sich, aber das verbarg ihr Zittern nicht. „Damals war das Einzige, was mir daran im Gedächtnis geblieben ist, die Tatsache, dass du mit einer anderen Frau zusammen warst. Ich habe nicht darüber nachgedacht, wer es mir erzählt hat."

„Nun, ich denke, sie haben nicht völlig gelogen. Ich habe meine Tante Sheila besucht."

„Aber so, wie sie es gesagt haben, war es eine Lüge. Und Gott, ich habe es geglaubt." Cynthia ließ die Schultern hängen. „Es ist meine Schuld. Gott, es ist alles meine Schuld."

Cal nahm an, dass er Cynthia zustimmen und alles noch schlimmer machen könnte. Oder er könnte tief in sich gehen und sich wie ein Mann verhalten. Er entschied sich für Letzteres und ging um das Motorrad herum, um seine Arme um Cynthia zu schlingen, während sie zitterte und weinte. Jeder Muskel in seinem Körper konzentrierte sich darauf – er hielt Cynthia fest, aber nicht zu fest, während er sich die ganze Zeit wünschte, er könnte Moira erwürgen. Aber es gab für alles eine Zeit und einen Ort und dies war der Moment, um seine Gefährtin im Arm zu halten.

Meine Liebe, flüsterte sein Wolf immer wieder.

In den letzten zehn Jahren hatte er in einer Wolke aus Schmerz und Hass gelebt. Cynthia im Arm zu halten, ließ den Schmerz zwar nicht verschwinden, aber seine Wut verflog zumindest für eine Weile. Es war ein bisschen so, wie als er auf Maui angekommen war – als er aus diesem Flugzeug stieg und all den Sonnenschein spürte. Diese angenehme, warme Temperatur, die sich ihren Weg in sein Innerstes bahnte.

„Cal", flüsterte Cynthia und streichelte seine Brust.

Die Surfer mussten schon bei ihrer vierten oder fünften Welle sein, als Cynthia endlich aufhörte zu weinen. Aber verdammt. Cal war es egal, wie lange es dauerte. Er könnte sie den ganzen Tag im Arm halten. Aber dann fiel ihm der Grund ein, warum sie losgefahren waren, und er versteifte sich.

„Joey... "

Cynthia wischte sich über die Augen und schniefte noch immer. „Oh Gott. Ich bin so eine Rabenmutter."

Cal schüttelte den Kopf. „Sag das bloß nicht. Ich habe dich mit ihm gesehen. Du bist eine fantastische Mutter, Cynthia. All das Kuscheln, die Gute-Nacht-Geschichten... "

Er verstummte, bevor sie merkte, dass er immer in der Nähe gewesen war und sie beide beschützt hatte. So nah und doch so fern.

Er räusperte sich schroff und wandte sich dem Motorrad zu. „Wie auch immer, du hast recht. Wir sollten ihn holen."

Cynthia musterte ihn genauer, als ihm lieb war. Aber schließlich wischte sie sich das Gesicht ab und nickte. „Gott. Ich bin so ein Wrack."

Er hob ihr Kinn mit einem Finger hoch. „Du bist die schönste Frau, die ich je gesehen habe."

Ihre Blicke trafen sich und eine Diashow aller Momente, die er jemals mit Cynthia verbracht hatte, gute und schlechte, liefen in seinem Kopf ab. Und nicht nur das, sondern auch Bilder einer Zukunft, von der er nie gedacht hatte, dass er sie erleben würde. Mit anderen Worten, gefährliches Terrain.

Schnell, bevor er noch ganz rührselig werden konnte – oder schlimmer noch, sie küsste, denn wer wusste schon, wohin das führen würde –, stieg er auf das Motorrad und ließ den Motor an. Er bedeutete ihr, aufzusteigen, denn für einen einsamen Wolf hatte er vorerst genug geredet.

Glücklicherweise stieg Cynthia mit einer geübten Bewegung hinter ihm auf und einen Moment später braustensie den Highway hinunter, wobei sie sich noch fester an ihn klammerte als zuvor.

Wie in alten Zeiten, flüsterte sein Wolf und brachte ihn in die Versuchung, zu hoffen. Zu träumen. Um sich das Herz erneut brechen zu lassen?

Cal holte tief Luft und tat so, als würde er sich auf die Straße konzentrieren.

Kapitel 9

Lahaina war nicht weit genug entfernt, um Cals Herz wieder zur Ruhe kommen zu lassen, aber verdammt. Dafür hätten sie einen ganzen Kontinent überqueren müssen.

Er wurde langsamer, als sie das Ortsschild passierten und folgte Cynthias Anweisungen, als die Straße sich gabelte. Es dauerte nicht lange und sie fuhren die Front Street hinunter – die Hauptstraße der historischen Stadt. Reihen von zweistöckigen Gebäuden säumten die Bürgersteige, ein jedes von ihnen war in einer anderen Farbe gestrichen. Cynthia lotste ihn zu einer Parklücke und deutete auf ein grünes Gebäude mit einem Balkon im oberen Stockwerk. Ein altmodisches Holzschild hing über dem Gehweg und wies die Treppe hinauf zum *Lucky Devil.*

Das Schild war mit einem Totenkopf mit roten Hörnern und gekreuzten Knochen verziert. Cal zog fragend die Augenbrauen hoch, aber Cynthia seufzte nur.

„Du wirst schon sehen."

Chase stand an der Tür. Sein Gesichtsausdruck sollte jedem Mann sagen, *Denke noch nicht einmal dran hier Ärger zu machen* und jeder Frau suggerieren, *Bei uns bist du sicher.* Und obwohl er beim Anblick von Cal und Cynthia überrascht wirkte, ließ Chase die beiden ohne ein Wort eintreten.

Die knarrende Holztreppe und der malzige Geruch erinnerten Cal an eine der fragwürdigeren Kneipen, in die er Cynthia einmal ausgeführt hatte. Dort waren sie nach einer Stunde des Tanzens kichernd, verschwitzt und bereit für ein wenig Zweisamkeit in ein Zimmer im Obergeschoss gegangen.

Cynthia stolperte über die nächste Stufe, fing sich dann wieder und sah ihn mit einem tiefen Erröten an. Cal verbarg ein Grinsen. Offenbar erinnerte sie sich auch.

Er stützte sie ab und sie gingen weiter hinauf. Der Korridor war nur schwach beleuchtet, aber der Sonnenschein, der von oben hereinflutete, lockte sie genauso an wie der Duft von gebratenem Speck.

Sein Wolf leckte sich die Lippen. *Das gefällt mir jetzt schon.*

Eine fröhliche, quirlige Frau empfing sie mit der Speisekarte an der Tür. „Willkommen im Lucky Devil." Ihre Stimme schwankte. „Oh – hallo, Cynthia." Dann entdeckte sie Cal und senkte ihre Stimme zu einem tieferen, sinnlichen Schnurren. „Und Sie sind auch willkommen."

„Hallo Candy." Cynthia ging an der Kellnerin vorbei und zog Cal mit sich.

Cal war froh, dass Cynthias fester Griff ihm den Vorwand gab, die Kellnerin stehenzulassen – eine dieser übereifrigen Frauen, die ihn mit Blicken auszogen. Er drehte seinen Arm leicht, um sicherzustellen, dass sie einen guten Blick auf seine Narben werfen konnte. Leider schien es Candy nicht abzuschrecken. Im Gegenteil, sie huschte hinter ihm her.

„Kann ich Ihnen einen Tisch anbieten? Brunch geht noch für eine halbe Stunde."

„Wir sind nur hergekommen, um Joey abzuholen." Cynthias Tonfall klang wie, *Hau ab* – in fett und unterstrichen. Dann entdeckte sie jemanden an der Bar und ihr Blick wurde so weich, wie nur Mütter ihre Kinder ansahen.

„Joey..."

Cal musterte die abgefahrene Kneipe. Bunte Signalflaggen hingen von den Dachsparren und Schwarz-Weiß-Fotos aus der Pionierzeit in Lahaina schmückten die Wände. Das Piraten- und Teufelsmotiv war allgegenwärtig, aber nicht so übertrieben, wie es vielleicht hätte sein können. Und die Aussicht – nun, wow. Das Lucky Devil befand sich direkt am Meer und das türkisfarbene Wasser war ein traumhafter Anblick.

Dell stand hinter der Bar, plapperte so dahin und ließ sein typisches Grinsen aufblitzen. Er bewegte die Hände blitzschnell und jonglierte fünf oder sechs Gläser, während er einen langatmigen Witz erzählte. Joey saß auf einem der Barhocker am

Ende des Tresens und hörte einem alten Fischermann zu, der eine Geschichte erzählte.

Cynthia stockte der Atem und Cal sah all die schrecklichen Bilder, die ihr durch den Kopf gingen. Der alte Mann musste doch Alkoholiker sein und Joey mit allen möglichen unangebrachten Geschichten belästigen, nicht wahr?

Er drückte ihre Hand fester und erinnerte sie daran, die Fassung zu bewahren, als sie auch schon losstürmte.

„Joey", rief sie mit einer Stimme, die von aufgesetzter Ruhe durchzogen war.

„Mommy!" Der kleine Rotschopf winkte.

Cal folgte Cynthia, die auf die beiden zueilte und ihre Arme verschränkte, um dem alten Mann ein klares Zeichen zu geben – das Muttertier war angekommen und fand die Situation nicht lustig. Aber ihre Schritte wurden langsamer, als sie sich näherte, und ihr Gesichtsausdruck veränderte sich von ängstlich zu überrascht.

„Bruce bringt mir bei, wie man Dame spielt", verkündete Joey.

Cynthias Blick wurde wärmer, denn Joey ging es gut. Und Bruce schien sich trotz seiner hageren Gesichtszüge, die von ein paar zu häufigen Saufgelagen im Laufe der Jahre zeugten, für den Jungen von seiner besten Seite zu zeigen.

„Er lernt schnell, dieses Kerlchen." Bruce klopfte Joey auf die Schulter. „Er hat mich schon zweimal geschlagen."

Cynthia musterte die Umgebung. Zweifellos war sie auf der Suche nach Beweisen für Glücksspiel oder andere Sünden. Aber sie spielten wirklich nur Dame. Ein völlig harmloses, unschuldiges Spiel. Und hey, Joey schien Spaß zu haben.

„Hallöchen, Cynth", rief Dell und ließ sie zusammenzucken.

„Cynthia", seufzte sie, wobei sie jede einzelne Silbe betonte.

Dell sprach weiter, ohne sie zu beachten. „Schön, Sie zu sehen. Wir haben uns gut amüsiert, stimmt's, Joey?"

Joey nickte mit dem Kopf auf und ab wie einer dieser Wackeldackel, die die Leute in ihren Autos hatten, und brachte Cals Herz zum Schmelzen. So ein guter Junge. Wenn er doch nur ein wenig mehr Freiheit hätte.

Töte Moira, knurrte sein Wolf. *Erfülle die Prophezeiung. Gib dem Jungen die Freiheit, die er braucht.*

Cynthia schaute zu ihm hinüber, als könnte sie die dunkle Wolke spüren, die sich in seinen Gedanken ausbreitete.

Vergiss die dumme Prophezeiung, sagte er zu seinem Wolf.

Nur weil eine alte Frau bei seiner Geburt eine Vision gehabt hatte, hieß das noch lange nicht, dass es auch wirklich so kommen würde. Er sollte die Welt von einem großen Übel befreien? Er wäre schon froh, wenn es ihm gelänge, Cynthia und Joey zu beschützen.

Dell zeigte um sich. „Sehen Sie selbst. Joey spielt Dame, hat seinen Orangensaft – mit Vitaminen und allem. Alles läuft gut."

Cal verbarg ein Schnauben. Der Löwengestaltwandler konnte nervig sein, aber er war verdammt charmant und hatte eine Art, Cynthia zu beruhigen. Gott wusste, die Frau brauchte es, so angespannt wie sie immer war.

Sein Wolf grummelte. *Sie zu beruhigen, ist unsere Aufgabe.*

Ja, das wollte er gerne denken, aber das war ihm in den letzten … nun, viel zu vielen Jahren nicht gelungen. Er sollte dankbar sein, dass jemand an seiner Stelle eingesprungen war, um zu helfen.

Vorübergehend, knurrte sein Wolf und warf Dell einen bösen Blick zu.

„Nun, das ist wunderbar. Vielen Dank Ihnen beiden", sagte Cynthia und klang aufrichtig dankbar. „Aber jetzt müssen wir los."

„Ach, kommen Sie schon, Cynth", stöhnte Dell.

Joey heulte genau zur gleichen Zeit: „Jetzt schon?"

Cal zog an Cynthias Hand. Joey amüsierte sich prächtig. Warum ihn nach Hause hetzen?

„Nur noch eine halbe Stunde, um Brunch zu bestellen", deutete Dell an.

Cynthia schaute mit einem Ausdruck auf, der sagte, *Brunch? Ich brunche nicht. Und schon gar nicht an einem Ort wie diesem.*

Cal drückte ihre Hand etwas fester und wenn es Dell ins Auge fiel, wen kümmerte das schon? Cynthia war seine Frau.

„Wir haben ein spezielles Angebot", verkündete Candy mit ihrer schrillen *Sieh mich an*-Stimme. Cal sah, wie die Kellnerin auf eine Dartscheibe deutete, die an einer Wand hing. „Treffen Sie ins Schwarze und der Brunch geht aufs Haus."

Dell ließ ein amüsiertes Grinsen aufblitzen. „Ja. Von hinter dieser Linie dort."

Cal schnaubte. Die Entfernung zu einer Dartscheibe sollte in der Regel zwei bis zweieinhalb Meter betragen, je nachdem, welche Dartpfeile man verwendete. Aber die Linie, auf die Dell zeigte – ein verblasstes Piratenschwert, das auf den Boden gemalt war – war mindestens sechs Meter von der Dartscheibe entfernt.

Joey hüpfte auf seinem Sitz auf und ab. „Cal kann es schaffen."

Dells Augen funkelten. „Ich würde gern sehen, wie er es versucht."

Cal knirschte mit dem Kiefer, bis der knackte, und probierte, der Versuchung zu widerstehen. Aber Candy sprang bereits zur Dartscheibe hinüber und kam zurück, um ihm einen Dartpfeil zu bringen.

„Oh, ich wette, dass er es könnte", gurrte sie und streichelte über die Spitze des Pfeils.

„Das wird nicht nötig sein", erwiderte Cynthia schnippisch.

Cal wusste, dass sie im Begriff war, Joey zu rufen und zur Tür zu gehen, aber verdammt. Dies war einer dieser *Es wird dir guttun*-Momente, mit denen er Cynthia in unschuldigen Zeiten verwöhnt hatte. Die Frau musste öfter mal ausgehen. Sich in die Unterschicht mischen, so wie er. Sich locker machen, Spaß haben und ihrem Kind das Gleiche erlauben.

Also griff er nach dem Dartpfeil, prüfte, dass die Flügel nicht verzogen waren und zielte.

Dell setzt ein freches Grinsen auf, als immer mehr Leute verstummten und zuschauten. „Kein Druck."

Cal erlaubte sich ein knappes Lächeln. Ein Dutzend Touristen und ein paar Angler? Das war kein Druck. Druck war ein Drache, der mit weit aufgerissenem Maul auf einen zuflog und ihn mit seinem Feuer ersticken wollte.

„Du könntest einen Apfel auf deinem Kopf balancieren und dich vor das Brett stellen", schoss Cal zurück.

Alle lachten – auch Dell, das musste er ihm lassen. „Nö, danke. Ich werde hier an der Seite bleiben. Für alle Fälle."

Cal betastete den Pfeil, um ein Gefühl für sein Gewicht und seine Balance zu bekommen. Er war leicht – viel leichter als die Gegenstände, die er normalerweise schleuderte, aber das Prinzip war dasselbe. Vier oder fünf weitere Personen drehten sich um, um zuzuschauen, und der alte Bruce gackerte.

„Viel Glück, Mister. Ihre Chancen sind genauso gut wie meine, Moby Dick zu fangen."

Cynthia spitzte die Lippen mit einem dieser *Muss das wirklich sein?*-Blicke und Cal verbarg ein Lächeln. Das könnte mehr Spaß machen, als er gedacht hatte.

Jemand meldete sich mit einem abfälligen *Was wäre, wenn*-Kommentar zu Wort und ein Typ an der Bar fing an, Wetten anzunehmen. Cal richtete seinen Blick auf die Dartscheibe, so dass alles andere um ihn herum verblasste. Dells überhebliches Grinsen. Joeys viel zu hoffnungsvoller Blick. Candys klimpernde Wimpern. Er blendete sogar Cynthia für einen Moment aus und konzentrierte sich stattdessen auf die Dartscheibe.

Eine tiefe, mürrische Stimme dröhnte in seinem Kopf. Eine Erinnerung, die sagte, *Du gehörst mir*.

Er kräuselte die Lippen nach oben. Dies waren die letzten Worte eines Drachen gewesen, der den fatalen Fehler begangen hatte, ihn zu unterschätzen.

Nein, du gehörst mir, hätte Cal fast geflüstert und ließ seinen Verstand das Schwarze der Dartscheibe in den Feind verwandeln. Wie dieser Drache – einer von mehreren, die Cal als Vergeltung für den Angriff auf Barnabys Haus gejagt und getötet hatte.

Und *zack!* Mit einer Bewegung des Handgelenks ließ er den Pfeil los und traf direkt ins Schwa–

„Volltreffer!", jubelten alle.

Cal blinzelte und schaute sich um, um sich daran zu erinnern, dass er sich in einer schrägen Kneipe auf Maui befand und nicht auf einem Schlachtfeld. Und oha – Candy stürmte auf ihn zu und sah aus, als wollte sie ihm einen dicken Gewinner-Kuss geben?

„Ähem." Cynthia täuschte ein Husten vor und trat gerade noch rechtzeitig zwischen sie.

„Ich wusste, dass du es kannst", jubelte Joey.

„Ich wusste es auch", fügte Candy hinzu und ging um Cynthia herum.

Cynthia konterte, indem sie ihren Ellbogen ausstreckte, und glücklicherweise wurde Candy von einem Kunden gerufen, der etwas trinken wollte. Cal atmete aus. Vielleicht meinte das Schicksal es ja doch nicht so schlecht mit ihm, wie es manchmal schien.

Dell schlug die Hände zusammen und murmelte ein stummes *Bravo*. Dann deutete er mit dem Kopf in die Richtung eines Tisches. „Glückwunsch. Du bist der erste Gewinner der Lucky Devil Dart-Challenge. Euer Brunch geht aufs Haus."

„Aber wir wollten doch gerade...", fing Cynthia an und verstummte dann. Es war schon komisch, wie man für eine Idee warm werden konnte. Noch vor einer Minute hatte sich Cal nicht viel aus dem Brunch gemacht, aber als er sich jetzt vorstellte, wie er und Cynthia sich gegenübersaßen und in die Augen schauten...

„Hört sich gut an", murmelte er und fragte sich, was sie wohl sagen würde.

„Kommen Sie schon, Cynth." Cal war überrascht, als er Dell rufen hörte. „Einer unserer besten Tische ist gerade freigeworden. Sie können die Aussicht genießen." Dell schaute Cal mit zusammengekniffenen Augen an und warf ihm einen Blick zu, der sagte, *Ja, sie braucht es wirklich. Und was dich betrifft – pass bloß auf, dass du dich benimmst, hast du verstanden?*

Cynthia starrte auf den Tisch mit Meerblick. Sie war nicht der Typ, der sich für lange Mahlzeiten Zeit nahm, geschweige denn, eine Aussicht genoss. Sie war eher die *Ich habe noch dreißig Punkte auf meiner Aufgabenliste abzuhaken*-Art von Frau.

Aber sie schien in Versuchung zu geraten.

„Brunch", sagte Cal. Langsam, vorsichtig. Damit sie sich selbst ein Bild davon machen konnte, wie schön es wäre. „Ist das okay für dich?"

Sie biss sich auf die Lippe. Dann nickte sie mit einer leichten Kopfbewegung. „Ich schätze, wir könnten etwas essen. Zügig versteht sich."

„Selbstverständlich."

Er grinste und begann, sie hinter sich her zu ziehen, bevor sie es sich anders überlegen konnte. Candy sprang vor ihn und ließ den Träger ihres hautengen Oberteils über eine Schulter hinuntergleiten, während sie sie zum Tisch führte. Als sie sich setzten, klatschte Candy Cynthia die Speisekarte vor die Nase. Für Cal hingegen beugte sie sich ganz weit nach vorn und schlug eine weitere Speisekarte auf, um sie ihm entgegenzustrecken. Die Falte in der Mitte der Karte sollte seinen Blick direkt auf ihr Dekolleté lenken, aber Cal ließ Cynthia nicht aus den Augen.

„Geben Sie uns eine Minute", murmelte er und versuchte, sie nicht anzubellen.

Als Candy schmollend wegging, tat Cal so, als würde er die Speisekarte studieren. Tatsächlich war es ihm völlig egal, was er aß. Es war schon etwas Besonderes, nur mit Cynthia hier zu sitzen. In der Öffentlichkeit und ohne Angst, dass jemand vorbeikommen und sagen würde, *Sind Sie nicht das Baird-Mädchen? Wie können Sie es wagen, mit solchem Abschaum gesehen zu werden?*

Die Erinnerung musste ihm ins Gesicht geschrieben stehen, denn Cynthia drückte seine Hand, so dass er zu ihr aufblickte.

„Sieh uns mal an", flüsterte sie.

Er seufzte. „Ja. Sieh uns mal an."

Eine lange Minute schauten sie sich in die Augen und ließen zu, dass sich die Vergangenheit mit der Gegenwart vermischte und wie die Wellen über das Ufer hinein und wieder hinaus schwappte. Wie Ebbe und Flut in einem ruhigen gleichmäßigen Rhythmus.

So viele Jahre waren vergangen. So viel Zeit war verloren. Aber irgendwie hatten sie wieder zueinandergefunden. Sein Herzschlag beruhigte sich und sein Geist tat es ebenfalls. Das Chaos seines Lebens würde sich nicht an einem einzigen Nachmittag auflösen lassen. Aber er konnte eine neue Erinnerung erschaffen – eine gute – jetzt in diesem Moment.

Also bestellten sie – ein Big Kahuna für ihn, was auch immer das sein mochte, und ein Sunshine-Special für Cynthia. Er lachte, als die Mahlzeiten serviert wurden. Er bekam einen riesigen Teller mit Speck, Kartoffeln und der strahlendsten orangen Melone, die er je gesehen hatte. Und außerdem noch etwas, das aussah, wie ein in Blätter gewickelter, gebratener Fisch. Cynthia hingegen erhielt einen Joghurt, frisches Obst und einen Smoothie. Sie hob ihr Glas zu einem Toast und zögerte dann.

„Auf… "

Cal hielt sein Wasser hoch und wartete.

„Auf Brunch", beendete Cynthia ein wenig lahm, obwohl ihre Augen etwas ganz anderes andeuteten. Etwas, das sie nicht auszusprechen wagte, und er auch nicht.

Er stieß mit seinem Glas gegen ihres. „Auf Brunch."

Für Wolfsgestaltwandler waren Mahlzeiten eher ein Mittel zum Zweck, kein Genuss. Ein Weg, um den Hunger zu stillen, und nicht so sehr ein Prozess an sich. Aber zum ersten Mal in seinem Leben ließ Cal sich Zeit und jeden Geschmack auf seiner Zunge zergehen. Das dunkle, rauchige Aroma des Specks. Der knackige Kontrast der frischen Melone. Der überraschend saftige Fisch, der ihm auf der Zunge zerging, nachdem er ihn aus dem Bananenblatt gewickelt hatte, in dem er gedämpft worden war. So viel musste er Maui lassen – oder dem Lucky Devil. Es war die beste Mahlzeit, die er seit Langem gegessen hatte.

Cynthia aß mit kleinen, zierlichen Bissen und quälte ihn mit der Art, wie sich ihre Lippen um die Gabel schlossen und dann langsam daran hinunterrutschten. Alle paar Minuten wanderte ihr Blick zu Joey hinüber. Wann immer Cal in diese Richtung schaute, ertappte er Dell dabei, wie er ihn und Cynthia auf die gleiche Weise musterte. Abschätzend. Beurteilend. Er sandte eine klare Botschaft, dass eine Person, die ihm wichtig war, nicht schlecht behandelt werden durfte.

Aber Joey amüsierte sich und Cynthia ebenfalls. Langsam entspannte sie sich und so auch Cal. Selbst Candy, die immer wieder unnötigerweise mit einem Wasserkrug ankam, um sein Glas nachzufüllen, brachte sie nicht aus der Ruhe. Als das Essen abgeräumt war, blieben sie sitzen und schauten sich gegenseitig oder die Aussicht an. Beinahe hätte Cal nach Cynthias Hand gegriffen, aber er begnügte sich damit, sein Bein gegen ihres zu lehnen.

Du weißt, wie gut wir zusammen waren, wollte er sagen.

Cynthia spitzte die Lippen und er hörte ihre Antwort in seinem Kopf.

Ja, das waren wir. Ihre Augen fingen an, sanft zu glühen, wie es für Gestaltwandler typisch war.

Er hasste die Vergangenheitsform, aber okay. Er würde nehmen, was er kriegen konnte.

Die Sonne funkelte auf ihrer Perlenkette und Cal lächelte, ohne genau zu wissen, warum. Er hatte nicht vergessen, wie wunderschön Cynthia war, aber er hatte vergessen, wie es war, sich einfach nur zurückzulehnen und Spaß zu haben.

Fühlt sich gut an, seufzte sein Wolf.

Eine ausgelassene Vierergruppe tauchte am oberen Ende der Treppe auf und zog Cynthias Blick auf sich. Sie riss die Hand hoch, schaute auf die Uhr und schreckte auf. „Oh, wie spät es schon ist. Wir sollten gehen."

Jetzt schon? hätte er fast protestiert.

Aber sie hatte recht. Joey hatte genügend Runden Dame gespielt und sie sollten ihren Tisch wahrscheinlich jemand anderem überlassen. Jemandem, der wahrscheinlich ein großzügigeres Trinkgeld geben würde, als er es angesichts der Peepshow, die Candy trotz seiner Hinweise, dass er nicht im Geringsten an ihr interessiert war, veranstaltet hatte, zu tun geneigt war.

Trotzdem fand er die Güte, das Trinkgeld für die Getränke von fünfzehn Prozent aufzurunden, nachdem er mit Cynthia darüber diskutiert hatte, wer es bezahlen würde. Als sie aufstanden, um zu gehen, hielt Cynthia inne und starrte auf die Aussicht hinaus. Er konnte schwören, dass sich ihre Brust mit einem tiefen Seufzer hob und senkte.

Er wollte auch nicht gehen. Er wollte nicht, dass diese ruhige, unkomplizierte Zeit zu Ende ging.

„Hey, Mandy", rief ein junger Mann seiner Frau zu.

Dem dümmlich verliebten Gesichtsausdruck des Mannes und dem *Ist er nicht unglaublich*-Gesicht der Frau nach zu urteilen, waren sie in den Flitterwochen.

Der Bräutigam deutete grinsend auf die altmodische Jukebox. „Sie haben unser Lied."

Cal beschloss, dass es wirklich an der Zeit war zu gehen, denn sie sahen aus wie Cyndi Lauper-Fans und für einen so schwungvollen Song fühlte er sich noch nicht bereit. Aber auf das Knarren des mechanischen Arms der Jukebox folgte das Kratzen der Nadel über die LP und als die ersten Töne einer Jazztrompete erklangen...

... hielt Cynthia plötzlich inne und Cal ebenfalls.

„Dream a little dream of me." Der Bräutigam strahlte seine Braut an, als die zeitlose Stimme von Ella Fitzgerald den Raum erfüllte.

Während der ersten paar Zeilen des Liedes rührte sich Cal nicht. Es war Tageslicht, also leuchteten die Sterne nicht über ihm und es gab auch keinen Vogel im Platanenbaum. Aber verdammt. Die Brise schien wirklich zu flüstern, *Ich liebe dich.*

Ich liebe dich, wiederholte er und blickte in Cynthias Augen.

„Dream a little dream of me" war ihr Lied. Oder das wäre es zumindest, wenn er eines benennen müsste. An ihrem zweiten gemeinsamen Abend hatten sie langsam dazu getanzt. Cynthia hatte ihn zum Bootshaus ihres Vaters in den Adirondacks geschleppt, einem idyllischen kleinen Ort direkt an einem See. Die Band im schicken Jachtklub am gegenüberliegenden Ufer hatte viele Klassiker gespielt und die Musik war wie auf magische Weise über das Wasser geschwebt. Cal und Cynthia hatten ihr Liebesspiel ein paarmal unterbrochen, um ein wenig zu tanzen. Er und sie eng umschlungen. Ihre Schritte hatten leise auf den Holzlatten des Balkons des Bootshauses geknackt. Das Herbstlaub hatte im Wald geraschelt und das Mondlicht war über das ruhige Wasser des Sees getanzt.

Cynthia drehte sich mit großen verwundbaren Augen zu ihm um und er schluckte. Ja, sie erinnerte sich auch.

Sie hatten Dutzende Male zu diesem Lied getanzt und der einzige Teil, der daran nicht stimmte, war das Wort „little".

Klein reichte nicht annähernd aus, um seine Träume der letzten zwölf Jahre zu beschreiben.

Sie festhalten? Ihr sagen, dass er sie vermisst hatte? Verdammt, wo sollte er nur anfangen?

Noch ein paar Zeilen verstrichen, ohne dass sich einer von ihnen rührte, aber als Louis Armstrong mit seiner tiefen, heiseren, sehnsüchtigen Stimme mit einstimmte, bewegte Cal seine Füße. Und auch seine Arme. Er zog Cynthia fest an sich. Hinter ihnen fing das frisch verheiratete Ehepaar ebenfalls an zu tanzen und die anderen Gäste drehten sich um, um zuzusehen. Nicht, dass es Cal etwas ausmachte. Seine ganze Welt reduzierte sich auf die Melodie in seinen Ohren und die Frau in seinen Armen.

Genau wie in alten Zeiten. Sein Wolf grinste.

Das war es, bis hin zu den kleinsten Details. Wie Cynthias Hand auf seinem Arm und das seidige Gefühl ihres Haars an seiner Schulter, als sich ihre Körper zu wiegen begannen. Er schmiegte sich an sie, schloss die Augen und atmete ihren Duft ein.

Tanzen war schon eine komische Sache. Man machte nur ein paar Schritte, aber es war, als begäbe man sich in eine andere Welt. An einen Ort, an dem nur die Gegenwart zusammen mit einem Gefühl der Ruhe existierte. Ganz ähnlich der Gelassenheit, die er stets empfunden hatte, wenn er Cynthia im Arm hielt, nachdem sie miteinander geschlafen hatten. Er fühlte sich abgekämpft und erschöpft davon, es mit der Welt aufzunehmen, aber gleichzeitig war er erleichtert, weil er für eine Weile kein Krieger sein musste. Er konnte seine große Liebe einfach im Arm halten und genießen.

Viel zu bald erklangen die letzten Akkorde des Liedes und ehe er sich versah, kratzte die Nadel der Jukebox wieder über die Stille. Aber Cynthia schaute ihn mit einem Ausdruck an, den er nicht entziffern konnte. Ihr Herz schlug beständig ganz nah an seinem. Der vereinzelte Applaus ließ sie erröten, aber sie schaute ihm weiter in die Augen.

Wie in alten Zeiten, dachte Cal unwillkürlich.

Wie in alten Zeiten, stimmte Cynthias Blick zu.

Kapitel 10

Cynthia saß auf dem Schaukelstuhl in ihrem privaten Bereich der Veranda, hielt sich an den Armlehnen fest und versuchte, das Zittern ihrer Hände zu unterbinden. Sie schloss die Augen und befahl sich, einen klaren Kopf zu bewahren. Es war schon bald Zeit zum Abendessen und sie konnte dort auf gar keinen Fall in diesem Zustand erscheinen.

Trotzdem kribbelten ihre Finger und ihr Blut rauschte. Cals betörender Duft hing noch immer in ihrer Nase und ihre Wangen wurden warm.

Unser Gefährte ist zurück, seufzte ihr Drache. *Er ist wirklich zurück und er liebt uns tatsächlich.*

Es war eine schweigsame Fahrt von Lahaina nach Hause gewesen – nun ja, schweigsam zwischen ihr und Cal, obwohl sie die ganze Zeit spüren konnte, wie die Funken flogen. Joey hingegen hatte während der kurzen Fahrt in dem geliehenen Pritschenwagen die ganze Zeit aufgeregt geplappert. Es war unglaublich, wie sich ihr Baby von einem *kleinen Jungen* zu einem … nun ja, *großen Jungen* verwandelt hatte, der neugieriger auf die Welt war denn je.

„Bruce hat gesagt, sein Boot hätte zwei Motoren. Zwei! Und Dell meinte, Bruce fängt Fische, die größer sind als ich! Einmal gab es einen Sturm und Bruce hat gesagt…“

Ihre Gedanken schweiften ab, während Joey von allem schwärmte, was er getan, gesehen und gehört hatte. Cal war zurück und er liebte sie. Er hatte ihr Versprechen nicht gebrochen, wie man sie hatte glauben lassen. Und jetzt, da sie Witwe war…

Sie räusperte sich und schaukelte schneller.

Als Cal sie und Joey zu Hause abgesetzt hatte, hatte er den Motor laufen lassen, um umzukehren und zurück in die Stadt zu fahren, wo er seine Triumph abholen wollte. Cynthia war aus dem Pritschenwagen gestiegen und wollte sich kurz bedanken und dann zügig zum Haus gehen, denn sie hatte sich schon zu sehr gehen lassen. Aber in dem Moment, als sie Cals Blick begegnete, hatten sich ihre Füße geweigert, sich zu bewegen. Seine tiefen, rauchgrauen Augen funkelten, als er sie ansah.

„Vielen Dank", flüsterte sie und hielt sich an der Wagentür fest wie eine Frau am Rande einer Klippe.

„Danke!", zwitscherte Joey und Cal ließ eines seiner seltenen Lächeln aufblitzen. Dann wurde er wieder ganz ernst mit Augen für niemanden außer für sie.

„Sicher doch."

Seine Lippen hatten sich noch nicht ganz geschlossen, als er zu Ende gesprochen hatte, und sie hatte den Drang verspürt, über den Vordersitz zu klettern und ihn zu küssen.

Motorräder sind viel praktischer, brummte ihr Drache.

Es hatte sie alle Kraft gekostet, die Tür zu schließen und Cal davonfahren zu lassen. Und selbst als er es tat, hatte sie noch lange auf die Einfahrt gestarrt, nachdem der Pritschenwagen bereits verschwunden war.

Jetzt schubste sie den Schaukelstuhl an und blickte auf das Meer hinaus, um sich abzulenken. Aber anstatt die sich wiegenden Palmen am Strand zu beobachten, dachte sie an die dichten Strähnen von Cals Haar, die sich um seine Ohren kringelten.

Was hindert uns wirklich daran, zusammen zu sein? flüsterte ihr Drache.

Cynthia schloss die Augen. Stolz. Nichts als verdammter Stolz – ihrer und seiner –, ganz zu schweigen von dem klaffenden Abgrund zwischen ihnen, der mit all dem Schmerz der Vergangenheit gefüllt war. Ein ganzer Fluss des Bedauerns, in den sie sich nicht hineinwagen wollte, um nicht mitgerissen zu werden. Das und ein Berg von Schuldgefühlen. Sie hatte sich ihre Verpaarung mit Barnaby nicht ausgesucht, aber sie hatte schließlich zugestimmt und er hatte sein Leben für sie gegeben. War sie es Barnaby nicht schuldig, ihm treu zu bleiben?

„Guck mal, Mommy. Ich habe ein Bild von Bruce auf seinem Boot gemalt." Joey lag nicht weit von ihren Füßen entfernt auf dem Boden und drehte sich um, um ihr sein neuestes Kunstwerk zu zeigen.

Cynthia hob den Blick und schaute es sich an. „Das ist toll, mein Schatz."

Das Lächeln ihres Sohnes war eine wahre Freude. Sie holte tief Luft und schaute sich um. Joeys Buntstifte kratzten über das Papier und die Ecke seines Skizzenbuchs flatterte in der leichten Brise. Draußen zwitscherte ein Hirtenmaina, der geschäftig seinem Tag nachging.

Sie hob den Blick zu den Bergen, in die Cal kurz nach seiner Rückkehr aus Lahaina mit seiner Triumph gerast war. Was genau machte er dort oben? Dachte er über die Zukunft nach, oder war er genauso in der Vergangenheit gefangen wie sie?

Jedes Mal, wenn ein Motor am oberen Ende der Einfahrt ertönte, sprang sie auf. Aber die anderen kamen vor Cal zurück. Anjali und Dell kamen in ihrem neuen Minivan heruntergefahren – ein Fahrzeug, das zweifellos auf Pläne zur Erweiterung ihrer Familie hindeutete. Nicht lange danach folgten Sophie und Chase in einem Pritschenwagen und wurden von einem fröhlichen Chor bellender Hunde begleitet. Die anderen – Tim, Hailey, Connor und Jenna – waren auch unterwegs gewesen, aber alle hatten versprochen, sich zum Abendessen zu treffen. Alle außer Cal.

Joey fügte ein paar Wasserspritzer um den Rumpf des Bootes, das er gezeichnet hatte, hinzu. „Vielleicht kann ich eines Tages mit Bruce angeln gehen."

Fast hätte sie gesagt, *Ganz sicher nicht*, aber sie fing sich gerade noch rechtzeitig.

„Irgendwann vielleicht."

Die Sonne glitzerte auf seinem roten Haar, so wie sie es einst bei Barnaby getan hatte, und Trauer quälte ihre Seele. Mit der Zeit hatte sie Barnaby lieb gewonnen. Als Freund, wenn auch nicht als Liebhaber. Er war gut zu ihr gewesen, ein großartiger Vater für Joey und er hatte das größte Opfer für sie beide gebracht. War es egoistisch von ihr, von Cal zu träumen, anstatt Barnabys Andenken zu ehren?

Sie runzelte die Stirn, als sie in Gedanken den letzten Tag heraufbeschwor, den sie mit Barnaby verbracht hatte. In einem Leben, das jetzt wie ein anderes erschien. Sie war in ihrem eigenen Schlafzimmer aufgewacht, hatte geduscht und sich in der glänzenden Küche im Erdgeschoss mit ihm getroffen. Barnaby hatte ihr den üblichen Kuss auf die Wange gegeben und als Joey in seinen Star Wars Pyjamas die Treppe hinuntergekommen war, hatte Barnaby ihn hochgehoben und herumgewirbelt.

Da ist ja mein Junge. Sein satter Tenor hatte sich mit Joeys quietschendem Lachen vermischt und war durchs Haus geschallt.

Cynthia schloss die Augen und fühlte sich schuldiger denn je.

„Ich wünschte…", flüsterte sie, ohne zu wissen, was sie sich eigentlich wünschte.

So sehr sie die scharfen Wendungen, die ihr Leben genommen hatte, auch bedauerte, so hatten sie doch zu etwas Besserem geführt. Das Zusammenleben mit Barnaby hatte ihr Joey geschenkt und nichts würde sie jemals dazu bringen, das ungeschehen machen zu wollen. Nach dem von Moira und Drax inszenierten Drachenangriff hatte sie alles verloren, aber das hatte auch zu einem völlig neuen Leben auf Maui geführt. Ein gutes Leben, auch wenn sie es damals nicht geglaubt hätte.

Was genau wünschte sie sich jetzt also?

Cal, sagte ihr Drache, ohne zu zögern. *Und aufzuhören, in der Vergangenheit zu schwelgen. Ich will in der Gegenwart leben und in die Zukunft blicken.*

Das würde sie wirklich gern. Aber sie war stark aus der Übung – und nicht mehr so bereit, ihr Herz aufs Spiel zu setzen, wie sie es früher einmal gewesen war.

Ich will, dass du etwas weißt, hatte Barnaby vor Jahren zu ihr gesagt – an jenem Abend, als sie sich die Herzen ausgeschüttet und er ihr alles offenbart hatte. *Ich bin vielleicht nicht der Gefährte, den du dir erträumt hast, aber ich liebe dich. Und ich will, dass du glücklich bist. Wenn es in meiner Macht stünde, uns beide zu befreien, glaube mir, ich würde es tun.*

Freiheit. Sie seufzte. Davon hatte sie bisher nur mit Cal eine Kostprobe bekommen.

„Hey", rief jemand von der Stelle aus, an der die Veranda um eine Neunziggradecke führte, die ihr Privatsphäre von der Vorderseite des Hauses verschaffte. Cynthia drehte sich um und entdeckte Dell. Sie wusste nicht, ob sie lachen oder stöhnen sollte. Aber der Löwengestaltwandler strahlte nicht mit seinem üblichen überheblichen Grinsen und seine Augen waren auch nicht voller Schalk.

„Ich wollte mich nur vergewissern", sagte er und klang dabei untypisch zurückhaltend. Sogar besorgt, wenn das möglich war. „Für wie viele Personen soll ich den Tisch eindecken?"

Cynthia neigte den Kopf. Damals, als sie alle als Fremde auf der Plantage angekommen waren, hatte sie nach dem Vorbild ihrer Eltern einen strengen Dienstplan aufgestellt. Drachen übernahmen das Kommando und es war wichtig, ein strenges Regiment zu führen. Es hatte sie unendlich genervt, wenn die Männer ihre Aufgaben tauschten. Aber entgegen ihren Befürchtungen hatten sich die Jungs alle als zuverlässig erwiesen und jeder hatte die Rolle übernommen, die er am besten konnte. Schon bald war alles reibungslos und fast wie von selbst gelaufen.

Seltsam, wie sich das alles geregelt hatte – und wie viele Lektionen sie auf diesem Weg gelernt hatte. Das Kochen war ein gutes Beispiel dafür. Das war so ziemlich Dells Domäne geworden und alle waren froh, sich nicht einmischen zu müssen. Warum fragte Dell also jetzt nach solchen Details?

„Ich meine, soll ich für elf oder zwölf Leute decken?", fragte er.

Elf, lag ihr auf der Zunge, aber dann wurde ihr bewusst, was Dell meinte. Es gab elf Bewohner auf der Plantage: Connor und Jenna, die Drachengestaltwandler; Tim und Hailey, die Bären; und Anjali und Dell, die Löwengestaltwandler mit ihrem Baby, Quinn. Dann gab es noch Chase und Sophie, die Wölfe und mit Cynthia und Joey waren es insgesamt elf Mitglieder ihrer bunt gemischten kleinen Gruppe. Wer war also Nummer zwölf?

Dells Blick blieb ausdruckslos, aber sie hätte schwören können, dass er den Atem anhielt.

Cal, wurde ihr bewusst. Dell hatte nach Cal gefragt. Bisher hatte Cal stets allein gegessen oder war zu Silas hinübergegangen, um ihm während der Abendzeit Bericht zu erstatten. Aber jetzt...

Ihre Lippen bebten. Dell bot ihr an, Cal mit einzubeziehen?

Sie schloss die Augen. Wie lange hatte sie sich nach etwas so Einfachem gesehnt, wie ihren Gefährten auf kleine, gewöhnliche Weisen zu sehen? Aber jetzt, wo sie die Gelegenheit dazu hatte, waren die alten Mauern in ihr immer noch da.

„Zwölf", zwang ihr Drache sie, zu sagen.

Hey, platzte es aus ihr heraus.

Denk nicht so viel nach, widersprach das Biest.

Und verdammt, die nächsten Worte aus ihrem Mund waren eine Bestätigung der ersten – ihr Drache übernahm schon wieder das Kommando.

„Zwölf wären gut."

Dell nickte, aber er bewegte sich nicht. Er stand einfach nur da und musterte sie. Schließlich setzte er ein übergroßes Lächeln auf und wandte sich an ihren Sohn. „Hey, Joey. Was malst du denn da?"

Joey hielt sein Strichmännchen Bruce und das Boot hoch und strahlte, als Dell ihn mit Lob überhäufte.

„Wow. Das ist ja fantastisch. Kannst du das Anjali und Quinn zeigen gehen? Können wir es an den Kühlschrank hängen, wenn du fertig bist?"

„Klar." Joey sprang auf, schnappte sich seine Buntstifte und rannte in die Küche.

„Pass nur auf, dass Quinn nicht auf den Stiften kaut", rief Dell ihm nach. „Sie ist doch noch ein Baby, weißt du. Nicht so ein großes Kind wie du."

Als Joey um die Ecke verschwand, drehte sich Dell wieder zu Cynthia um und sein Lächeln verblasste.

Was? wollte sie schreien. Warum schaute er sie so an?

„Geht es Ihnen gut?", fragte Dell schließlich in einem sanfteren Ton, als er jemals mit ihr gesprochen hatte. Kein Lachen, kein Necken, keine Scherze.

„Es geht mir gut."

Dell strich sich über den goldenen Bart. „Wirklich gut? Im Ernst, Cynthia..."

Sie verdrehte die Augen. Dell nannte sie nie bei ihrem vollen Namen. Gott, war sie so bemitleidenswert?

„Bitte seien Sie nicht nur nett zu mir, weil... weil..." Es schnürte ihr die Kehle zu, bevor sie so viel sagen konnte wie, *mein Leben so ein Durcheinander ist.*

Dell neigte den Kopf. „Sie wollen, dass ich gemein bin?"

„Nein. Nur... Nenn' mich einfach wieder Cynth und sag *du* zu mir, Dell."

Dell starrte sie mit großen überraschten Augen an, bis sie mit der Faust auf die Armlehne des Stuhls schlug. „Tu so, als wäre alles normal, okay?"

Er zog eine Augenbraue hoch. „So tun?"

Sie verzog das Gesicht. „Das kann ich besser, als du denkst."

Der Löwengestaltwandler brach in ein großes Grinsen aus. „Und ich dachte schon, du wärst kalt und herzlos."

Sie setzte ihren schärfsten Alphablick auf. „Wage es ja nicht, jemandem etwas davon zu erzählen. Das bleibt unter uns."

Er hob zwei Finger zu einem Schwur. „Es wird unser Geheimnis sein. Pfadfinderehrenwort."

Cynthia nickte schnell und kämpfte gegen den Drang an, ihr Gesicht in ihren Händen zu vergraben. Welche Geheimnisse hatte Dell noch erraten? Sie wurde blass. Gott, es würde sie umbringen, wenn einer der Männer von Koakea wüsste, dass sie schmutzige Träume von Cal hatte.

„Wie dem auch sei..." Sie bedeckte ihre Perlenkette mit den Händen und befahl sich, nicht zu erröten. Aber wenn sich ihre Brust so heiß anfühlte, würden es ihre Wangen sicher auch bald zeigen. „Zwölf ist gut."

Dell kratzte sich das Kinn. Schließlich seufzte er, drehte einen Stuhl um und setzte sich rücklings darauf. „Hör mal, ich frage nur ungern..."

Dann tu es nicht, hätte sie fast gesagt.

„Aber ich werde es tun", beendete Dell seinen Satz, bevor sie die Chance hatte, zu protestieren.

Es war verrückt, dass Cynthia sich dabei ertappte, wie sie dies feierte. Als ob sie es sich endlich alles von der Seele reden könnte. Was verrückt war. Drachen vertrauten sich niemandem an. Und schon gar nicht einem Mannskind wie Dell.

Sie stieß den Schaukelstuhl wieder an, konnte sich aber nicht dazu durchringen, ihn wegzuschicken.

„Wegen Cal... ", fing er an.

Cynthia schaukelte noch schneller.

„In der einen Minute habe ich das Gefühl, dass du ihn hasst. Und im nächsten Moment verhältst du dich, als würdest du ihn lieben. "

Sie winkte den Gedanken ab. „Das ist lächerlich. "

Dell neigte den Kopf erst zur einen und dann zur anderen Seite. „Ist es das? Ich habe gesehen, wie er dich ansieht – und wie du ihn ansiehst. "

Die Veranda knarrte unter der Bewegung des Schaukelstuhls. „Ich sehe ihn gar nicht an. "

„Na logisch. Und Cal schaut dich auch überhaupt nicht so an, als wärst du der Mittelpunkt seiner Träume. "

Cynthias Mund klappte auf. War das wirklich wahr?

„Wenn du ihn wirklich hasst, würde ich ihn gern für dich von Maui vertreiben", bot Dell an. „Alle würden mitmachen, egal, was Silas sagt. "

Ihr wurde warm ums Herz. Gott. Wie glücklich konnte sie sich schätzen, Freunde wie Dell zu haben. Echte Freunde – keine Bekannten oder Handlanger, wie ihre Eltern stets darauf beharrt hatten, wie die Beziehungen zu weniger bedeutenden Gestaltwandlerspezies sein sollten. Löwen konnten genauso verständnisvoll sein wie Drachen. Wölfe konnten genauso edel sein und Bären genauso aufopferungsvoll. Sie wusste es aus erster Hand.

„Aber wenn du ihn liebst... ", flüsterte Dell.

Sie schloss die Augen. *Liebe.* Wenn ihr das Wort doch nur so leicht von den Lippen ginge wie Dell. Abgesehen von ihrer Liebe zu Joey hatte sie noch nie offen zugegeben, jemanden zu lieben.

Schließlich seufzte sie und flüsterte: „Ich hasse Cal nicht. Ich hasse mich selbst. "

Dell schaute verwirrt. Offensichtlich war Selbsthass ein neues Konzept für den lebenslustigen Löwen.

Cynthia rang mit ihren Händen und hielt die Wahrheit zurück. Auf gar keinen Fall würde sie sich Dell anvertrauen. Und doch ertappte sie sich einen Moment später dabei, wie sie in stockenden nervösen Schüben sprach.

„Meine Eltern hatten meine Zukunft vollständig durchgeplant. Sie haben mir nicht einmal gesagt, dass sie mit Barnabys Familie über eine Verlobung verhandelten."

Dell riss die Augenbrauen hoch. „Verhandeln?"

Ihre Schultern sackten zusammen. Dell würde das nie verstehen. Aber jetzt, da sie damit angefangen hatte...

„Es war beschlossene Sache, bevor Barnaby oder ich überhaupt davon wussten. Wir hatten keine Wahl."

„Wie konntet ihr denn keine Wahl haben? Wie konnten sie dir das antun?"

Cynthia holte tief Luft und atmete genauso langsam wieder aus, um Zeit zu gewinnen. „Doch, ich hatte eine Wahl." Sie dachte an das halbe Dutzend potenzieller Verehrer zurück, die ihre Eltern ihr vorgestellt hatten. Alles alte, verknöcherte Drachen, die, genau wie sie selbst, die letzten ihrer Familienstammbäume waren. Als sie endlich den Mut aufgebracht hatte, ihren Eltern zu gestehen, dass sie bereits verliebt war, hatte ihre Mutter vor Freude in die Hände geklatscht.

Das ist ja wunderbar! Wer ist der glückliche Mann?

Der glückliche Mann war ein Wolfsgestaltwandler und als sie dies zugegeben hatte – Junge, war die Kacke am Dampfen gewesen.

Was? hatte ihre Mutter geschrien.

Wer? hatte ihr Vater gebrüllt. Innerhalb von Minuten hatte er seine Drachenverbündeten herbeigerufen, um Cals unwürdige Wolfshaut zu sich schleppen zu lassen.

Natürlich war Cal zu gerissen, um von irgendjemandem erwischt zu werden. Sie hatte ihm eine Nachricht geschickt und ihn aufgefordert, zu fliehen. Stattdessen war er hocherhobenen Hauptes ins Wohnzimmer ihrer Eltern marschiert.

Und wer mögen Sie sein? hatte ihr Vater gefragt.

Der Mann, der Ihre Tochter liebt.

Sie hatte Cal nie mehr geliebt als in diesem ritterlichen Moment, aber selbst das hatte nichts daran ändern können, wie die Dinge laufen sollten. Nicht mit zwanzig Generationen von Drachengeistern, die ihr über die Schulter blickten und verlangten, dass der Baird-Clan nicht mit ihr ausstarb. Am Ende war sie diejenige gewesen, die Cal angefleht hatte, zu gehen. Sie hatte sogar behauptet, ihn nicht zu lieben, und darauf bestanden, dass es nur eine Affäre gewesen sei.

Nie zuvor hatte ein Mann verletzter ausgesehen. Noch nie hatte sie sich so sehr geschämt oder war so wütend auf das gewesen, wozu ihre Eltern sie gezwungen hatten. Aber sie waren inzwischen beide verstorben und sie konnte nur noch sich selbst verachten.

Sie schluckte schwer und schaute Dell an. „Alte Drachenclans nehmen Blutlinien sehr ernst.“

„Jede Wette. Aber verdammt. Man muss schon verdammt legendär sein, wenn man die Familienlinie so sehr bewahren will.“

Sie schaute Dell in die Augen und stimmte ihm stillschweigend zu. Er starrte sie an und sie konnte regelrecht sehen, wie sich die Zahnräder in seinem Kopf drehten.

„Stammst du aus dem Llewellyn-Clan?“, riet er. „Nein? Sind es die Draigs? Die Rhyddericks?“

„Dell, jetzt beeindruckst du mich aber mit deinem Wissen über das Drachentum.“

Er verzog das Gesicht. „Ich kann nicht ändern, einiges von dem zu hören, was du Joey beibringst.“

Sie runzelte die Stirn. Tatsächlich hatte sie nie viel darüber nachgedacht, was sie Joey da überhaupt beibrachte. Sie hatte ihm von den großen Clans erzählt, weil es zu den Drachenüberlieferungen gehörte. Aber wollte sie wirklich, dass ihr Sohn in dem Glauben aufwuchs, Blutlinien zählten mehr als Liebe?

„Mein Ehemann – Barnaby – war ein Brenner“, sagte sie.

Dell riss die Augen weit auf. „Dieser alte Clan mit all dem Landbesitz im Nordosten? Die Stallungen in Connecticut? Das Herrenhaus in Newport?“

Herrenhäuser. Aber sie verzichtete darauf, ihn zu korrigieren. Stattdessen ließ sie die Bombe platzen. Warum nicht, verdammt noch mal?

„Mein Mädchenname ist Baird. Cynthia Baird.“

Dells Kinnlade klappte auf und einen Moment später stotterte er. „Heiliger Strohsack. Du meinst *die* Bairds?“

Cynthia seufzte. „Ja, die Bairds. Ich bin die Letzte.“

Dell starrte sie an und einen Moment lang war alles still. Unbehaglich still. Dann fand er seine Stimme wieder und ließ seine eigene Bombe platzen. „Wie kannst du eine Baird sein, wenn Moira deine Cousine ist?“

Cynthia riss den Kopf herum. „Woher weißt du das?“

Dell zuckte mit den Schultern. „Moira hat es mir gesagt.“

„Sie hat was?“, kreischte Cynthia. „Wann?“

„In Chicago.“ Dell zeigte über seine Schulter, als wäre die Stadt der Winde genau dort. „Als ich Quinns Adoption vollzogen habe.“

Cynthia starrte ihn an. Bereits seit Monaten kannte Dell eines ihrer tiefsten, dunkelsten Geheimnisse, hatte es jedoch niemandem erzählt.

Mutter, sie wünschte, sie könnte ihre Eltern heraufbeschwören. *Vater. Ihr hattet Unrecht in Bezug auf andere Gestaltwandler. Ihr habt euch so geirrt. Sie können loyal sein. Sie können ehrenhaft sein. Man kann ihnen vertrauen.*

Vielleicht sogar mehr als anderen Drachen, knurrte ihr inneres Biest und fuhr ihre Krallen aus.

„Wie kannst du mit Moira verwandt sein?“ Dell zeigte auf sie. „Du bist so ... stilvoll. Moira ist einfach nur ein Miststück.“

Cynthia lachte. Entweder war Dell besonders freigiebig, sie *stilvoll* anstatt *versnobt* zu nennen, oder sie hatte sich in den letzten Jahren zum Besseren geändert. Auf jeden Fall hatte er in Bezug auf Moira recht.

„Entschuldigung“, murmelte er im Nachhinein.

Cynthia schüttelte den Kopf. „Moira ist eine Cousine dritten Grades und keine Baird. Aber ja, wir sind verwandt. Und ja, sie ist ein Miststück. Aber wie dem auch sei... “

Ausnahmsweise ging Dell einmal nicht auf ihre offensichtliche Anspielung, das Thema zu wechseln, ein. Er kehrte einfach zum ursprünglichen Thema ihrer Unterhaltung zurück.

„Also warum hast du es getan? Ich meine, warum hast du zugestimmt, dich mit Barnaby zu verpaaren?"

Seine Worte waren so sanft, dass sie sich noch schlechter fühlte. Verdammt noch mal. Sie war die Letzte in einer langen stolzen Linie von Drachen – einer der mächtigsten Clans der Geschichte. Bairds sollten verehrt und bewundert werden, nicht bemitleidet.

Aber da saß sie nun mit einem Löwengestaltwandler, der sie mit so traurigen Augen ansah, dass sie hätte weinen können.

„Cynthia. Warum?"

Komisch, diese Frage hatte sie sich selbst auch schon hundertmal gestellt.

„Weil zweitausend Jahre einer reinen Drachenblutlinie nicht mit mir enden konnten", flüsterte sie und fühlte sich von Neuem besiegt.

Zu seiner Verteidigung musste gesagt sein, dass Dell nicht darauf hinwies, wie hoffnungslos elitär dies klang. Er kratzte sich nur am Kinn. „Diese ganze Sache mit den Blutlinien ist ein bisschen veraltet, findest du nicht auch?"

Sie sackte in sich zusammen. Man musste ein Drache sein, um das zu verstehen, nahm sie an.

„Im Ernst, Cynth. Würdest du Joey zwingen, sich eine Gefährtin zu nehmen, die er nicht liebt?"

Sie riss den Kopf herum. „Natürlich nicht."

„Was macht dich dann anders? Verdienst du es nicht, glücklich zu sein?"

Sie blinzelte gegen das Stechen in ihren Augen an. „Nun... Ich meine... "

Dell wartete geduldig – ärgerlicherweise –, während Cynthia erschauderte und schließlich verstummte.

Die Geräusche der Plantage durchdrangen die unangenehme Stille, die folgte. Vogelgezwitscher, das Zirpen von Grillen und das ferne Rauschen des Meeres, das ans Ufer rollte.

„Weißt du, was ich denke?", flüsterte Dell schließlich.

Cynthia verdrehte die Augen und tat so, als wäre sie genervt. „Was denkst du denn, Dell?"

Dell ließ ein oder zwei Sekunden verstreichen, um deutlich zu machen, dass er nicht scherzen wollte. „Ich denke, du verdienst Glück. Du verdienst Liebe. Und mal wirklich – was ist dein größtes Hindernis? Abgesehen von dir selbst, meine ich."

Cynthia starrte auf einen Fleck auf dem Boden, als wäre er die nackte Wahrheit, der sie sich nicht stellen wollte.

Dells Stuhl knarrte, als er sich näher heranlehnte und ernster sprach, als sie es ihm zugetraut hätte.

„Wenn du Joey wärst, würde ich dir raten, für das zu kämpfen, was du willst. Was du wirklich willst."

Cynthia schluckte.

„Aber da du nicht Joey bist..."

Sie blickte auf und fragte sich, was er sagen würde.

Dell ließ eine bedeutungsvolle Pause verstreichen. Dann stand er auf, wischte sich die Hände an der Hose ab, und setzte ein verschmitztes Lächeln auf, das sagte, *Du bist am Zug.*

„Das Abendessen ist in zwanzig Minuten fertig." Er wandte sich zum Gehen. „Bis dann, Cynth."

Kapitel 11

Je länger Cynthia auf ihrem Schaukelstuhl wippte, desto mehr verwandelte sich ihr Kummer in Wut. Am liebsten würde sie die Zeit zurückdrehen und so vieles anders machen. Aber konnte sie es irgendjemandem übel nehmen? Ihre Eltern wollten nur das Beste für sie und für die Zukunft des Clans. Schließlich hatte sie der Verlobung zugestimmt und die Wünsche ihrer Familie über ihr eigenes Verlangen gestellt. Im Grunde hatten also alle in gutem Glauben gehandelt.

Außer Moira.

Sie schnaubte und stieß einen kleinen Funken Drachenfeuer aus.

Moira, zischte ihr innerer Drache.

„Zwanzig Minuten bis zum Abendessen", rief Dell über das Plantagengelände. Cynthia stand auf und fing an, auf und ab zu pirschen. Eine Drachendame konnte in zwanzig Minuten eine Menge Dinge tun – zum Beispiel losfliegen, Feuer speien und sich vorstellen, dass ihre böse Cousine endlich bekam, was sie verdiente. Oder ließ sie ihre Frustration nur an Moira aus?

Nein, beharrte ihr Drache. *Dell hat recht.*

Moira war schon immer neidisch auf Cynthias Privilegien als Mitglied des berühmtesten Zweigs der Familie gewesen. Nicht, dass Moira jemals darüber nachgedacht hätte, dass dieses Privileg mit einem Berg von Pflichten einherging. Sie war nur an Reichtum und Macht interessiert. Schon als Kind war Moira böse gewesen. Aber es gab eine Grenze zwischen böse und grausam und Moira hatte sie längst überschritten.

Cynthias Blut kochte, als sie sich daran erinnerte, wie ihr berichtet wurde, Cal wäre mit Sheila durchgebrannt. Die Einzelheiten dieses Gesprächs waren in ihrem Gedächtnis verschwommen, aber eines wurde ihr klar – Presleys tröstende Berührung ihres Arms war aufrichtig gewesen, während Moiras eher ein Kratzen gewesen war. Ihr Gesichtsausdruck hatte nur kaum das triumphierende Grinsen verborgen, das Cynthia damals einfach nicht ganz registriert hatte.

Das nächste Bild, das ihr in den Sinn kam, war eines von Silas, der vor vielen Jahren völlig niedergeschlagen ausgesehen hatte. Er war mit Moira verlobt gewesen – eine Tatsache, die Moira immer wieder allen unter die Nase gerieben hatte. Aber obwohl er alles bot, was Moiras oberflächliche Werte nur wünschen konnten – Reichtum, ein umwerfendes Aussehen und eine beeindruckende Familienlinie – hatte Moira Silas schließlich verlassen, um mit einem der grausamsten und skrupellosesten Drachen von allen durchzubrennen.

Drax, zischte Cynthias innerer Drache.

Drax hatte ihr Zuhause angegriffen. Drax hatte Barnaby ermordet. Drax –

Moira, korrigierte ihr Drache sie. *Alles läuft auf Moira hinaus.*

Die Sonne nahte sich dem Untergang und die rötlichorangen Töne wurden von Minute zu Minute intensiver. Cynthia starrte mit zusammengekniffenen Augen auf einen Fleck der Farbe des Blutes und dachte über alles nach. Moira war die Konstante in alledem. Sie war eine geschickte – und gefährliche – Manipulatorin von Männern. Hatte sie Drax dazu überredet, Barnaby anzugreifen, um die Kontrolle über das Brennervermögen zu erlangen?

Cynthias Drache schnaubte. *Musst du das überhaupt fragen?*

Das Brummen von Cals Motorrad ertönte hinter der Ecke und Cynthia verspürte den Drang, hinüberzurennen, Cal zu umarmen und nie wieder loszulassen. Moira hatte ihr so viel genommen, aber Liebe konnte nicht wie ein Juwel gestohlen werden.

„Fünfzehn Minuten", rief Dell aus der Küche.

Cynthia überlegte, was sie in dieser Zeit alles tun konnte.

Moira töten, flehte ihr Drache.

Sie verzog das Gesicht. Moira war wohl oder übel nicht nah genug, um sie jetzt zu töten. Aber es wäre sicher nett, der Schlampe einmal die Meinung zu sagen.

Natürlich taten nette Drachen so etwas nicht. Sie sollten so etwas nicht einmal *denken.* Cynthia konnte die Ermahnungen ihrer Mutter regelrecht in ihrem Kopf hören. Aber eine andere Stimme war lauter – die Stimme, die erklärte, *Genug. Ich habe genug davon.*

Also sprang Cynthia zu einer der wenigen impulsiven Handlungen ihres Lebens auf, stapfte die Treppen hoch und zog das in Leder gebundene Telefonbüchlein heraus, das ihre Mutter ihr vor langer Zeit gegeben hatte. Ihre Hände zitterten und sie hielt inne. Sollte sie sich nicht lieber beruhigen und die Dinge durchdenken?

Genug gedacht. Genug des Versteckens, knurrte ihr Drache.

Sie schlug das Telefonbuch auf der M-Seite auf und starrte eine Minute lang vor sich hin. Dann griff sie nach dem Telefon, wählte die Nummer und wartete, bis es in der Leitung klingelte und klingelte.

„Hallo?"

Die schrille Stimme, die sich an der anderen Seite meldete, beschwor Cynthias Erinnerungen herauf und weckte jeden Albtraum wieder zum Leben.

Cynthia spitzte die Lippen und zählte bis zehn.

„Hallo?", forderte die Stimme.

Sie holte tief Luft und tat ihr Bestes, um ihre Antwort nicht in den Hörer zu speien.

„Moira."

Plötzlich herrschte absolute Stille und dann ertönte ein Gackern. „Ach du bist es, meine liebste Cousine."

Cynthia hielt den Hörer von ihrem Ohr weg und erinnerte sich daran, cool zu bleiben, obwohl sie am liebsten geknurrt hätte, *Du kannst deinen Arsch darauf verwetten, dass ich es bin, du Miststück.*

Zum ersten Mal wünschte sie sich, sie hätte keine Manieren. Keinen gesellschaftlichen Kodex, der es ihr unmöglich machte, das auszusprechen, was sie gerade dachte.

„Hier spricht Cynthia, wenn du das meinst."

Moira gluckste. „Nicht meine *Liebste*, meinst du? Du brichst mir das Herz."

Nein, wollte Cynthia sagen. *Du hast dazu beigetragen, meins zu brechen, als du dich überall eingemischt hast.* Aber damit würde sie Moira gegenüber zugeben, dass sie Erfolg gehabt hatte, und das wollte Cynthia nicht tun.

„Ich wusste gar nicht, dass du ein Herz hast." Cynthia stellte sich vor, wie Dell für diesen Satz mit ihr einschlagen würde. Der Mann war ein Profi, wenn es um schlagfertige Antworten ging.

Moira lachte. „Natürlich habe ich ein Herz. Ich war zutiefst erschüttert, als ich vom Tod deines geliebten Barnaby erfuhr."

Cynthia grub ihre Fingernägel in den Ledereinband ihres Telefonbüchleins. Moira war am Tag des Angriffs anwesend gewesen. Sie hatte sich im Hintergrund gehalten und Drax und seine Handlanger die Drecksarbeit tun lassen. Was bedeutete, dass sie log, so wie immer. Aber Cynthia wollte Moira nicht die Oberhand gewinnen lassen, also hielt sie sich an das Skript, das sie sich in Gedanken zurechtgelegt hatte.

„So erschüttert wie du warst, als Silas dich verlassen hat?" Ein Tiefschlag, aber Moira verdiente es.

Moiras Stimme verwandelte sich zu purem Gift. „Ich habe ihn verlassen."

„Ach natürlich. Für Drax. Ihr beide wart wirklich füreinander geschaffen."

Ja, spie ihr Drache. *Ein Traumpaar – oder besser gesagt, ein Albtraumpaar.* Drax war grausam, rücksichtslos und völlig egozentrisch – genau wie Moira.

„Wie dem auch sei", fuhr Cynthia fort. „Ich habe nicht angerufen, um Höflichkeiten auszutauschen. Ich rufe an, um dich zu warnen."

Ein weiteres schrilles Gackern drang durch das Telefon und Cynthia zuckte zusammen.

„Um mich zu warnen? *Du* willst *mich* warnen?"

Wenn das kein Beweis dafür war, dass Moira einen weiteren Angriff plante, was dann?

„Ja, um dich zu warnen." Cynthias Stimme sank eine ganze Oktave tiefer und ihre Worte waren so scharf wie Klingen.

„Wenn du dich noch einmal in mein Leben einmischst, bist du tot. Wenn du noch einen deiner Söldner nach Maui schickst, werde ich dich höchstpersönlich zur Strecke bringen. Wenn du auch nur daran denkst, einen weiteren Angriff zu starten, werde ich dich erledigen. Ich werde dich vernichten, Moira. Ich werde dich deines Schatzes berauben. Ich werde dich zum Gespött des ganzen Drachentums machen. Ich werde zusehen, wie der Stolz und das Leben aus dir heraustropfen, ein jämmerlicher Tropfen nach dem anderen. Du wirst verschwinden und vergessen werden. Wenn irgendjemand deinen Namen jemals wieder erwähnt, dann nur, um über die Schande zu lachen, die du selbst über dich gebracht hast. Habe ich mich klar ausgedrückt?"

Cynthia keuchte fast vor Wut, als sie fertig war. Aber es fühlte sich gut an. Und es musste funktioniert haben, denn für einen glückseligen Moment lang war es still in der Leitung. Offensichtlich hatte Moira nicht erwartet, dass sie so frei heraus sprechen würde.

Jetzt ist Schluss mit nett, knurrte ihr innerer Drache.

„Sieh an, sieh an. Die süße kleine Cynthia so voller Bosheit. Was würde deine Mutter dazu sagen?"

„Sie würde sagen, dass ich meine Zeit nicht mit Abschaum wie dir verschwenden soll."

Moira gab einen erstickten Laut von sich und Cynthia wusste, dass sie einen Nerv getroffen hatte. Aber es würde mehr als ein paar scharfe Worte brauchen, um ihre Cousine für immer zum Schweigen zu bringen.

„Vielleicht bin ich ja diejenige, die noch nicht fertig mit dir ist", zischte Moira.

Cynthia bewegte sich auf dünnem Eis und sie wusste es. Moira hatte die Mittel – und die Motivation –, ihren Worten Taten folgen zu lassen. Aber sie war es leid, sich und den Rest der Welt von Moira tyrannisieren zu lassen.

„Wann wirst du genug haben, Moira? Wann hört es auf? War es nicht genug, Barnaby zu töten?"

„Natürlich war es das nicht. Du musst auch noch sterben." Moira lachte. „Nimm es nicht persönlich, liebe Cousine. Es ist nur so, dass ich nicht alles erben kann, solange es dich gibt."

Dann senkte sich ihre Stimme wieder zu einem bedrohlichen Ton. Es war einer dieser verrückten Persönlichkeitswechsel, zu denen Moira fähig war. „Du wärst schon längst tot, wenn dieser verdammte Wolf nicht wäre."

Cynthia erstarrte. „Was?"

Moira gab ein gackerndes Geräusch von sich. „Dein Landstreicher. Wie hieß er doch gleich? Du weißt schon, der ohne Manieren. Ohne Familienname. Ohne Geld."

Cynthias Magen krampfte sich zusammen. Cal? Gott, sie war so jung und dumm gewesen, sich Moira damals anzuvertrauen.

Moira seufzte verträumt. „Aber er hatte einen tollen Arsch. Zu schade, dass man seine Loyalität nicht kaufen konnte."

Cynthia wurde es schlecht. Hatte Moira versucht, den Mann, den sie liebte, zu verführen?

„Was hast du getan, Moira?"

Moira lachte. „Oh, mach dir keine Sorgen, liebe Cousine. Dieses Landei von einem Wolf war dir gegenüber loyal. So loyal, dass er sogar einen Pakt mit Barnaby geschlossen hat."

Cynthia erstarrte. Wie um alles in der Welt konnte Cal mit Barnaby in Kontakt gestanden haben? Warum?

Ein Dutzend Fragen schossen ihr durch den Kopf, aber sie brachte nichts anderes hervor als ein heiseres Flüstern. „Was für ein Pakt?"

„Um dich zu beschützen natürlich. Mein Gott, Weibsbild. Wie blind kannst du denn sein?"

Cynthia starrte in die Ferne und fragte sich das Gleiche.

„Zwei Männer, beide so verliebt in dich, dass sie alles aufgeben würden." Moiras Stimme wurde bitter. „Und ich meine alles – sogar ihr Leben. Wirklich erbärmlich, wenn du mich fragst."

Es war klar, dass Moira Loyalität erbärmlich fand. Cynthia jedoch kannte Selbstaufopferung nur zu gut. Jahrelang hatte sie vernichtende Schmerzen ertragen und bittere Tränen geweint.

Sie kniff die Augen zu und schlang einen Arm um ihre Taille. War etwa noch mehr passiert, als sie sich jemals vorgestellt hatte? Aber warum sollten Cal und Barnaby zusammengearbeitet haben. Cal war abgehauen und hatte geschworen, nie wieder zu kommen.

Dann traf es sie wie der Schlag. All die geheimen Treffen, zu denen Barnaby gegangen war, bei denen er darauf bestanden hatte, dass sie zu Hause blieb. All die Male, die sie sich beobachtet gefühlt hatte, selbst wenn niemand in Sicht war. All die gefährlichen Situationen, aus denen sie und Joey zum Glück knapp entkommen waren.

Vielleicht war es gar kein Glück gewesen. Vielleicht steckte mehr hinter ihrem Überleben, als sie jemals gedacht hatte.

Cal, flüsterte ihr Drache.

Sie schluckte. Was hatte es Cals Stolz gekostet, mit Barnaby zusammenzuarbeiten – und Barnabys Sohn zu beschützen?

Zuerst wurde sie von Trauer durchflutet, aber dann folgte ein Tsunami der Wut, so dass ihre Finger zu Krallen wurden. Wäre Moira in der Nähe gewesen, hätte Cynthia sie tatsächlich in Stücke gerissen.

„Ich habe die Nase voll, Moira."

Moira lachte. „Und ich habe meinen Spaß noch nicht mal angefangen."

„Wenn du auch nur... "

„Was? Was wirst du machen? Mich aus der High Society ausschließen? Meine Konten einfrieren? Soweit ich weiß, bist du diejenige, die sich irgendwo im Dschungel versteckt. Diejenige, die alle für tot halten."

Maui war wohl kaum ein Dschungel, aber ja. Die verlassene Plantage, die Cynthia hier verwaltete, war den Villen und Penthäusern, in denen sie aufgewachsen war, überhaupt nicht ähnlich.

Moira fuhr fort und kam richtig in Fahrt. „Sei vorsichtig, es nicht zu übertreiben, liebe Cousine. Ich könnte in Versuchung geraten, dich noch ein wenig mehr leiden zu lassen. Hast du noch einen Liebhaber, den ich aus deinem Leben reißen sollte, bevor ich dich töte? Schläfst du dich durch den Haufen von Gestaltwandlern, mit denen du zusammenwohnst? Die sind schon was, das muss ich dir lassen. Besonders dieser Löwe... " Ihre Stimme schlug zu einem lüsternen Tonfall um. „Oder dieser Tiger von nebenan. Oder vielleicht einer deiner lieben Drachen.

Ich garantiere dir, dass ich sie im Bett zum Heulen bringen könnte."

Cynthia hätte fast aufgelegt. Ihre Cousine war in mehr als einer Hinsicht ein Monster.

„Oder Moment", fuhr Moira fort. „Vielleicht könnten wir die Sache wie ein paar zivilisierte Drachen angehen und eine Vereinbarung treffen."

Nur über meine Leiche, wollte Cynthia sagen, aber sie war noch immer von Moiras Ausbruch erschüttert und Moira fuhr fort.

„Vielleicht sollte ich dort zuschlagen, wo es am meisten weh-tut. Joey. Was ist dir seine Sicherheit wert? Sagen wir, dein gesamtes Erbe?"

Alle Farbe wich aus Cynthias Wangen. Würde Moira tatsächlich so tief sinken?

„Überschreibe mir alles", sagte Moira, als ob die Lösung auf der Hand läge. „Mach das Brenner- und Baird-Vermögen zu meinem und ich lasse die kleine Göre am Leben."

Es war erstaunlich, wie stark das Herz einer Frau klopfen konnte, ohne dass es durch ihren Brustkorb barst.

„Niemals. Du wirst Joey nicht anrühren." Cynthias Stimme ähnelte mehr dem rauen Kontraalt ihres Drachen als ihrem normalen menschlichen Klang. „Solltest du jemals… "

Moira unterbrach sie. „Genieße deine kleine Farm am Meer, solange du noch kannst, liebe Cousine. Man weiß ja nie, wann du auch sie verlieren könntest."

Cynthia hätte beinahe eine Antwort gezischt, aber sie be-herrschte sich schnell, denn sie wollte Moira nicht die Genug-tuung geben, sie so aufgebracht zu hören.

„Solltest du dich jemals meinem Sohn nähern, wird es das Letzte sein, was du tust" sagte sie in einem tiefen, klaren und erschreckend kalten Ton. „Ich werde dich vernichten, Moira. Und das meine ich nicht nur finanziell, liebe Cousine. Ich werde dich töten und all die Leben rächen, die du zerstört hast. Hast du das verstanden?"

Sie betonte jede Silbe ihrer letzten Worte und wartete dann auf eine Antwort. Aber offensichtlich war Moira zu schockiert, um zu reagieren, also fuhr Cynthia fort.

„Gut." Sie legte auf.

Ihr Puls raste im Rausch des Triumphs. Endlich hatte sie ihrer Cousine die Meinung gegeigt!

Aber Moiras Drohungen waren echt gewesen. Konkret. Wahnsinnig, aber durchdacht. Was bedeutete, dass sie wirklich etwas plante. Etwas, das ein simpler Telefonanruf nicht aufhalten konnte.

Und ich habe meinen Spaß noch nicht mal angefangen.

Moiras Worte hallten in Cynthias Kopf nach und ihre Drohung hing in der frischen Abendluft.

Kapitel 12

In dem Moment, in dem Cal zurück auf das Plantagengelände fuhr, merkte er, dass etwas nicht stimmte. Zum einen kam Dell die Verandastufen hinunter und winkte ihn hinüber, was schon seltsam genug war. Aber dann war da noch die Tatsache, dass Cynthia wegen irgendetwas verstört war. Er konnte es spüren, auch wenn sie nirgends zu sehen war.

Er parkte die Triumph und ging zu Dell hinüber, während sein Wolf bereits in Alarmbereitschaft war.

„Hey", grunzte er und widerstand dem Drang, die Hände in die Taschen zu schieben. Man konnte nicht wissen, was Dell tun würde.

„Hey." Der Löwengestaltwandler musterte ihn eine ganze Minute lang, bevor er weitersprach. „Essen ist in fünfzehn Minuten fertig."

Nun, das war es zumindest, was Dell laut sagte. Aber sein Blick fügte noch viel mehr hinzu. So etwas wie, *Ja, du bist tatsächlich eingeladen. Und ja, ich werde dich genau im Auge behalten, Wolf.*

Cal hob die Hände, um zu zeigen, dass er nichts Böses im Sinn hatte. Abendessen? Wow. In der letzten Woche hatte er seine Mahlzeiten allein verschlungen, als klar war, dass er bei den Familienessen des Rudels nicht willkommen war. Und ehrlich gesagt war er froh gewesen, dass er sich zurückziehen konnte. Aber jetzt...

Cal neigte den Kopf und musterte Dell auf Anzeichen für eine Falle. Aber der Löwengestaltwandler strahlte nichts Böses aus, nur eine gewisse Resignation. Als Cal zu Cynthias Balkon hinaufschaute, nickte Dell leicht und ließ genug von seinen Gedanken aufblitzen, so dass Cal sie lesen konnte.

Ja, sie ist diejenige, die dich eingeladen hat. Und nein, ich weiß nicht, was los ist. Aber was auch immer du tust, sieh zu, dass du sie gut behandelst.

Cal verbarg einen finsteren Blick. Er hatte seine Gefährtin immer gut behandelt und das würde er auch immer tun.

Aber ausgeladen zu werden, würde niemandem helfen, also nickte er. „In fünfzehn Minuten. Wir sehen uns dann."

Dell warf ihm noch einen warnenden Blick zu, bevor er zurück in die Küche ging. Cal schaute ihm nach. Er war sich nicht ganz sicher, was er von alledem halten sollte. Ein Teil von ihm freute sich, denn verdammt – selbst ein einsamer Wolf wusste es zu schätzen, wenn er von Zeit zu Zeit miteinbezogen wurde. Und jede Gelegenheit, die er bekam, Cynthia nahe zu sein, war ein Bonus. Aber irgendetwas hatte sie verärgert und er betete still, dass er es nicht gewesen war.

Er ging in den Waschraum, machte sich schnell frisch und starrte sich eine Weile im Spiegel an. Kaum ein Jahrzehnt war vergangen, seit er Cynthia kennengelernt hatte, aber irgendwie sah er dreißig Jahre älter aus – und er fühlte sich auch so. So viele Falten auf seiner Stirn und so viele zusätzliche Narben. Er starrte in seine Augen und fragte sich, wann sie so misstrauisch und stumpf geworden waren. Ein winziger Funke Hoffnung verblieb, aber er war sich nicht sicher, ob das gut oder schlecht war.

Er stieß sich vom Waschbecken ab und marschierte zurück zum Haupthaus. Er war zum Abendessen eingeladen, verdammt noch mal. Das wollte er sich auf keinen Fall entgehen lassen.

Er spähte in die Küche. „Kann ich irgendwie helfen?"

Die gegensätzlichen Düfte von Zitronengras, Ingwer und Kokosmilch stiegen in seine Nase. Der eine scharf, der andere erdig und der Letzte süß. Dell stand am Herd und hantierte mit zwei dampfenden Töpfen, einem Wok und mit etwas, das wie ein frischer Laib Brot aussah. Seine Tochter Quinn saß in einer Babyschale in der Nähe, wedelte mit einem hölzernen Kochlöffel herum und quietschte vor Vergnügen. Joey war auch da und huschte zwischen dem Schrank und dem Verandatisch hin und her.

Dell deutete mit dem Kinn in die Richtung des kleinen Rotschopfs. „Du kannst Joey helfen, den Tisch zu decken."

Joey nickte ernst. „Mommy sagt, alle müssen helfen."

Dell streichelte ihm über das Haar. „Da hast du recht."

„Wir müssen für zwölf Leute eindecken", sagte Joey, als ob er die wichtigste Aufgabe der Welt hätte. „Nicht nur für elf."

Cal folgte dem Jungen und fragte sich, wie unangenehm der Abend wohl werden würde. Doch als die anderen nach und nach eintrafen, ging alles erstaunlich glatt über die Bühne. Ihre Augen weiteten sich leicht, als sie sahen, wer den Tisch deckte, und er bekam ein paar Seitenblicke, die ihn daran erinnern sollten, dass er sich besser benehmen sollte, sonst... Aber ansonsten schien es für alle in Ordnung zu sein, dass er anwesend war.

„Hey", grunzte Connor und setzte sich an das Kopfende des Tisches.

„Hallo, Cal", rief Jenna fröhlich und nahm den Platz rechts von Connor ein.

Die anderen nahmen rundherum Platz, während Dell das Essen auftischte, aber niemand rührte etwas an und die Minuten verstrichen langsam.

„Kommt deine Mutter?", fragte Anjali schließlich Joey.

Er blickte kaum von dem Bild auf, das er zum Zeitvertreib gemalt hatte. „Sie meinte, bald."

Sie alle tauschten besorgte Blicke aus, von denen einige anklagend auf Cal gerichtet waren, aber niemand sagte ein Wort. Langsam und zögerlich kam die Unterhaltung in Gang und wurde mit der Zeit immer flüssiger. Anjali erzählte von ihrem Ausflug nach Kahului, Connor schwärmte von Jennas neuestem Surfbrett-Design und Sophie und Hailey tauschen sich über ihre neueste Ernte aus.

„Die Kaffeebohnen fangen gerade an, Knospen zu bilden...", sagte Hailey.

„Im Kinderladen dort gibt es die süßesten Strampler..." Anjali lächelte.

„Ihr bisher bestes Brett", verkündete Connor und berührte Jennas Schulter voller Stolz.

Sie lachte. „Sagt der Typ, der schon … was, zweimal surfen war?“

„Dreimal.“

Schon bald war die Unterhaltung in vollem Gange und alle plauderten miteinander.

Alle außer Cynthia und sogar Dell warf einen kurzen Blick auf die Uhr. Cynthia kam nie zu spät. Sie war tatsächlich immer zu früh da – geradezu zwanghaft.

„Hallo Mommy!“, rief Joey, als sie endlich auftauchte.

Cal riss den Kopf herum und hielt den Atem an, um sich auf den Schlag vorzubereiten, den er immer bekam, wenn er seine Gefährtin sah.

Und wow. Sie war genauso wunderschön wie immer, wenn auch gestresst. Gestresster als sonst, was eine Menge aussagte. Trotzdem schenkte sie Joey ein Lächeln und nickte allen anderen auf ihre typisch königliche Art zu.

„Bitte entschuldigen Sie die Verspätung.“

„Ich wusste doch, dass du … ähm … Sie irgendwann zur Inselzeit übergehen würden“, witzelte Dell und korrigierte sich hastig.

Cynthia warf ihm einen scharfen Blick zu und beugte sich hinunter, um Joey zu küssen. Dann nahm sie am Kopfende gegenüber von Connor Platz, so dass sie Cal schräg gegenübersaß. Ihr Gesicht war gerötet, und der leichte Tonfall ihrer Stimme war gezwungen. „Ich musste nur…“ Sie verstummte, als sie das nicht servierte Essen sah. „Es tut mir so leid. Sie hätten nicht warten sollen.“

„Das stimmt.“ Dell grinste und fing an, Cynthias Teller zu füllen. „Aber es gibt da so eine Sache, die sich Etikette nennt. Und anscheinend hat sie auf mich abgefärbt.“ Er täuschte einen übertriebenen Seufzer vor. „Versprechen Sie mir, dass Sie es nicht meinen Freunden erzählen.“

Connor räusperte sich scharf, aber Dell zuckte nur mit den Schultern. „Ich meine, abgesehen von diesen Jo-Jos hier.“

„Du hast tatsächlich noch andere Freunde?“, fragte Tim.

„Sagen wir einfach, ich tue gern so.“

Alle lachten und Cynthia warf Dell einen dankbaren Blick zu. Aber ihre Stirn blieb tief gerunzelt und sie rührte ihr Essen kaum an. Cal ließ seinen Blick in Richtung Treppe wandern, die Cynthia hinuntergekommen war. Sie war noch vor wenigen Stunden so viel entspannter gewesen. Jetzt war sie gespannt wie ein Flitzebogen. Wer – oder was – hatte das verursacht?

Zumindest schien es nicht seine Schuld zu sein, wie er schlussfolgerte, als Cynthia ihm ein aufrichtiges Lächeln zuwarf.

„Okay, Leute. Haut rein." Dell winkte mit der Hand und nahm seinen Platz ein.

Das Besteck klapperte und Schüsseln wurden hin und her gereicht, als zweite und dritte Portionen als Nachschlag serviert wurden. Cal hatte keine Ahnung, was das Hauptgericht war – eine Art thailändisches Hühnchen vielleicht? Es war lecker, aber er war zu sehr auf Cynthia fixiert, um das Essen wirklich zu genießen. Sie schaute immer wieder zum Horizont hinaus und als sie sich an ihr Essen erinnerte, stach sie auf ihren Teller ein, als würde sie einen Feind dort sehen.

Alle um sie herum führten Gespräche, aber Cal hörte nicht zu und versuchte, an etwas zu denken, das Cynthia aufmunternd würde.

Adirondacks. Die Nächte. Das Bootshaus, brummte sein Wolf.

Bittersüße Erinnerungen überschwemmten ihn, als er an seine allererste Nacht mit Cynthia zurückdachte. Eine Nacht, die er in den letzten Jahren immer wieder heraufbeschworen hatte, wenn er kurz davor stand, die Hoffnung zu verlieren.

Er schloss die Augen und ließ seine Sinne auf die Details ein. Der Duft der Herbstblätter, die den Boden bedeckten. Die silberne Linie des Mondlichts, die über den langen, schmalen See tanzte. Der Klang der Musik, der über das Wasser trieb, und die Wärme von Cynthia in seinen Armen.

Und einfach so ließ er sich von Maui in diese perfekte Nacht in den Adirondacks treiben. Eine aufregende, unvergessliche Nacht, denn es war seine erste mit Cynthia gewesen. Die erste von etwas, wovon er gehofft hatte, dass es sich über ein ganzes Leben erstrecken würde...

Er ertappte sich bei diesem Gedanken und ruderte zurück. Das würde Cynthia nicht helfen, sich zu entspannen. Nur die guten Dinge wären hilfreich, also konzentrierte er sich auf diese. Der durchdringende Ruf eines Haubentauchers, der Flügelschlag von Gänsen auf dem Weg nach Süden. Die leuchtenden Herbstfarben des Waldes, die auch dann noch faszinierend waren, wenn sie im Dunkeln nur als Grautöne wahrgenommen wurden. Und vor allem das anhaltende Gefühl des Friedens.

Cynthia seufzte leise, also machte Cal weiter und schottete seine Gedanken sorgfältig vor den anderen ab. Er richtete sie völlig auf sie. Er stellte sich das Knarren der Stufen vor, als sie in das Obergeschoss des Bootshauses ihres Vaters hinaufgestiegen waren. Das Quietschen der rostigen Türscharniere der Tür, die ins Loft hinaufführte. Die weiche Matratze, in die er und Cynthia gesunken waren. Die würzige Köstlichkeit ihrer Lippen, die sich unter seinen öffneten.

Cal holte tief Luft und versuchte, die Dinge nicht zu unanständig werden zu lassen. Aber das fiel ihm schwer, wenn Cynthia so nah war. Gut, dass die anderen es nicht zu bemerken schienen.

„... zu viel Säure im Boden... “, sagte Sophie. Oder war es Hailey?

„... aber ich muss noch die Krümmung des Profils anpassen... “, sagte jemand anderes. Jenna? Cal konnte es nicht sagen, denn eine Hälfte seiner Gedanken galt Cynthia und die andere Hälfte seiner Vergangenheit.

Küss mich... Cynthias begieriges Flüstern hallte in seinen Gedanken wider.

Cals Finger zuckten, als er sich an das seidige Gefühl ihrer Haut unter den Lagen ihrer Kleidung erinnerte, die er ihr eine nach der anderen ausgezogen hatte. Seine Hand berührte ihre Brust – zumindest in seinem Kopf – und er spürte ihr rasendes Herz.

Etwas bewegte sich schräg neben ihm und er öffnete die Augen lange genug, um zu sehen, wie Cynthia einen hastigen Schluck Wein trank. Dann schloss er die Augen von Neuem und versank wieder in Erinnerungen.

Bitte, bitte lass mich nicht betteln. Ihre Stimme war wie ein Flüstern im Wind. Seine Hände waren über die Kurve ihrer

Hüfte geglitten und hatten ihren Körper an seinen gezogen.

Nichts ist tabu, hatte er geantwortet.

Die Erinnerung war so lebendig, dass er es fast auch in diesem Moment glaubte. Dass nichts tabu sei und dass nicht einmal ein Jahrzehnt grausamen Schicksals zwischen ihnen stehen konnte. Nichts. Niemand. Nie wieder.

„Hey, Joey." Dells Stimme riss Cal aus seiner Fantasie. „Bist du bereit?"

Cal hob den Kopf und Cynthia tat es ebenfalls. Dell hätte sich keine treffendere Mahnung für all das aussuchen können, was noch zwischen ihnen stand.

„Bereit wofür?", fragte Cynthia.

„Fürs Zelten!", quietschte Joey vergnügt und rannte ins Haus.

„Anjali und ich haben versprochen, Joey zu zeigen, wie man ein Zelt aufbaut und draußen schläft. Schon vergessen?" Dell neigte den Kopf.

„Ach richtig", bluffte Cynthia. „Heute Abend?"

Tim lachte. „Das ist Dells Art, sich vor dem Abwasch zu drücken."

„Quinn und ich sind die Cowboys und Dell und Anjali sind die echten Indianer", erklärte Joey sichtlich erfreut.

Anjali grinste schief. „Ja. Inder, echte Indianer. Versteht ihr?"

Dell lachte, doch Joey schien die Bemerkung nicht zu verstehen.

„Zelten?", murmelte Cynthia, die immer noch ein wenig verloren aussah.

Cal konnte es ihr nicht verdenken. Ein Teil seiner Gedanken – und sein ganzes Herz – waren immer noch in den Adirondacks.

Für die nächsten Minuten herrschte reges Treiben auf der Veranda, während die letzten Reste des Essens von den Tellern gekratzt wurden. Joey sprang die Treppe hinauf und wieder zurück und erschien mit einem Rucksack voller Dinge, die Cynthia ausgiebig musterte, als würde er für Monate anstatt für eine Nacht weg sein.

„Deine Taschenlampe... Dein Teddy..."

„Ich habe alles", beharrte Joey, während Anjali, Dell und Quinn am Rand der Veranda warteten.

Cal konnte regelrecht sehen, wie die *Mommy*-Schwingungen wie Engelsflügel um Cynthia flatterten.

„Wenn du irgendetwas brauchst..."

„Gute Nacht, Mommy." Joey streckte sich für eine Umarmung zu ihr.

Cal seufzte. Es wäre schön gewesen, eine Kindheit wie diese zu haben.

„Gute Nacht, mein Schatz." Cynthia kniete sich hin und umarmte ihren Sohn ganz fest, während sie ihn hin und her wiegte.

Cal konnte regelrecht sehen, wie Cynthia sich zwang, sich von ihm zu lösen, bevor sie – oder der Junge – es sich anders überlegen konnten. Dann winkte sie in die Nacht hinaus. „Viel Spaß."

„Euch auch", rief Anjali mit einem verschmitzten Zwinkern.

Dell warf Cal einen finsteren Blick zu, der sagte, *Versteht das ja nicht falsch.*

Als sie sich alle umdrehten und auf einem Fußweg verschwanden, schaute Cynthia ihnen noch lange nach. Sie stützte sich an einer Säule der Veranda ab.

„Nun, ich denke, wir sollten uns auch auf den Weg machen." Jenna zerrte Connor auf die Beine.

„Jetzt schon?" Er starrte auf seine zweite Portion Nachtisch hinunter.

„Ja, jetzt schon." Die Stimme der Drachendame war entschlossen, als sie ihren Gefährten in Richtung Treppe schob.

Währenddessen eilte Tim in die Küche. „Wir machen den Abwasch."

Hailey streckte einen Arm aus und wies in Richtung Treppe, während sie Cal hinter dem Rücken ein Zeichen gab, das er nicht verstand. Dann traf es ihn.

„Ich mache den Abwasch", beeilte Cal sich, zu sagen. „Das ist das Mindeste, was ich tun kann."

„Wir helfen gern", fügte Chase hinzu.

Tim schenkte Cal einen weiteren warnenden Blick. *Ja. Wir werden helfen – und dich im Auge behalten, Wolf.*

„Wir würden gerne helfen", stimmte Hailey zu, zog Tim jedoch zur Treppe. „Aber leider können wir heute nicht. Erinnerst du dich an das Projekt, bei dem du mir heute Abend helfen wolltest?"

„Welches Projekt?", hörte Cal Tim fragen, als sie in die Nacht verschwanden.

Haileys Antwort wurde übertönt, als zwei weitere Stühle über die Veranda kratzten.

„Wir müssen zurück zu den Hunden." Sophie schenkte Cynthia ein entschuldigendes Lächeln und lenkte Chase sanft in die Richtung ihres eigenen Hauses.

„Aber der Abwasch...", sagte Chase.

„Wie ich schon sagte", murmelte Cal. „Das ist das Mindeste, was ich tun kann."

Chase sah nicht so sicher aus, aber Sophies verhaltenes Lächeln ließ seine Augen leicht glasig werden und er folgte ihr die Verandatreppe hinunter. Offensichtlich hatte die Frau an diesem Abend mehr vor, als nur mit den Hunden spazieren zu gehen.

Und es gab noch eine andere Agenda, vermutete Cal, als er plötzlich mit Cynthia allein war. Sie starrte immer noch in die Richtung, in die Joey gegangen war, und hatte ihre Hand fest um das Geländer geschlungen.

Cal seufzte und räumte das Geschirr so leise wie möglich ab. Die Frauen von Koakea waren Rockstars, ihm etwas Zweisamkeit mit ihr zu schenken. Und wenn er in Cynthias Gesellschaft nur Geschirr spülen würde, würde er doch nehmen, was er kriegen konnte.

Er ging dreimal hin und her, um alle Teller und Platten in die Küche zu tragen, dann füllte er die Spüle mit warmem Wasser, spritzte etwas Spülmittel hinein und krempelte die Ärmel hoch.

„Hey", flüsterte Cynthia.

Er schaute auf und sah, wie sie am Türrahmen lehnte und ihn beobachtete.

„Hey." Er nickte ihr zu.

Er rührte im Wasser in der Spüle herum, bis das Spülmittel aufschäumte und wischte dann mit einem Schwamm über einen Teller.

Cynthia gestikulierte über ihre Schulter. „Es tut mir leid. Die Jungs können manchmal ein bisschen … überfürsorglich sein.“

„Gut“, grunzte Cal und meinte es ernst.

Für die nächsten paar Minuten sprach keiner von ihnen und das einzige Geräusch war das leise Plätschern des Wassers und das gedämpfte Klirren von Silberbesteck. Nun, das war das einzige Geräusch im Haus. Draußen war Maui lebendiger als je zuvor, mit dem Zirpen der Grillen und dem fernen Rauschen der Brandung.

Cynthia trat vor und sie gingen ohne ein Wort zu einem System über. Er spülte das Geschirr vor und sie räumte es in die Spülmaschine, während er die Töpfe und Pfannen schrubbte. Dann stand sie neben ihm und trocknete die restlichen Dinge ab, während er sie ins Regal räumte. Wieder einmal war sie so nah und doch so fern und er sehnte sich danach, sie an sich zu ziehen.

„Alles in Ordnung?“, murmelte er, während er auf die Bratpfanne starrte, die er als Nächstes abwusch.

„Sicher“, sagte Cynthia ein wenig zu schnell.

Hätte sie es dabei belassen, wäre er davon ausgegangen, dass es bedeutete, *Ich will jetzt nicht reden.* Aber einen Moment später fügte sie hinzu: „Warum fragst du?“

Was so ungefähr das deutlichste Signal war, welches eine Frau aussenden konnte, um zu sagen, dass sie reden wollte.

Also antwortete er, während er versuchte, seine Stimme unbeschwert zu halten. „Als du zum Abendessen kamst, sahst du aus, als wolltest du jemanden umbringen. Und du bist immer noch ein wenig angespannt.“

Er ließ den Teil dazwischen aus, in dem sie genau wie er angefangen hatte, ins *Sinnliche* abzugleiten.

Cynthia drückte die Schultern durch. „Ich bin vollkommen entspannt.“

Cals innerer Wolf stahl sich nah genug an die Oberfläche, um zu knurren, *Ich würde ihr gerne zeigen, wie entspannt sein aussieht.*

Eine weitere Flut heißer Bilder schoss ihm durch den Kopf und er bewegte sich leicht, um gegen die Enge in seiner Leistengegend anzukämpfen.

Neben ihm versteifte sich Cynthia und räusperte sich.

Cal verbarg ein Lächeln. „Ich muss mich geirrt haben. Mein Fehler.“

Kein Fehler, knurrte sein Wolf und schnupperte in der Luft herum. *Sie erinnert sich auch.*

Als er sich ihr in Gedanken näherte, war ihr Kopf ein einziges Durcheinander. Aber die Bilder von ihnen beiden, wie sie sich in jener Nacht in den Adirondacks aneinandergeschmiegt hatten, nahmen definitiv einen Platz in ihrem Kopf ein.

Cynthia wischte mit dem Geschirrtuch über einen Topf und hängte ihn mit einem scharfen Klirren an einen Haken. Einen Moment später sprach sie mit angespannter Stimme.

„Ich habe einen Anruf getätigt. Einen, den ich schon seit Langem machen wollte. Ich wünschte nur, ich hätte das Gespräch persönlich führen können.“

„Gespräch mit wem?“

Cynthia ließ eine halbe Sekunde verstreichen, bevor sie murmelte: „Moira.“

Der Topf, den Cal gerade abspülte, glitt ihm aus den Händen und versank mit einem Klatschen, das ihm die Seifenlauge bis ans Kinn spritzte.

„Moira?“

Cynthia presste einen Finger auf ihre Lippen und warf einen scharfen Blick in Richtung Veranda. Alle waren gegangen, aber wenn jemand Moiras Namen hörte, würden sie sicher zurückkommen.

„Ja, Moira“, knurrte sie.

Er starrte sie an. „Du hast sie angerufen? Warum?“

Cynthia stellte den Kochtopf mit einem dumpfen Schlag ab. „Ach, du weißt schon.“ Sie zwang sich zu einem lässigen Tonfall. „Ich wollte mir nur ein paar Dinge von der Seele reden.“

Cal musste sich zusammenreißen, den Abwasch zu beenden, anstatt Cynthia an den Schultern zu packen, um mehr zu erfahren.

„Aber sie könnte..."

„Herausfinden, wo ich bin?" Cynthia schnaubte. „Sie weiß es schon seit einer Weile."

„Woher weißt du das?"

„Sie hat es Dell gegenüber zugegeben."

Seine Kinnlade klappte auf. „Dell?"

Cynthia nickte, ohne eine emotionale Regung zu zeigen, und Cal hatte keine andere Wahl, als abzuwarten, ob sie mehr sagen würde. Er zog den Stöpsel, ließ das Wasser aus der Spüle und schöpfte die Reste aus dem Sieb, bevor er sich die Hände wusch.

„Moira hatte einiges zu sagen", fuhr Cynthia fort.

Cal erstarrte und trocknete dann eilig seine Hände ab. „Und du hast ihr geglaubt?"

Cynthia verzog das Gesicht. „Einiges ja, andere Sachen, nein. Glaube mir, ich kann den Unterschied inzwischen erkennen."

Cal verstand die Bitterkeit in ihrem Tonfall. Wenn er in der Zeit zurückgehen und Cynthia diese Fähigkeit vor einem Jahrzehnt hätte geben können...

Sie hängte den letzten Topf an die Hakenleiste und wandte sich ihm direkt zu.

„Also...", fragte Cal schließlich und drehte sich um, um ihr in die Augen zu sehen.

Cynthia verzog das Gesicht. „Es war die übliche entzückende Unterhaltung. Sie sagte unter anderem auch ‚Genieße deine kleine Farm am Meer, solange du noch kannst.'"

Ihre Augen funkelten und er konnte hören, wie ihr innerer Drache etwas knurrte wie, *Es ist eine Plantage, es ist unser Zuhause und wir können es so sehr genießen, wie es uns verdammt noch mal gefällt.*

Seine Nackenhaare stellten sich auf. Typisch Moira – verschleierte Drohungen.

„Glaubst du, sie plant etwas?"

Cynthia verzog das Gesicht. „Ich weiß, dass sie etwas plant. Die Frage ist nur, wann. Wie. Wo."

Ihr Blick schweifte zur Tür hinaus. Die Küche lag auf der anderen Seite des zentralen Flures und der Blick erstreckte sich über die Veranda in die Dunkelheit der Nacht hinaus. Ein Glühwürmchen flackerte und die Tiki-Fackeln, die den Weg säumten, tanzten in der Nacht. Cal starrte hinaus und ballte die Fäuste.

„Wie dem auch sei. . . " Cynthia verstummte und schaute ihm in die Augen.

Eine weitere stille Minute verging und Cal hatte das deutliche Gefühl, dass sie noch mehr sagen wollte. Dass es ein großes, bedrückendes *Etwas* gab, worüber sie einfach sprechen musste. Aber als sie ihren Mund öffnete–

Etwas flackerte in ihren Augen auf und ihre Lippen schlossen sich wieder. Als sie schließlich sprach, klang es wie der Hauch einer Niederlage.

„Nun, es ist schon spät."

Er nickte stumm.

„Es ist Zeit fürs Bett", fügte sie hinzu. Ihre Stimme klang, als wollte sie ihn anflehen, sie nicht gehen zu lassen.

Cal stand da und war sich nicht sicher, was er tun sollte. Idiot, der er war, wiederholte er ihre Worte. „Es ist Zeit fürs Bett."

Es war, als stünde das Schicksal mit ihm in der Küche und wäre fest entschlossen, seine letzte Chance zu versauen, indem es ihn dazu brachte, das Gegenteil von dem zu sagen, was er wirklich meinte.

Gehe nicht, Cynthia. Bleib bei mir. Lass mich dich berühren. Dich halten. Dich küssen.

Cynthia ging einen Schritt auf die Treppe zu – die Grenze zu ihrem privaten Bereich, die niemand je überschritt. Ihre Bewegungen waren mechanisch, als wäre sie eine Marionette, die von einem grausamen Puppenspieler kontrolliert wurde. Sie hielt mit einem Fuß auf der untersten Stufe inne und schaute ihn mit großen, hoffnungsvollen Augen an.

„Gute Nacht", flüsterte sie.

Sein Herz pochte laut. Seine Finger zuckten. Sein Wolf heulte.

Nein! Lass sie nicht gehen!

Aber Stolz war eine seltsame Sache. Er konnte einen Mann davon abhalten, seine Hand auszustrecken und nach seinen wildesten Träumen zu greifen. Er konnte die Vergangenheit vor den Fenstern seines Verstandes vorführen und verdammt sichergehen, dass der Schmerz und der Verrat ihn tief trafen. Tief genug, um eine Kluft zu bilden, die man nie und nimmer überqueren konnte, selbst wenn dies bedeutete, seine Gefährtin zu verlieren.

„Gute Nacht", hörte er sich selbst antworten.

Aber dennoch rührten sie sich beide nicht. Sie standen einfach nur da, starrten einander in die Augen und ihre Oberkörper hoben und senkten sich. Ihre Stirnen waren trotz der kühlen Abendbrise leicht verschwitzt.

Cal hätte fast schwören können, dass ihm eine weitere *Beinahe*-Gelegenheit entgleiten würde, als ihn plötzlich die Wut überkam. War er wirklich so dumm, die Frau, die er liebte, gehen zu lassen?

Sein Blut rauschte. Seine Wangen wurden heiß und sein Rücken juckte, wie er es immer tat, wenn sein Wolf die Oberhand zu gewinnen drohte.

Nein, bellte seine innere Bestie.

Und einfach so schritt er auf sie zu. Zielstrebig. Konzentriert. Sein Blick verließ Cynthias Lippen dabei nicht und in dem Moment, als er sich ihr näherte...

Die imaginäre Barriere, die zwischen ihnen errichtet worden war, zerbröckelte. Sie stürzten sich in einen riesigen, begierigen Kuss. Ihre Körper prallten regelrecht aneinander. Ihre Zungen tanzten. Ihre Hände berührten sich. Als müssten sie ein Jahrzehnt der Enthaltsamkeit in einem einzigen feurigen Moment wiedergutmachen.

Mit klopfendem Herzen verschränkte er seine Finger mit ihren, hob ihre Hände über ihren Kopf und presste seine Lippen auf ihre. Begierig öffnete sie ihren Mund, während er sie schon gegen die Wand drückte.

„Ja", flüsterte sie. „Ja, bitte."

Kapitel 13

Ein paar atemlose Augenblicke lang konnte Cynthia nichts anderes tun, als ihre Finger um Cal zu schlingen und sich an ihm festzuhalten. Ihr Körper stand in Flammen und ihr Blut rauschte.

Ja! Wir haben unseren Gefährten zurück! heulte ihr innerer Drache.

Technisch gesehen hatte er sie – schön eng an seinen harten Körper gezogen. Aber das war ihr auch recht.

Sie keuchte und versuchte, Cal überall gleichzeitig zu berühren. Seine Brust. Seine Schultern. Sein Gesicht. Ein kleiner Laut kam über ihre Lippen, der eine Mischung aus einem Lachen und einem Schluchzen war, und sie wusste nicht genau welches. Beides war durchaus möglich, wenn man bedachte, wie sie sich fühlte.

„Ich hab' dich so vermisst... ", wimmerte sie zwischen zwei Küssen.

„Ich hab' dich auch vermisst ", murmelte Cal zurück und sie konnte den Schmerz spüren, der in seinen Worten mitschwang. Es kam nicht oft vor, dass es in der Welt etwas gab, das *zu viel* für Cal war. Und dass er es zugab...

Sie stellte sich all ihren Schmerz, ihre Einsamkeit und ihr Bedauern vor, drehte es dann um und versuchte, es aus seiner Sicht zu betrachten. Wie sehr hatte es Cal geschmerzt, sie mit Barnaby kommen und gehen zu sehen? Schlimmer noch, sie schwanger zu sehen und dann mit dem Kind dieses anderen Mannes in ihren Armen?

Ein Schluchzen erschütterte sie, aber Cals eindringlicher Kuss riss sie in die Gegenwart zurück.

„Cynthia... "

Mit einer Hand strich er ihr Haar zurück, während er es mit der anderen packte. Die zwei Seiten ihres Liebhabers kamen wieder zum Vorschein.

Dann stieß er ein tiefes, grollendes Knurren aus, drückte sie noch fester gegen die Wand und fing an, sie nun ernsthaft in Besitz zu nehmen. Er hielt ihre Hände fest, strich mit der freien Hand über ihren Körper und presste seine Hüfte an ihre. Sie fühlte sich schwerelos, als würde sie auf einer Wolke schweben, aber gleichzeitig spürte sie jeden Zentimeter seines harten, unnachgiebigen Gewichts. Es dauerte ein paar Sekunden, bis sie bemerkte, dass Cal sie vom Boden hochgehoben und sie ihre Beine um seine Taille geschlungen hatte.

„Ist das okay für dich?", knurrte er.

Mit Mühe brachte sie ein Nicken zustande. Verdammt ja.

Cal lachte leise und gewann ein wenig die Kontrolle zurück. „Du meinst direkt hier neben der Haustür?"

Sie blinzelte und schaute über seine Schulter. Sie waren zwar im Haus, aber ja – alle, die vorbeikommen könnten, würden eine Seite ihres Co-Alphas zu sehen bekommen, die sie noch nie gesehen hatten.

Nicht, dass sie das überhaupt interessierte. Sie wollte nur ihn. In ihr. Über ihr. Um sie herum.

Andererseits... Sie schaute die Treppe hinauf. Oben in ihrem Schlafzimmer gab es ebenfalls eine völlig perfekte Wand und sie könnten sich auf dem Weg dorthin ausziehen.

„Gute Idee", murmelte Cal und las ihre Gedanken. Er ließ sie eilig hinunterrutschen und zog sie die Treppe hinauf.

Sie schlang eine Hand um das Geländer und krallte die andere in sein Hemd, um daran zu zerren und das Waschbrett seiner Bauchmuskeln zu berühren. Cal machte sich derweil daran, die obersten Knöpfe ihres Kleides zu öffnen. Auf halber Höhe hielten sie inne und kehrten zu überstürzten, ungeduldigen Küssen zurück, als würden sie nie wieder die Gelegenheit dazu bekommen. Dann deutete Cal nach oben und der Gedanke an ein Bett spornte sie an. Doch auf der obersten Stufe stöhnte Cal.

„Vergiss es." Er schlang seine Arme um ihre Taille und senkte sie direkt auf der obersten Treppenstufe auf den Boden hinab.

Sie lehnte sich zurück und alles kribbelte vor Vorfreude. „Was ist mit der Wand?"

„Oh, die kommt auch noch. Versprochen. Aber zuerst..." Mit seinen glühenden Wolfsaugen musterte er ihren Körper, während er seine Finger in den Ausschnitt ihres Kleides schob. „Magst du dieses Kleid?"

Sie hielt den Atem an und log.

„Nein."

Seine Augen funkelten und schon riss er das Vorderteil des Kleides mit einer schwungvollen Geste hinunter. Knöpfe flogen durch die Luft und einige sprangen mit fröhlichem Klappern die Treppe hinunter. Einer landete sogar in der Diele und drehte sich eine Zeit lang auf dem Boden. Er wirbelte herum und überschlug sich, genau wie Cynthia sich fühlte, als Cal ihren BH öffnete und seinen Kopf an ihre Brust senkte.

Sie keuchte und bäumte sich unter der sengenden Berührung seiner Lippen auf. Cal knetete und neckte das weiche Fleisch ihrer Brüste, bis ihre Brustwarzen hart wurden. Zum ersten Mal seit über einem Jahrzehnt fühlte sie sich begehrt. Angebetet. Verehrt wie eine Göttin.

„So schön", stöhnte er.

Seine Bartstoppeln kratzten über ihr empfindliches Fleisch und er wirbelte mit seinen Fingern, bis ihre Brustwarzen steif in die Höhe ragten.

Mehr... Mehr... wollte sie betteln.

Sie brauchte den Gedanken nicht zu Ende zu führen, denn Cal war bereits da und schloss seine Lippen um ihre harten, rosafarbenen Knospen. Er saugte hart, strich mit seiner Zunge darüber und überwältigte sie mit seinem Verlangen.

Als ihre Hüfte in einem plötzlichen Reflex gegen seine zuckte, schaute Cal mit einem Piratengrinsen auf.

„Genau das habe ich auch gedacht..." Er glitt an ihrem Körper hinunter.

Seine Hände waren überall und er bewegte die Lippen stetig weiter nach unten. Und seine Zunge...

Oh ja. Sie konnte kaum ein Stöhnen unterdrücken, als sie einen Blick auf das erhaschte, was er vorhatte. Der Mann war auf dem Weg zur Mitte ihrer Weiblichkeit und sie konnte es kaum erwarten.

Mit der Zunge kitzelte er ihren Nabel, während er den Rest ihres Kleides und ihres Höschen hinunterzog, so dass sie nun völlig nackt war. Er bat sie nicht um Erlaubnis, das brauchte er nicht – wenn man bedachte, wie sie seinen Kopf nach unten drückte. Er hielt gerade lange genug inne, um ihre Beine zu spreizen, mit einem dicken Finger durch ihre Schamlippen zu streichen und tief einzuatmen.

Meine. Feuer loderte in seinen Augen.

Dann senkte er den Kopf und presste seinen Mund auf sie, so dass sie sofort zusammenzuckte. Schon bald wand sie sich in ungezügelter Lust unter ihm, während er sie in immer weitere Höhen trieb.

Vage wurde Cynthia bewusst, dass es nicht viel brauchen würde. Sie hatte das Leben einer Nonne gelebt...

Ihr Drache kicherte. *Eine Nonne?*

Nun, vielleicht keine Nonne, wenn man bedachte, in wie vielen Nächten sie von Cal geträumt und sich selbst berührt hatte. Aber das hatte nur wenig geholfen und sie wusste, dass er sie gleich um den Verstand bringen würde.

„Du lässt mich wieder wie eine Jungfrau fühlen."

Cal hob den Kopf, obwohl er weiter einen Finger in ihr kreisen ließ. „Wieder, wieder?" Er ließ ein wölfisches Grinsen aufblitzen.

Sie hätte gelacht – denn, ja, er war ihr erster Liebhaber gewesen – aber das einzige Geräusch, das sie hervorbringen konnte, war ein Stöhnen.

„Möchtest du, dass ich es langsam angehe?", stichelte er.

„Wage es ja nicht."

Wären ihre Hände frei gewesen, hätte sie einen tadelnden Finger gehoben. Aber sie waren zu sehr damit beschäftigt, seinen Kopf dorthin zu führen, wo sie ihn am meisten brauchte.

Cal gehorchte bereitwillig und schon bald musste sie sich den Mund zuhalten, um ihre eigenen Schreie zu dämpfen.

Ja... Oh ja... wollte sie laut aufheulen.

Auf der obersten Treppenstufe ausgestreckt zu liegen, hätte sich nicht so verdammt gut anfühlen sollen, aber Cal war ein

Meister darin, sie zu befriedigen. Außerdem stand die Haustür einen Spalt breit offen, was ihr ein Gefühl der Gefahr vermittelte.

Ein Geräusch und alle werden herbeigeeilt kommen...

Sie war bis auf die Perlen um ihren Hals nackt und läge für jeden sichtbar ausgebreitet dort. Aber es war, als würde ein Lastwagen durch ihre Adern rauschen und als er genau die richtige Stelle traf...

Cal tauchte seine Finger tiefer hinein, was einen kolossalen Orgasmus auslöste, und sie stöhnte laut auf. Er half ihr, das Geräusch zu dämpfen, während er ihr einen Schauer nach dem anderen entlockte.

Ich will dich hören, dröhnte seine Stimme in ihrem Kopf. *Ich und niemand sonst. Lass mich dich hören. Ich will es. Ich brauche es.*

Sein stahlharter Körper verriet ihr, dass er mit *brauchen* keinen Scherz gemacht hatte. Also löste sie die Finger leicht von ihrem Mund und ließ gerade genug von ihrem Stöhnen heraus, um den Raum um sie herum zu füllen.

„So gut", sang sie.

In ihren Gedanken hob und senkte sie sich wie ein Schiff auf stürmischer See. Schließlich glätteten sich die Wellen und sie kam wild keuchend zur Ruhe. Sie fuhr mit den Fingern durch sein dichtes Haar und sank erschlafft zurück.

Cal hauchte Küsse über jeden Zentimeter ihres Körpers, bis er ihren Mund erreichte. Dort presste er seine weichen und perfekten Lippen auf ihre. Er ließ seine Zunge in einem langsamen, feurigen Tanz über ihre gleiten.

Sie riss die Augen weit auf und hätte den Kuss fast unterbrochen. Sie hatte den süßen Geschmack ihrer eigenen Lust vermischt mit dem tieferen Geschmack von Cal fast vergessen.

Sie lachte und das Geräusch hallte die Treppe hinunter.

Cal neigte den Kopf. „Was?"

Sie berührte ihre Perlen. Die mittlere fühlte sich warm an, was nur zeigte, wie sehr Cal sie erregte.

„Irgendetwas sagt mir, dass meine Mutter diese Art von Vergnügen nie empfunden hat."

Cal verzog das Gesicht. „Bitte erinnere mich in so einem Moment nicht an deine Mutter."

Sie lachte und zog ihn in eine Umarmung. Und Cal schaffte dies, Gott sei Dank, ohne sie zu zerdrücken, obwohl sie sich auf der obersten Stufe der Treppe befanden.

„Und jetzt zu dieser Wand...", murmelte er und ließ ihre Brustwarzen erneut hart werden.

Seine Stimme war tief und begierig und der Klang vibrierte wie eine Trommel. Als er aufstand und ihr die Hand reichte, ließ er sie wie eine Dame fühlen und nicht wie eine lasterhafte Wilde, die sich soeben auf der Treppe von ihm hatte nackt ausziehen lassen.

Apropos nackt... Ihr Drache knurrte und bewunderte die Rückansicht seiner Jeans.

Fast eine Schande sie auszuziehen, scherzte sie.

Fast, aber nicht ganz, schoss ihr Drache zurück.

Sie stoppte Cal mit einem kurzen Ruck. „Ich bin dran..."

Sie strich mit den Händen über die harten Flächen seiner Brust und rollte sein Hemd hoch, um es über seinen Kopf auszuziehen. Sie hielt inne, bereit, seinen Körper endlich wieder zu bewundern. Dann erstarrte sie und drückte sich eine Hand auf den Mund.

„Oh Cal..."

Verbrennungsnarben bedeckten den größten Teil der rechten Seite seines Oberkörpers, von den massiven Schultern bis hinunter zu seinem kräftigen muskulösen Arm und den Rippen.

Langsam zog Cal ihre Hand von ihrem Mund und hielt sie zwischen ihnen fest.

Dann grunzte er und ließ die Schultern leicht hängen. „Nicht das, was du sehen wolltest, was?"

Sie umklammerte seine Hand mit beiden Händen und küsste sie, so dass er die Augen weit aufriss. Dann holte sie tief Luft. „Es ist alles, was ich sehen will. Dich. Mich." Sie deutete zwischen ihnen hin und her. „So wie wir jetzt sind, nicht so wie wir früher waren."

Seine Augen strahlten hoffnungsvoll, als sie wieder anfing, ihn weiter zu berühren und jeden Zentimeter seiner Brust zu streicheln. Die zerfurchten Brandnarben und die unverletzte, bronzene Haut. In ihren Augen war er schon immer ein Krieger gewesen und jetzt zeigte es sich mehr denn je.

„Also, was diese Jeans angeht. . . ", scherzte sie den letzten Rest Anspannung davon.

Er lächelte und hob seine Arme. „Sie gehört dir, gnädige Frau."

Sie grinste so breit, dass es wehtat. So hatte er sie in der Vergangenheit schon öfter genannt und es hatte sie immer erröten lassen. Jetzt brachte es sie nur noch zum Lachen. Wenn ihre Mutter sie jetzt nur sehen könnte. Sie war überhaupt keine Lady mehr.

Cal stöhnte. „Genug von deiner Mutter. Bitte."

Hoppla. Sie würde vermehrt auf ihre Gedanken achten müssen. Oder besser gesagt, dafür sorgen, dass nur bestimmte Gedanken zu ihm durchdrangen. Wie das Bild, das ihr einen Moment später in den Sinn kann – wie sie vor ihm kniete, ihre Hände um seinen Schwanz schlang und. . .

Cal stieß einen erstickten Laut aus. „Hast du mich nicht schon genug gequält?"

Er scherzte, aber ein Stich von Schuldgefühlen durchzuckte sie, als sie an all das dachte, was sie ihm angetan hatte. Also drängte sie sich näher an ihn und ließ ihre Hände in den Bund seiner Jeans gleiten. Nachdem sie ihm beim Ausziehen geholfen hatte, fuhr sie mit den Fingern unter den Rand seiner Boxershorts und war fast genauso zaghaft wie so viele Jahre zuvor.

„Dort habe ich keine Narben." Sein tiefes, rumpelndes Knurren traf sie bis ins Mark.

„Darüber hatte ich mir keine Sorgen gemacht."

„Nein? Worüber dann?"

Sie packte ihn mit der Hand. „Ich war nur besorgt, ob ein Mann wie du überhaupt in eine alte Jungfer wie mich hineinpasst, das ist schon alles."

Es war nur ein halber Scherz, denn es fühlte sich wirklich so an, als wäre ihr Herz nicht das einzige Organ, das in den letzten Jahren geschrumpft war.

Cal umfasste ihr Gesicht mit beiden Händen. „Du bist keine alte Jungfer. Du bist nur auf gute Weise gealtert."

Sie schnaubte. „Wie ein guter Wein?"

Er schüttelte den Kopf. „Du hast mehr Erfahrung. Und glaube mir, es ist wie mit dem Fahrrad fahren. Man vergisst es nie. Zumindest hat man mir das gesagt."

Seine Worte trafen sie hart und sie schluckte. Cal hatte jahrelang zölibatär gelebt und das alles nur für sie.

Also bring es endlich in Ordnung, sagte ihr Drache.

Sie brachte den Mut auf, mit ihrer Hand über die Vorderseite seiner Boxershorts zu streicheln. Dann drängte sie sich an ihn und drückte ihre Brüste gegen seinen Oberkörper. Langsam schlang sie ihre Finger um seinen Schaft und fuhr mit ihrer Hand daran auf und ab.

„All die Nächte, in denen ich allein war... ", flüsterte sie und überließ den Rest ihren Gedanken.

Cals Augen wurden glasig, als er das Bild in ihrem Kopf verarbeitete. Ein Bild von ihr, wie sie nackt und mit verträumtem Blick in ihrem einsamen Bett lag. Wie sie mit ihren eigenen Händen über ihre Haut glitt; wie sie tiefer sank und sich so gut sie konnte selbst befriedigte.

„Hast du jemals... ", begann sie und räusperte sich dann.

Cal öffnete seine Gedanken für sie und teilte ein Bild von sich, wie er an einem Ort, den sie nicht kannte, an einer Wand lehnte. Es war dunkel und schmuddelig und bei Weitem nicht so fein hergerichtet wie ihre private Suite, aber genauso einsam.

„Habe ich jemals, was?" Er legte seine Hand auf ihre, um das perfekte Tempo vorzugeben.

Sie räusperte sich und drängte die prüde Prinzessin weg. „Hast du jemals... Ich meine, hast du... "

Der Akt schien so privat, so geheim, dass sie sich nicht dazu durchringen konnte, es laut auszusprechen.

„Habe ich mir jemals einen runtergeholt und mir gewünscht, es wäre deine Hand?" Er schloss seine Finger fester um ihre, als sein Schwanz anschwoll. „Nur ungefähr tausend Mal."

Von einem anderen Mann oder in einer anderen Situation hätten seine Worte vielleicht derb geklungen. Aber Cynthias Blut wurde heiß. Vielleicht hatte er es zur gleichen Zeit getan wie sie. Vielleicht war das die Verbindung, die sie immer gespürt hatte, die sie miteinander verband, auch wenn sie meilenweit voneinander entfernt waren.

Noch nie war sie so versucht gewesen, auf die Knie zu fallen und ihn in ihren Mund zu saugen, aber etwas ließ sie innehalten. *Wirklich* innehalten, bis auch Cal langsamer wurde und ihr still in die Augen sah.

„Was auch immer du willst, Cynthia. Alles."

Cynthia warf einen Blick auf das Bett und dann auf ihn. „Können wir die Wand verschieben? Ich meine, nur bis zum nächsten Mal?"

„Sag mir, was du willst, auch wenn du mir nur sagen willst, dass ich gehen soll."

Sie schüttelte den Kopf. „Ich will *nicht*, dass du gehst. Aber... "

Er folgte ihrem Blick zum Bett und schaute dann mit einem wissenden Grinsen auf. „Wie du wünschst, gnädige Frau. Ganz wie du wünschst."

Er ging rückwärts auf das Bett zu, als hätte er in ihre Gedanken geschaut und genau gelesen, was sie wollte. Wenn dem so war, schien es ihm zu gefallen. Denn kaum hatten seine Waden die Matratze berührt, legte er sich zurück und zog an ihren Händen.

Cynthia kletterte über ihn, küsste ihn und schob ihn auf dem Bett weiter nach oben, bis sie genug Platz hatten. Dann spreizte sie die Beine auf ihm – zu hoch, aber verdammt, in ihrem Kopf tobte jetzt bereits ein Feuerwerk. Sie ließ ihren Körper an seinem entlanggleiten und war sich bewusst, wie feucht ihre Weiblichkeit war – und wie hart Cal war. Er packte ihre Hüfte und führte sie tiefer, bis sie zueinander ausgerichtet waren.

„Perfekt", murmelte er und starrte ihr in die Augen.

Mit einem tiefen Atemzug glitt Cynthia nach unten, bis die Spitze seines Schaftes genau an die richtige Stelle stieß. Dann begann sie, sich zu bewegen, und nahm ihn einen brennenden Zentimeter nach dem anderen in sich auf.

Cals Augenlider schlossen sich halb. Er bewegte seine Hüfte ganz leicht, um sie anzuspornen.

Ja, summte ihr Drache und genoss die Hitze, die sich in ihrem Körper ausbreitete.

Es brannte zwar und das Gefühl, Jungfrau zu sein, war nie weit weg, aber Cal hatte recht. Es war wie Fahrradfahren.

Wohl eher wie einen Cowboy zu reiten, kicherte ihr Drache und ließ sie noch tiefer sinken. Tiefer...

Cal ließ die Hände von ihrer Hüfte zu ihren Brüsten wandern und brachte sie dazu, sich zu winden und zu stöhnen. War es überhaupt möglich, sich so gut zu fühlen? War sie wirklich mit ihrem Geliebten zusammen oder war das alles nur ein Traum?

Träume fühlen sich nicht so gut an, murmelte ihr Drache. *Träume bringen dich nicht dazu, Feuer speien zu wollen.*

Was speien? unterbrach Cal sie erschrocken.

Sie senkte den Kopf und küsste den Gedanken weg. Dann lehnte sie sich zurück und wow, war dieser Winkel gut.

„So schön...“

Sie warf den Kopf zurück und drückte die Schulter nach hinten durch, ließ die Hüfte kreisen und formte stumme Lustschreie mit dem Mund. Es war verdammt gut, dass die anderen Jungs sie jetzt nicht sehen konnten und herausfinden würden, dass sie gar nicht so prüde war, wie sie alle dachten.

„Versprich mir, dass die Jungs dich niemals so sehen werden“, stöhnte Cal.

„Glaube mir, das verspreche ich. Vor allem nicht so...“

Sie senkte eine Schulter hinunter und lockte ihn mit ihrer Brust. Cal streckte sich hoch und bekam eine Brustwarze zu packen, die er sogleich mit den Lippen umspielte.

„Oder so“, murmelte sie und hielt ihm die andere Seite hin.

Er leckte darüber und knabberte dann, was sie zum Quietschen brachte. Dann fuhr er mit der Hand über den Ansatz ihres Beines, bis er ihre Klitoris mit dem Daumen erreichte.

Sie erschauderte auf ihm. Sie würde schon bald zum Höhepunkt kommen, und zwar heftig. Trotzdem schaffte sie es, ihr Haar zurückzuwerfen und ihn noch einmal zu reizen.

„Oder so...“ Sie lehnte sich zurück und bewegte sich schneller, was ihre Brüste hüpfen ließ. Aber je mehr sie sich bewegte, desto verzweifelter sehnte sie sich nach ihrer Erlösung. Sie kreiste fester und biss sich auf die Lippe, um das exquisite Vergnügen zu unterdrücken, das sich in ihr aufbaute.

Schneller, drängte ihr Drache. *Tiefer.*

Cal packte ihre Hüfte und zog sie leicht hoch, ließ sie jedoch in der dominanten Position. Sie bewegte sich heftiger und spürte, wie die Kraft durch ihre Adern floss. Jahrelang hatte sie ihr Leben nicht unter Kontrolle gehabt. Aber jetzt war sie endlich in der Lage, die Zügel wieder in die Hand zu nehmen. Das Sagen zu haben. Ihre wilde Seite herauszulassen.

Ja, zischte ihr Drache, während sie ihren Körper schneller bewegte.

Cals Augen glühten – nicht nur vor Leidenschaft, sondern auch vor Staunen.

Du wirst eines Tages Armeen anführen, wenn deine Zeit gekommen ist, hatte er einst zu ihr gesagt. Und zum ersten Mal seit Jahren hatte sie das Gefühl, dass dies nicht völlig unmöglich war. Sie konnte alles tun. Alles erreichen. Ihr Leben für sich zurückfordern.

Meinen Gefährten für mich einfordern, rief ihr Drache.

Ihr Kiefer schmerzte unter dem Druck ihrer Eckzähne, die sich unbedingt ausfahren wollten, aber sie wehrte sich dagegen. Vielleicht würde sie Cal den Paarungsbiss eines Tages geben können, um ihre Bindung für immer zu besiegeln. Aber im Moment...

Sie lehnte sich zurück und stützte sich mit den Händen auf seinen Schenkeln ab. Als sich der Winkel vergrößerte, nahm auch das innere Brennen zu und Cal stöhnte auf.

„Genau da..."

Sie zog sich um ihn zusammen und gab dem rohen Bedürfnis nach, anstatt dagegen anzukämpfen, wie es ihr stets beigebracht worden war.

Nette Mädchen lassen sich nicht auf so etwas ein.

Nette Mädchen verlieren nicht die Kontrolle.

Nette Mädchen fühlen sich nicht so gut, knurrte ihr Drache zurück.

Schweißperlen standen ihr auf der Stirn und sie beschleunigte ihr Tempo.

So nah dran... Cal stöhnte in ihren Gedanken.

In der Vergangenheit hatte sie sich gern zurückgelehnt und ihn die meiste Arbeit im Bett machen lassen. Und ehrlich gesagt würde sie dies in der Zukunft wahrscheinlich auch gern öfter tun. Aber in diesem Moment lag alles in ihrer Hand.

Alles liegt in deiner Hand, wiederholte ihr Drache.

Also tat Cynthia etwas, das sie noch nie getan hatte. Sie schloss die Augen und ließ ihre Selbstbeherrschung los. Jedes letzte Fünkchen davon, bis sie kaum mehr wusste, wo sie war. Sie spürte nichts als das Bedürfnis, sich und ihren Geliebten für eine Weile in die tiefe Glückseligkeit der Lust zu entführen.

„Gleich… " Cal versteifte sich am ganzen Körper.

Cynthia nahm ihn noch tiefer in sich auf und spannte gleichzeitig ihre inneren Muskeln an. Das Licht explodierte in ihrem Kopf und drehte sich in kleinen Spiralen. Cal erschauderte und stöhnte unter seiner Erlösung. Ein feuchter, heißer Strom füllte sie und sie wimmerte, während sie jeden Tropfen genoss. Dann erschlaffte sie und ließ sich auf seine Brust fallen. Wie lange sie keuchend dalag, wusste sie nicht. Nur, dass sie sich erfüllter – und emotional erschöpfter – fühlte als je zuvor.

Cals Brustkorb hob sich ebenfalls und eine Weile lagen sie einfach nur zusammen dort. Ein komplettes, wundervolles Durcheinander. Dann zog er sie an seine Seite und umarmte sie, so dass sie sich vollkommen und geborgen fühlte.

„Wow", flüsterte er halb und lachte halb. „Wo kam das denn her?"

Sie küsste seine starken Arme, die sie eng umschlossen. Ihr Krieger beschützte sie von Neuem. Er liebte sie. Er gab ihr das Gefühl, vollständig zu sein.

Sie drehte sich um, schlang ihre Arme um seinen Hals und sah im tief in die Augen. Darauf gab es nur eine Antwort und sie wusste es.

„Es kam aus dem Herzen, mein Gefährte. Direkt aus dem Herzen. "

Dann küsste sie ihn und fühlte sich warm, gelöst und absolut friedlich.

Kapitel 14

Cal schloss die Augen und zog Cynthia fest an sich. Ihr Körper war bereits an seinen geschmiegt, aber trotzdem – es fühlte sich an, als könnte er sie nie fest genug halten. Er kreuzte seine Arme über ihrer Brust und konnte jeden ihrer Herzschläge zählen. Was er tat, um sich zu vergewissern, dass er sich in der Realität befand und nicht in einem weiteren Traum.

„Mmm." Cynthia seufzte und strich mit den Händen über seine Arme. Dann kicherte sie. „Markierst du mich?"

Er erstarrte in dem Moment, als er sein Kinn in langsamen seitlichen Bewegungen über ihre Schulter zog.

„… möglicherweise. Hast du ein Problem damit, Miss?"

Sie zappelte leicht, wovon seine Bartstoppeln ein weiteres Mal über ihre Haut kratzten. „Hör' nicht auf und dann gibt es auch kein Problem, Mister."

Er grinste. Cynthia hatte so viele verschiedene Seiten. Elegant und zurückhaltend. Kühl und gebieterisch. Warm und fürsorglich, obwohl sie das nur selten jemandem außer Joey zeigte. Sie hatte aber auch eine schwer greifbare, freche Seite, ganz zu schweigen von der Seite, die nur selten zum Vorschein kam, wenn sie im Bett die Kontrolle übernahm, so wie heute Abend.

Mir gefällt es, brummte sein Wolf. *Mir gefällt es.*

Er strich weiter mit seinem Kinn über ihre Haut und genoss den Moment. Einmaliger Sex konnte ein Jahrzehnt des Schmerzes und des Kummers vielleicht nicht auslöschen. Aber verdammt. Es war ein guter Anfang.

Er dachte zurück und versuchte, den Moment zu verstehen, der Cynthia schließlich dazu gebracht hatte, den inneren Schalter umzulegen und ihm zu erlauben, wieder intim zu werden.

War es das Lied im Restaurant gewesen? Die subtile Ermutigung der Frauen in ihrem Rudel?

Cynthia strich die Härchen an seinen Unterarmen erst in die eine und dann in die andere Richtung und flüsterte: „Nein."

Er hielt inne. Hatte er etwas falsch gemacht?

„Keines dieser Dinge", sagte sie.

Er atmete aus. Offensichtlich hatte sie seine Gedanken gelesen und sein Gedankengang hatte ihren Frieden gestört.

Er zog seine Knie höher und sie mit ihrem Rücken und Hinterteil näher an sich heran, und knurrte ihr regelrecht ins Ohr. Wenn das Schicksal glaubte, es könnte sich noch einmal mit ihm und seiner Frau anlegen, dann sollte es sich auf etwas gefasst machen.

„Vergiss es. Nicht wichtig", beharrte er.

Eine Minute verging und Cynthia entspannte sich zwar, jedoch nicht mehr ganz so intensiv wie zuvor. Dann seufzte sie, drehte sich in seinen Armen um und streichelte sein Gesicht.

„Es ist wichtig." Sie sah viel trauriger aus, als es eine Frau nach so unglaublichem Sex sein sollte. „Ich bin so blind gewesen. Es bringt mich um, wenn ich daran denke, was ich dir alles angetan habe."

Cal zuckte mit den Schultern. Es zählte doch nur, sie wieder in seinen Armen zu halten.

Aber Cynthia schüttelte den Kopf und schmiegte sich fester an ihn. „Wie gesagt, ich habe vor dem Essen mit Moira gesprochen."

„Ich schwöre, diese Frau ist die Wurzel allen Übels in dieser Welt."

Cynthia strich ihm über die Wange und sah dabei noch trauriger aus als zuvor. „Sie hat es mir gesagt, Cal."

Ihre Worte waren bedeutungsschwer und er war sofort alarmiert. „Es ist besser, nicht auf die Lügen zu hören, die sie spinnt."

„Das stimmt, aber eine Bemerkung ist ihr irgendwie herausgerutscht und ich glaube sie."

„Das ist das Tückische mit Lügnern. Sie benutzen ein Körnchen Wahrheit, um ihre Lügen zu verkaufen."

„Sie erzählte mir von Barnabys Treffen mit einem gewissen Wolf." Cynthia sprach langsam und vorsichtig.

Cal lag völlig regungslos da. Wie zum Teufel hatte Moira das herausgefunden?

Er versuchte, es wegzubluffen. „Warum sollte Barnaby so etwas tun?"

„Sag du es mir."

Er holte tief Luft und nahm sich einen Moment Zeit. In seinen Träumen hatte er diesen Augenblick schon tausend Mal erlebt. Seine Chance, ihr endlich alles zu sagen. All die Opfer, die er gebracht hatte. All die Schlachten, die er geschlagen hatte – alles für sie, seine einzige wahre Liebe. Aber so sehr es ihn auch quälte, er konnte ihr nichts verraten.

Er schloss die Augen. „Ich darf es dir nicht sagen. Ich habe es versprochen."

Sanft streichelte sie ihm über die Wange. „Du hast es Barnaby versprochen?"

Verdammt noch mal. Hatte Moira Cynthia alles erzählt?

Er nickte ganz leicht.

„Was hast du Barnaby versprochen?"

Gott, er hatte die Nase von der Vergangenheit gestrichen voll. Er hatte es satt, dass sie selbst vor seinen geschlossenen Augen aufblitzte. Was zum Teufel hatte er sich dabei gedacht, dieses dumme Versprechen zu geben?

Wir dachten, . . . alles für sie, erinnerte sich sein Wolf.

„Cal. . . " Cynthias Stimme war sanft und süß. Ehrlich, weil sie nicht anders konnte. „Was hast du Barnaby versprochen?"

Er atmete langsam ein und aus. Sicherlich konnte Cynthia doch verstehen, warum er sein Versprechen nicht brechen wollte.

„Also gut, dann lass mich raten und du nickst oder schüttelst den Kopf", sagte sie. „Das bricht doch nicht das Versprechen, oder?"

„Das ist grenzwertig, findest du nicht?"

Sie ließ ein bittersüßes Lächeln aufblitzen und wurde dann wieder ernst. „Barnaby hat dich zu sich gerufen. . . "

Cal überlegte. Technisch gesehen, nein, aber er war nicht scharf darauf, die Einzelheiten zu schildern, wie er sich eingeschlichen hatte, um Barnaby zu töten.

„Und ihr habt angefangen zu reden...", fuhr Cynthia fort.

Er zog eine Grimasse. Es war Barnaby gewesen, der am meisten geredet hatte.

„Er hat dir Geld geboten..."

Cal schaute auf und spürte, wie seine Augen heiß wurden. Hielt Cynthia so wenig von Barnaby – oder von ihm?

Sie nickte knapp. „Das hätte ich auch nicht gedacht. So verdammt ehrenhaft. Ihr beide", murmelte sie, obwohl sie nicht wirklich wütend klang. „Wie auch immer, er hat dich gebeten, in der Nähe zu bleiben. Um mich zu beschützen."

Sie schaute ihn mit bohrendem Blick an und Cal hatte keine andere Wahl als leicht zu nicken.

„Und auch um Joey zu beschützen?"

Cals Magen krampfte sich zusammen und es war genauso heftig wie an dem Tag, als er erfahren hatte, dass sie schwanger war. Aber er nickte. „Auch Joey."

„Und du hast es getan? Für mich?" Cynthias Stimme zitterte.

„Ich liebe dich. Ich werde dich immer lieben", flüsterte er. „Ich würde alles für dich tun."

„Ich liebe dich auch. Mehr als alles andere auf der Welt. Und doch..."

Ihr Blick verschwamm und sein Wolf wurde hellhörig. *Oha. Weinte sie etwa?*

Sie zitterte ein wenig, so viel war sicher. Cal rieb mit seinem Daumen über ihren Handrücken. „Cynthia..."

Sie wandte sich ab und vergrub ihr Gesicht im Kissen. „Ich habe dich so sehr geliebt, aber es war nicht genug. Gott, Cal. Ich war so egoistisch. So dumm..." Sie brach in Schluchzen aus.

Langsam und behutsam zog er sie von dem Kissen weg und nahm sie in die Arme. Sie beide hatten genug Kummer erlebt, um für ein Dutzend Leben zu reichen. Warum sich noch mehr davon antun?

„Du hattest keine Wahl. Sie haben dich gezwungen." Er strich ihr mit einer Hand über die Wange und versuchte, die richtigen Worte zu finden. „Ich hätte dasselbe getan, nur um bei Verstand zu bleiben."

„Aber das hast du nicht." Sie zitterte in seinen Armen. „Du hast nicht versucht, mich zu vergessen. Du hast dich nicht verstellt."

„Ich habe mich oft verstellt, glaube mir."

Aber Worte halfen nicht und nach einer Weile gab er auf und hielt sie stattdessen nur fest. Er kämpfte gegen das Brennen in seinen eigenen Augen an, auch wenn er das niemals zugeben würde.

Schließlich trockneten Cynthias Tränen und sie schaute ihn mit großen verletzlichen Augen an. Cal streichelte ihre Wange. Gott, sie waren beide vom gleichen Schlag. Getrieben von dem Instinkt, stark zu wirken, sogar wenn sie zusammen waren.

„Es spielt jetzt keine Rolle mehr." Er zog ihre Hände zu sich, so dass sie flach auf seiner Brust lagen, anstatt sich ins Bettlaken zu klammern.

Sie fing an, den Kopf zu schütteln, aber er sprach zuerst. „Die Vergangenheit spielt keine Rolle mehr. Nun, außer vielleicht die guten Dinge."

Ihre Mundwinkel zuckten ganz leicht nach oben.

„Und Moira spielt auch keine Rolle." Er hasste es, diese Schlampe überhaupt zu erwähnen, aber es musste getan werden. In dieser einen Sache mussten sie sich ein für alle Mal einig sein. „Sie wird sich nicht mehr zwischen uns stellen können."

Cynthia schüttelte den Kopf. „Sie wird es versuchen. Das kann ich dir garantieren."

„In Ordnung, das wird sie. Aber sie wird keinen Erfolg damit haben. Und weißt du auch, warum?"

Cynthia sah ihm suchend in die Augen.

„Weil die Liebe siegt." Er sagte es laut und deutlich nur für den Fall, dass das Schicksal mithörte. Das Schicksal musste dies genauso sehr hören wie Moira. Also sagte er es noch einmal, um sicherzugehen. „Die Liebe siegt."

Cynthias Lächeln wurde breiter und sie wiederholte seine Worte. „Die Liebe siegt."

Cal nickte. Und dann küsste er sie, um ihre Zweifel zu vertreiben. Die Liebe würde siegen, verdammt noch mal, denn er würde bis zum Ende um seine Gefährtin kämpfen.

„Mmm", hauchte Cynthia in ihren Kuss.

Langsam schmiegten sich ihre Körper auf eine andere Weise aneinander. Sie klammerten sich nicht mehr so sehr an den anderen, sondern kuschelten nun. Verspielt. Sie riefen einander. Cal wanderte mit seinem Kuss von ihren Lippen zu ihrer Schulter, denn, verdammt. Jeder Teil von Cynthia musste wissen, dass er meinte, was er gesagt hatte.

Als sie sich in die Matratze sinken ließ, rutschte er tiefer, folgte ihrem Schlüsselbein... ihrem Brustbein... zu ihrer Brust hinunter...

Cynthia krümmte sich unter ihm und ihre Brustwarze schien um seine Lippen zu betteln. Er nahm sie in den Mund und neckte sie, indem er sanft daran saugte. Ja, ihre Brustwarzen brauchten definitiv auch Liebe.

„Cal...", hauchte Cynthia und führte seinen Kopf an die andere Seite.

„Ganz wie du willst... "

Je länger er sie berührte, desto härter wurde sein Schwanz, und es dauerte nicht lange, bis ihre wandernden Finger diesen sehnsüchtigen Teil seines Körpers erreichten. Als sie ihn packte, zischte er vor lauter Lust auf.

„Und was wünschst du dir, Mr. Zydler?"

Er grinste gegen das weiche Fleisch ihrer Brust und überließ es ihr, es selbst herauszufinden.

Und Cynthia fing tatsächlich an, ihre Hand an seinem Schwanz auf und ab zu bewegen. Zärtlich, als wäre er aus dem gottverdammten Porzellan ihrer Mutter gemacht.

Nicht schon wieder die Mutter. Bitte, flehte sein Wolf.

Er schob eine Hand zwischen ihre Beine und staunte über jeden Zentimeter ihres Körpers. All diese glatte Haut für ihn zum Genießen. In jeder Hinsicht eine wahr gewordene Fantasie.

Cynthia bäumte sich auf, als er ihr Innerstes mit den Fingern erkundete, aber er schaute nicht auf. Er küsste weiter – leckte – saugte an ihren Brustwarzen und konnte einfach nicht genug davon bekommen. Alles andere verblasste, bis es nur noch ihn und sie gab. Ihren berauschenden Duft. Die Seide ihrer Haut. Die Wärme ihres Körpers, die nach ihm rief.

„Cal...", keuchte sie und schlang ihre Beine um seine Taille.

Er biss die Zähne zusammen und redete sich ein, dass er dieses Vergnügen noch ein wenig in die Länge ziehen könnte. Aber innerhalb von Sekunden erhob er sich und brachte sich in eine neue Position. Er drückte seine Hände neben beide Seiten ihres Kopfes ins Kissen und richtete ihre Körper aufeinander aus.

Cynthia schaute mit diesen dunklen, tanzenden Augen auf, die ihn schon vom ersten Tag an verführt hatten. Ihr rabenschwarzes Haar war über das Kissen gefächert und ihr Mund einen Spalt breit geöffnet.

„Ich brauche dich so sehr...", flüsterte sie.

Sie zog ihre Knie an den Seiten hoch, was bedeutete, dass er nur noch...

„Ja...", stöhnte sie, als er in sie stieß.

Cal schloss die Augen und genoss das süße Brennen. Als es etwas nachließ, zog er sich zurück und stieß erneut zu.

Cynthia schrie auf und ließ wie bereits zuvor alle ihre Hemmungen fallen. Sie übergab ihm die Zügel und lehnte sich zurück, als wollte sie sagen, *Bitte mach, dass ich mich gut genug fühle, um die Vergangenheit zu vertreiben.*

Cal hätte gerne noch ein *Ganz, wie du willst* geflüstert, aber er war zu sehr damit beschäftigt, vor lauter Glückseligkeit den Verstand zu verlieren. Sie strich mit den Armen über seinen Rücken, umklammerte seine Seiten mit ihren Knien und bewegte ihre Hüfte im Rhythmus mit seiner.

„Ja...", stöhnte sie und streckte ihre Arme über ihren Kopf. Er packte sie und hielt sie gegen die Kraft seiner Stöße fest.

So gut... Ihre Stimme hallte in seinem Kopf wider.

Schneller. Härter, knurrte sein Wolf.

Je mehr er sich bewegte, desto mehr nahm der Druck in seinem Körper zu, bis er sich verzweifelt nach körperlicher und emotionaler Erlösung sehnte.

Nur noch ein bisschen länger, drängte sein Wolf.

Er hatte keine Ahnung, wie er sich noch weiter bewegen konnte. Sein Schwanz schmerzte und seine Knie fühlten sich an, als würden sie gleich nachgeben. Cynthia presste ihre inneren Muskeln um ihn herum zusammen, was ihn aufstöhnen ließ. Schließlich raffte er all die Sehnsucht zusammen, die sich über die Jahre in ihm aufgestaut hatte, entzog sich ihr und atmete tief ein.

„Cal–"

Cynthia verstummte, als er sich tiefer in sie stürzte.

Seine Sicht verschwamm. Seine Schultern versteiften sich und jeder Muskel in seinem Körper wurde steinhart. Es war himmlisch. Es war wie ein verbotener Traum, der schließlich wahr wurde. Das Unmögliche möglich gemacht, zumindest für eine Nacht.

Ja, brummte sein Wolf. *Ja...*

Cynthia erschlaffte vor ihm, aber einen Moment später schrie sie noch einmal auf und erschauderte ein zweites Mal. Sie grub ihre Fingernägel in seine Schultern und gab ihm die nötige Kraft, noch einmal zuzustoßen.

Dann fielen sie beide keuchend ins Bett zurück. Cal nutzte sein letztes Fünkchen Energie, um sie an sich zu ziehen. Dann schloss er die Augen und konzentrierte sich für eine Weile nur aufs Atmen. Nicht, dass es ihm etwas ausmachen würde, vor lauter Ekstase zu sterben, aber er würde lieber zuerst mehr Zeit mit seiner großen Liebe verbringen.

Er öffnete blinzelnd ein Auge und schloss es dann wieder. Okay, das Bett war ein riesiges Chaos. Das Zimmer war von Klamotten übersät, die sie irgendwann einsammeln müssten. Die Nacht würde nicht ewig dauern und in ein paar Stunden würde Joey zurück nach Hause gesprungen kommen. Aber für den Moment...

Lass dich gehen, flüsterte Cynthia in seinem Kopf.

Witzig, das sollte eigentlich sein Spruch sein.

Aber verdammt. Er hatte sich noch nie erschöpfter oder so unglaublich befriedigt gefühlt. Vielleicht konnten sie die Außenwelt ja wirklich noch ein wenig länger ignorieren.

Cynthia streichelte seinen Rücken. *Lass dich gehen.*

Cal atmete ein ... und aus ... und glitt langsam und behaglich in einen tiefen zufriedenen Schlaf.

Kapitel 15

Den ersten Teil der Nacht schlief Cynthia wie ein Baby. Sie nahm nichts anderes wahr als Cals Arme um sie herum. Später wachte sie kurz auf und lächelte ihren schlafenden Geliebten an, bevor sie ihm mit der Hand über die Wange strich. Dann schloss sie die Augen und versank erneut in Träumen. Es waren die besten Träume überhaupt, denn sie drehten sich um die Gegenwart und nicht um eine Vergangenheit, die sie nie wieder heimsuchen würde. In diesen schönen Träumen gab es Einblicke in eine Zukunft, die strahlender und freudiger aussah, als sie es sich je vorzustellen gewagt hätte.

Aber etwas Dunkles – wie eine Vorahnung – kroch an den Rändern ihrer Träume entlang. Cynthia wachte mit einem Schreck auf und schaute sich um. Cal lag noch immer an sie geschmiegt und hatte seine Arme genau wie zuvor um sie geschlungen. Seine tiefen gleichmäßigen Atemzüge waren ein Zeichen, dass er fest schlief, obwohl Cynthia selbst hellwach war. Sie lag regungslos da und schärfte ihre Sinne.

Die nächtlichen Geräusche auf der Plantage waren mit Blättern, die sanft in der Brise raschelten, so friedlich wie eh und je. Der Duft von nachtblühendem Cereus schwebte durch die wehenden Vorhänge herein, die vor der Balkontür tanzten. Mondlicht strömte mit dem Duft herein und lockte sie hinaus.

Sie schlüpfte aus dem Bett und fühlte sich unruhig und dumm zugleich. Dell und die anderen Jungs hatten recht, wenn sie sagten, dass sie zu angespannt war. Welcher Mensch konnte denn in einer so perfekten Nacht wie dieser nicht durchschlafen?

Trotzdem wühlte etwas ihre Nerven auf, also trat sie hinaus und stützte sich mit den Händen am Balkongeländer ab. Das

Mondlicht tanzte über das Meer und die Palmen winkten ihr vom Ufer aus zu.

Geh schlafen, schienen sie zu gähnen. *Geh schlafen.*

Ein Blick in die Richtung von Dells und Anjalis Haus zauberte ein schwaches Lächeln auf ihre Lippen. Das musste es sein – sie war unruhig, weil Joey nicht zu Hause war. Sie schloss die Augen und stellte sich vor, wie er am Morgen aufgeregt nach Hause eilen und ihr vom Zelten berichten würde. Dell hätte ihm lustige Geschichten erzählt und wahrscheinlich mit seinen Händen und einer Taschenlampe Formen an die Zeltwände geworfen. In Joeys Augen ein riesiges Abenteuer.

Sie lächelte ins Mondlicht und ließ ihren Blick über das Plantagengelände schweifen. Eine so friedliche Nacht. So perfekt. So–

Sie riss den Kopf nach rechts herum und blinzelte. Was war das, was sich dort in der Ferne bewegte?

Sie suchte den Himmel knapp über dem Horizont ab. Es musste der Kilauea sein, der drüben auf der Großen Insel noch mehr Asche spuckte, nicht wahr? Oder waren es Blitze gewesen, die hinter den Wolken zuckten?

Gerade als sie sich wieder zu entspannen begann, bewegte sich dieses schwache, entfernte *Etwas* erneut, und ein Schauer lief ihr über den Rücken. Sollte sie Cal wecken – oder besser noch, Connor, der für die Sicherheit zuständig war? Sie zog eine Grimasse und fragte sich, was genau sie melden würde.

Ich habe etwas gesehen.

Connor würde sich mit der Hand über die verschlafenen Augen reiben und fragen, *Was? Was haben Sie gesehen?*

Ich bin mir nicht sicher. Aber irgendetwas hat sich dort draußen bewegt.

Es würde lächerlich klingen. Schlimmer noch, sie würde paranoid erscheinen und sie hielten sie sowieso schon alle für viel zu angespannt. Außerdem war sie in Cals Geruch gehüllt und noch nicht bereit, die anderen dies wissen zu lassen.

Aber dort draußen hatte sich etwas bewegt, verdammt. Sie warf Cal einen Blick zu. Er schlummerte wie ein Baby, falls man dies über seine ergrauten Gesichtszüge sagen konnte. *Der*

Schlaf der Gerechten, wie ihre Großmutter zu sagen pflegte. Sie würde ihn auf gar keinen Fall stören.

Stattdessen holte sie tief Luft, streckte die Arme aus und lauschte dem Wind. Sie streckte die Finger und ihre Nasenlöcher bebten.

Ja, summte ihr Drache. *Lass mich raus...*

Die Haut um ihre Nasenlöcher brannte, so wie sie es immer tat, wenn sie vom Drang gepackt wurde, sich zu verwandeln. Sie beeilte sich jedoch, ihre Halskette zuerst um ihren Knöchel zu binden. Sie trug sie stets bei sich, wohin auch immer sie ging – als Mensch um ihren Hals und als Drache um den Knöchel. Ja, es war albern, aber sie hatte ihrer Mutter versprochen, die Perlen immer nah bei sich zu haben, und so war es am einfachsten.

Sie stieß das schwenkbare Geländer auf, das Tim für sie auf dem Balkon installiert hatte. Sie holte tief Luft und sprang, wobei sie ihrem Drachen die Kontrolle überließ. Sich im Sprung zu verwandeln war immer aufregend, da es mit einem freien Fall begann. Aber in dem Moment, in dem sie ihre Flügel öffnete, verwandelte sich der Sturz in einen anmutigen Bogen nach oben. Mit einem scharfen Schlag ihres Schwanzes stieg sie in den Himmel empor. Sie schlug mit den Flügeln, um an Höhe zu gewinnen. Während sie flog, krümmte sie ihre Krallen und freute sich an ihrer eigenen Kraft.

Das fühlt sich gut an, summte ihr Drache und neigte sich zum Aufwärmen nach links und rechts.

Es fühlte sich wirklich gut an. Eine andere Art von *gutem* Gefühl, als mit Cal zu schlafen...

Das war nicht gut, korrigierte ihr Drache. *Das war fantastisch.*

Sie grinste. Fantastisch war richtig und sie hasste es, ihn zurückzulassen. Wenn sie Glück hatte, könnten sie noch eine Runde Sex einschieben, bevor die Sonne aufging, aber zuerst wollte sie...

Sie schlug gleichmäßig mit den Flügeln und steuerte aufs Meer hinaus. Sie wollte nur ein paar Minuten weit hinaus fliegen, um sich zu vergewissern, dass sich in der Dunkelheit nichts bewegte. Dann könnte sie nach Hause zurückkehren und den Rest der Nacht schlafen.

Aber aus ein paar Minuten wurden erst fünfzehn und dann dreißig, als sie immer weiter flog, um den schwer erkennbaren Anblick zu verfolgen. Es war, als würde sie einen Berg besteigen – gerade als sie dachte, dass sie oben angekommen sei, tauchte eine weitere Kurve auf, die die Strecke noch länger machte.

Je länger sie flog, desto mehr wuchs das Gefühl des Grauens. Sie starrte auf die Wellen hinunter und stellte sich vor, wie sich Seedrachen zum Angriff bereitmachten. Aber für so etwas gab es keine Anzeichen. Nur eine flackernde Bewegung vor ihr und ein seltsames Dröhnen in der Luft. Schwach und doch bedrohlich, wie Trommeln, die sie warnten...

Sie starrte stirnrunzelnd in die Nacht. Wovor wollten sie sie warnen?

Das Geräusch wurde lauter und Alarmglocken schrillten in ihrem Kopf. Sie flog eine scharfe Kurve und stieg nach oben auf.

Oha, murmelte ihr Drache angesichts der Gestalt, die in die entgegengesetzte Richtung raste, in die sie flog. Etwas mit Flügeln, einem Schwanz und langen Beinen, wie ein riesiges Insekt.

Nein, Moment. Kein Insekt, stellte sie fest, als sie daran vorbeischoss. Ein Hubschrauber.

Sie wirbelte herum und folgte ihm mit den Augen. Welcher Hubschrauber flog nachts ohne Licht und so knapp über den Wellen?

Einer, der nicht entdeckt werden will, sagte ihr Drache. *Einer, der direkt auf–*

Ihr Herz blieb stehen. Dieser Hubschrauber steuerte direkt auf die Koakea Plantage zu.

Sie wirbelte herum, bereit, den Hubschrauber zu jagen und ihn zu verbrennen. Aber ein gackerndes Geräusch erfüllte ihren Geist und sie wurde langsamer. Es schien von der Großen Insel zu kommen.

Fühlst du dich ein bisschen hin- und hergerissen, liebe Cousine? dröhnte eine Stimme in ihrem Kopf.

Cynthias Maul brannte, als sie einen Feuerstoß losließ. *Moira.*

Sie schwebte an Ort und Stelle und versuchte, über die Ablenkung durch das böse Lachen ihrer Cousine hinweg zu denken. Aber das war schwierig, denn die Panik drohte, sie zu übermannen.

Was wirst du tun? drängte sich Moira direkt in Cynthias Kopf.

Cynthia holte tief Luft und schützte einen Teil ihrer Gedanken. Sie konnte Moira nicht ganz ausschließen, denn sie musste herausfinden, was ihre Cousine vorhatte. Aber sie würde verdammt sein, wenn sie Moira erlauben würde, ihre Kontaktaufnahme zu den anderen zu belauschen.

Cal! Connor! Silas! schrie sie und nutzte die mentale Verbindung, die sie miteinander hatten.

Verschlafenes Flüstern geisterte durch ihren Kopf und schließlich rief eine Stimme zurück. *Cynthia?*

Ihr Herz schmerzte. Es war Cal und sie konnte seine Verwirrung spüren.

Moira ist hier. Sie wünschte, sie hätte Zeit, um ihm zu erklären, warum sie losgeflogen war, ohne ihn zu wecken. *Oder besser gesagt, sie ist in der Nähe. Sie hat einen Hubschrauber geschickt, der direkt nach Maui fliegt.*

Moira? schaltete sich Silas' Stimme ein.

Einer nach dem anderen erwachten die Mitglieder ihres Rudels und füllten ihren Geist mit einem Gemurmel besorgter Rufe. *Wer? Was? Wo?*

Ich werde Moira aufspüren, bellte sie. *Kümmern Sie sich um den Hubschrauber.* Ihr Magen überschlug sich und sie rutschte zur Seite, als sie den Halt an der thermischen Strömung verlor, auf der sie geflogen war. *Joey. Passen Sie auf Joey auf. Sorgen Sie für seine Sicherheit.*

Warten Sie, rief Silas, aber Cynthia konzentrierte sich auf Cal.

Cal, ich flehe dich an. Beschütze Joey. Sorge für seine Sicherheit. Bitte.

Cynthia– rief er, aber Silas unterbrach ihn schroff.

Warten Sie auf Connor und Jenna. Sie sind bereits auf dem Weg. Warten Sie auf Verstärkung. Ich wiederhole, warten Sie auf Verstärkung. Haben Sie das verstanden?

Sie schnaubte, schlug mit den Flügeln und flog in die Richtung der Großen Insel. Nein, sie hatte es nicht verstanden. Sie gehörte nicht zu Silas' Spezialeinheit und sie war es leid, andere ihre Kämpfe für sie austragen zu lassen. Moira war irgendwo dort draußen. Und obwohl es gegen jeden mütterlichen Instinkt ging, von Joey wegzufliegen, wusste sie, dass sie ihre Cousine zur Strecke bringen musste.

Moira war die Quelle von so viel Bösem in der Welt, ganz zu schweigen von so viel Leid in ihrem eigenen Leben. Moira hatte ihr weisgemacht, dass Cal ihre Beziehung verraten hatte. Und Moira hatte versucht, Joey bei dem Angriff zu töten, den Barnaby gerade noch abwehren konnte, indem er sein eigenes Leben geopfert hatte. Moira hatte die Gestaltwandler, die Cynthia liebte, verfolgt und ins Visier genommen, wieder und immer wieder.

Jetzt nicht mehr, schwor sich ihr Drache und sie raste in die Nacht hinaus. *Jetzt nicht mehr.

∞∞∞

*

Eine Explosion erschütterte die Luft und eine riesige Wolke aus Asche und Dampf stieg vor Cynthia auf. Ihr Herz klopfte aufgewühlt von so vielen Emotionen. Wut, die sich gegen Moira richtete. Angst um Joey und um ihre Freunde. Sorge um die Bürger, die durch den Vulkan bedroht wurden. Aber sie konnte es sich nicht leisten, Moira unkonzentriert gegenüberzutreten, also zwang sie sich, sich an die Karte in ihrem Kopf zu erinnern. Solange sie an der Nordostküste der Großen Insel entlangflog – was angesichts der Reihe von Lichtern entlang der Küstenstraße einfach war –, würde niemand sie entdecken. Moira musste sich am Rande des ausbrechenden Vulkans verstecken, so wie sie es Monate zuvor getan hatte, als sie und Drax nach Hawaii gekommen waren, um gegen Silas und seine Gefährtin Cassandra zu kämpfen.

Ich verstecke mich nicht. Ich warte, sprach Moira in trockenem Ton in ihre Gedanken. *Du wirst doch nicht zu spät kommen, oder doch, Cousinchen?*

Es schmerzte Cynthia, Moiras Geplapper zuzuhören, aber sie zwang sich, sich auf ihren Feind zu konzentrieren und gleichzeitig zu überlegen, was zu tun war.

Genieße deine kleine Farm am Meer, solange du noch kannst...

Moira hatte nicht auf einer Penthouse-Couch gelegen, als sie dies gesagt hatte. Sie hatte bereits einen Angriff geplant.

Cynthia ließ einen weiteren langen Feuerstrahl durch den Himmel blitzen und ihr Drache knurrte. *Wenn ich diese Schlampe erwische...*

Sie wünschte sich nichts sehnlicher, als loszustürmen und Moira in Stücke zu reißen, um zu den Leuten zurückzukehren, die sie liebte – Joey, Cal und die Gestaltwandler, die für sie zu einer zweiten Familie geworden waren. Aber Moira war ein gerissener Feind, also ging Cynthia so vorsichtig vor, wie es einer wütenden Mutter möglich war.

Eine weitere Explosion zerriss die Luft, als der Kilauea mehr Hitze und Asche ausstieß. Die Wolken zu Cynthias rechter Seite bauschten sich vor der dunklen Kulisse der Nacht auf. Der mächtige Vulkan hatte bereits monatelang gezischt und gehustet und Hunderte gezwungen, aus Angst vor Lava und giftigen Gasen ihre Häuser zu evakuieren. Das Land darunter sah aus wie ein Kriegsgebiet mit aschebedecktem Boden, verkohlten Bäumen und zerstörten Grundmauern von Häusern.

Eines war sicher – der Kilauea bot die perfekte Tarnung für einen Drachenkampf. So viel musste Cynthia Moira zugestehen. Was die Dunkelheit der Nacht nicht verbarg, tat die vulkanische Aktivität.

Dort, grunzte ihr Drache, als die lange knorrige Landzunge einer Halbinsel vor ihr auftauchte.

Sie wurde langsamer, um sich umzusehen, bevor sie landete. Ein alter Lavastrom hatte eine lange Landzunge gebildet, die von steilen Hängen umgeben war. Die Hügel waren von blinkenden roten Lichtern übersät, die wie ungeordnete Landebahnmarkierungen aussahen. Bei näherer Betrachtung handelte es sich um Risse in der brüchigen Oberfläche, aus denen blubberndes Magma heraustrat.

Cynthia saugte einen langen, beruhigenden Atemzug ein. Moira liebte Übertreibungen, aber dies musste ihre bisher gewagteste Inszenierung sein. Und tatsächlich sorgte sie für ihren üblichen großen Auftritt. Moira stand inmitten dieser feurigen Landschaft und trug ein rotes Kleid, das im Wind wehte.

Cynthia runzelte die Stirn. Moira hatte dieses Outfit zweifellos gewählt, um die Wirkung zu verstärken – sie wollte den Eindruck erwecken, dass sie den Vulkan ebenso kontrollieren konnte wie das Finanzimperium, das sie aufgebaut hatte. Nun, Cynthia wusste es besser.

Dennoch drehte sich ihr der Magen um, als sie vier … fünf … sechs weitere Drachen auf den umliegenden Klippen zählte. Jeder von ihnen streckte die Flügel aus, um seiner Herrin einen unheilvollen Gruß zu senden.

Ein Gasschlot brach aus und Cynthia blinzelte gegen die Hitze an.

Ah, Cynthia, komm runter, damit wir reden können, rief Moira.

Cynthia drehte eine weitere Runde an der Küste entlang und überlegte, was sie tun sollte. Sie hatte mit ein paar Söldnern gerechnet, aber sie hatte sich dank ihrer jüngsten Ausbildung in den Kopf gesetzt, dass sie es mit ihnen aufnehmen könnte. Aber sich sechs ausgewachsenen, männlichen Drachen auf einmal gegenüberzustellen?

Halt, sagte ihr Drache entschlossen. *Connor und Jenna sind auf dem Weg. Sie können sich um die anderen kümmern, während wir Moira töten.*

Cynthia hasste die Idee, aber welche Wahl hatte sie denn? Moira musste ein für alle Mal aufgehalten werden. Und was sie selbst betraf – nun, sie musste keine Heldin sein. Sie musste einfach nur den Job erledigen.

Sie krümmte die Kante ihres linken Flügels und setzte zur Landung an. Wo immer sie hinsah, war zerklüftete Lava zu sehen, also musste sie sich mit den Flügeln abbremsen, anstatt ihre übliche Landung im Lauf zu versuchen. Sie streckte die Krallen aus und hielt den Atem an. Eine Punktlandung war die schwierigste Art und wenn sie den Wind nicht richtig einschätzte...

Heiße Luft strömte aus einer Öffnung in der Erde. Cynthia biss die Zähne zusammen, streckte die Krallen aus und–

Sie atmete aus, faltete ihre Flügel zusammen und täuschte Gleichgültigkeit vor.

Perfekt gelandet, krähte ihr Drache.

Sogar Moira sah beeindruckt aus – zumindest für etwa fünf Sekunden. Dann grinste sie und gackerte. „Sieh an, sieh an. Du hängst schon zu lange mit diesen heißen Soldatentypen herum, meine liebe Cynthia. Was würde deine Mutter wohl dazu sagen?"

„Meine Mutter würde fragen, wie tief du noch sinken kannst, Moira. Nachts herumzuschleichen? Söldner anzuheuern?"

Moira schnaubte. „Du bist diejenige, die tief gesunken ist, Cynthia. Du versteckst dich auf einer Farm mitten im Nirgendwo. Benutzt einen falschen Namen. Lässt deinen Sohn unter diesen Heiden aufwachsen... "

Cynthia ließ ihre Reißzähne aufblitzen. Die Männer von Koakea waren keine Heiden. Sie hatten vielleicht nicht die geschliffenen Manieren der Drachen, unter denen sie aufgewachsen war, aber sie zeigten mehr Herz, Loyalität und Mut als die mächtigsten Drachen, die sie gekannt hatte.

Ein Anflug von Trauer durchzuckte sie. Barnaby hatte all diese Eigenschaften ebenfalls besessen. Barnaby war ein guter Mann und ein großartiger Vater gewesen. Auf seine eigene Art ein liebevoller Partner.

Sie versteifte sich. Ein Grund mehr, Moira jetzt zu vernichten.

Als Cynthia sich heranpirschte, wich Moira zurück. Doch die Drachen auf den umliegenden Bergrücken beugten sich vor und erstickten den kleinen Machtrausch, den Cynthia verspürt hatte. In Drachengestalt war sie viermal so groß wie Moira und ihre goldenen Schuppen glitzerten im Schein der Lava. Goldene Drachen waren selten und Cynthias Zeichnung war, dank eines durchgehenden schwarzen Ringes um ihren Kopf, die seltenste von allen. Ein Zeichen für das edelste Drachengeschlecht, das von den alten Königen abstammte. Moira hingegen war in ihrer Drachengestalt ein stumpfes graubraunes Tier.

Sieh mich an, hätte ihr Drache Moira fast angezischt. *Traust du dich wirklich, es mit mir aufzunehmen?*

Früher war Cynthia vielleicht ein wenig zu stolz auf ihr Drachenaussehen gewesen. Aber sie hatte auf die harte Tour gelernt, dass Edelmut eher aus den eigenen Taten resultierte als aus einem Zufall der Geburt. Connor hatte das bewiesen, ebenso wie die anderen Männer und Frauen von Koakea. Dennoch spürte sie, wie die Kraft ihrer Vorfahren durch ihre Adern schoss und ihr Mut gab. Mut, den sie brauchen würde, dessen war sie sich sicher.

„Worüber genau möchtest du sprechen, Moira?", fragte sie mit ihrer tiefen, knurrenden Drachenstimme. Ihre Kehle brannte, als sie dies tat, aber es war verdammt einschüchternd und das Aufblitzen der Sorge in Moiras Blick war es wert.

Moira fasste sich jedoch genauso schnell wie immer und stemmte die Hände an die Hüfte. „Worüber möchte ich sprechen? Nun, für den Anfang über mein Vermögen."

Cynthia lachte und genoss, wie das raue Geräusch Moira einen weiteren Schritt zurückdrängte.

„Natürlich. Dein Lieblingsthema. Geld." Cynthia kniff die Augen zusammen und ließ ihre Wut durchscheinen. „Meinst du damit das Vermögen, dass du nichts ahnenden Drachenfamilien gestohlen hast?"

Sie sagte nicht *meiner Familie,* weil das meiste ihres eigenen Vermögens sorgfältig versteckt war. Aber Moira hatte so viel von Barnabys Besitz an sich gerissen, wie sie nur konnte. Plus das, was sie aus dem Nachlass ihres verstorbenen Geliebten Drax und einem Dutzend anderer Drachen, die Moira benutzt, missbraucht und derer sie sich schließlich entledigt hatte, ergattern konnte.

„Das ist alles eine Frage der Perspektive." Moira fuchtelte unbekümmert mit der Hand durch die Luft. „Im Moment konzentriere ich mich lieber auf das Vermögen, das ich vergrößern werde."

„Und wie genau gedenkst du, das zu tun?"

Einer der umstehenden Drachen erhob sich in die Luft und kreiste hoch über ihnen, als eine stumme Erinnerung daran, womit Cynthia es zu tun hatte.

Moira lächelte und beugte sich vor. „Indem ich dich töte natürlich."

Cynthia streckte ihre Flügel weit aus und öffnete ihr Maul, um Moira herauszufordern. Aber ihre Cousine fuhr unbeeindruckt fort.

„Oh, ich werde dich töten, liebste Cynthia. Es ist unvermeidlich, weißt du. Es ist dein süßer kleiner Junge, über den wir hier reden."

Eine Wut, wie Cynthia sie noch nie verspürt hatte, schoss durch ihre Adern und sie stürzte sich vorwärts. Aber Moiras Wächter schossen in die Luft, so dass sie innehielt.

„Du wirst seinen Namen nicht aussprechen", zischte Cynthia. „Du wirst ihn nicht in die Finger kriegen."

Moiras Augen glühten, als sie ihre Arme weit ausbreitete und sich bereitmachte, sich zu verwandeln. „Oh, aber das werde ich."

Ihre Finger wurden länger, ebenso wie das Gewebe dazwischen, das ihre Flügel formte. Ihr breites Grinsen verwandelte sich zu einem Satz Reißzähne und als sich Schuppen auf ihrem Körper bildeten, wehten die Überreste ihres roten Kleides im Wind.

Moira lachte und deutete in Richtung Maui, als sie mit ihrer rauen Drachenstimme sprach. „Und wer weiß? Vielleicht behalte ich ihn einfach für mich."

Galle stieg in Cynthias Kehle auf. Es war schon schlimm genug, sich vorzustellen, wie Joey bedroht wurde. Aber dass Moira ihren Sohn stehlen und seinen unschuldigen Geist einer Gehirnwäsche unterziehen könnte...

Sie konnte es sich nur zu gut vorstellen. *Dein Vater war ein Feigling,* würde Moira sagen und dem armen verwirrten Jungen den Kopf tätscheln, während die Dienerschaft in stiller Angst um sie herumhuschte. *Deine Mutter war das pure Böse. Wenn ich nicht wäre...*

Moira grinste. „Aber Cynthia. Du hast meine Gedanken gelesen. Genau das habe ich geplant."

Ein donnerndes Brüllen entsprang Cynthias Kehle und sie stürzte sich auf Moira und brüllte: „Niemals. Niemals!"

Kapitel 16

Cal hatte so gut geschlafen – wahrscheinlich der beste Schlaf seines Lebens –, bis etwas an den Rand seines Geistes klopfte. Er wälzte sich herum und streckte einen Arm aus, um nach Cynthia zu greifen. Das Bett war zwar warm, aber sie war nicht da, und das Gefühl des Unheils verstärkte sich. Augenblicke später ertönte ihre Stimme in seinem Kopf und er sprang aus dem Bett. Er eilte auf den Balkon und griff nach dem Schatten, der sich dem Horizont näherte.

„Cynthia!"

Aber sie war weg und schlimmer noch – sie hatte ihn aus ihren Gedanken ausgeschlossen. Er wusste nur zu gut, wie notwendig dies in einem Kampf war, aber verdammt. Es tat trotzdem weh.

Er eilte zur Tür und schnappte sich dabei seine Kleidung. Dann rannte er hinaus, während Cynthias Worte noch immer in seinem Kopf nachhallten.

Ich flehe dich an. Beschütze Joey. Sorge für seine Sicherheit. Bitte.

Verdammt noch mal! Er sollte derjenige sein, der in die Schlacht hinauszog, nicht sie. Moira hatte gewiss eine ganze Armee von Söldnern. Was dachte sich Cynthia dabei?

Sie denkt an Rache, erwiderte sein Wolf.

Das konnte er nachvollziehen. Aber zurückgelassen zu werden, während die Schlacht anderswo tobte, war neu für ihn.

Sein Wolf schnupperte in der Luft. *Nicht für lange.*

Er kam mitten im Sprint zum Stehen und starrte auf den Horizont. Cynthia war zu weit weg, um sie noch zu erkennen, aber in der Dunkelheit zeichnete sich eine andere Form ab.

Eindringling, knurrte eine Stimme in seinem Kopf.

Er wirbelte herum und sah Connor auf sich zukommen. Barfuß, mit freiem Oberkörper und nur mit einer Cargohose bekleidet.

„Verdammt noch mal." Der Drachengestaltwandler starrte auf den Hubschrauber, der auf sie zuraste.

„Hast du einen Notfallplan dafür?" Cal ballte die Fäuste.

Connor nickte knapp, während er in Richtung Norden joggte. „Wir haben einen Plan für alles. Einschließlich…"

Er brach ab und starrte Cal mit aufgeblähten Nasenlöchern an.

Verdammt. Cal hatte sich zwar angezogen, aber Cynthias Duft haftete immer noch an seiner Haut.

„Du riechst nach Sex", schnauzte Connor.

„Du auch." Cal hatte keine Zeit für den Blödsinn dieses Drachen.

Connors Augen glühten und er fuhr die Eckzähne aus. „Ja, nun, Jenna ist zufällig meine Gefährtin."

„Und Cynthia ist zufällig meine Gefährtin", bellte Cal zurück, gerade als noch mehr Leute herbeigeeilt kamen.

Silas, Tim, Dell und Chase blieben wie erstarrt stehen und starrten ihn an. Cal funkelte zurück und sträubte sich. Er hatte die Nase voll von Männern, die ihre Gefährtinnen vor aller Welt zur Schau stellten. Er schätzte ihren Instinkt, Cynthia beschützen zu wollen, aber wann würden sie endlich akzeptieren, dass sie vor *ihm* keinen Schutz brauchte?

Er deutete auf den Horizont. „Das dort ist der Feind, verdammt noch mal. Konzentriert euch darauf."

Für einen kurzen Moment knisterte die Luft, als sie sich gegenseitig anstarrten.

„Ich sagte, konzentrieren. Wenn euch etwas an Cynthia liegt – oder an eurer eigenen erbärmlichen Haut –, werdet ihr euch konzentrieren. Sofort."

Chase, Tim und Dell blickten zu Connor, der aussah, als würde er gleich explodieren. Er trat mit wütendem Blick nach vorn. Silas öffnete den Mund und machte einen Schritt auf den Drachengestaltwandler zu. Aber Connor ließ langsam die Hände sinken.

„Du hast recht." Connor hörte zwar nicht auf zu starren, aber er gab nach. Dann wandte er sich an Silas. „Plan Zulu?"

Silas nickte einmal. „Zulu."

Und sofort drehten sich alle um und eilten zu der Aufgabe, die ihnen im Plan Zulu zugewiesen worden war. Offensichtlich hatten sie dieses Szenario geübt.

„Du und Jenna fliegt los, um Cynthia zu helfen", befahl Silas Connor. „Kai, Cassandra und ich werden eure Aufgabe hier übernehmen."

Zum ersten Mal wünschte sich Cal, er wäre ein Drache und kein Wolf. Oder ein Greif oder sogar ein gottverdammter Pegasus – irgendetwas, das ihn an die Seite seiner Gefährtin fliegen lassen würde.

„Und Tessa, meinen Sie", sagte Connor.

Silas schüttelte knapp den Kopf. „Heute Abend nicht. Soweit ich es weiß, für die nächsten sechs bis neun Monate nicht."

Connor riss die Augen weit auf und grinste. „Verdammter Teufelskerl. Kai und Tessa–"

Cal wirbelte mit den Händen durch die Luft. Jetzt war nicht der richtige Zeitpunkt, um sich Gedanken über diejenigen zu machen, die das nächste Baby an Koa Point erwarteten. „Bewegung, Soldat."

Connor sprang los und Dell sah so aus, als wollte er ebenfalls losstürmen, aber Anjali kam mit der kleinen Quinn angerannt.

Dell wies auf Hailey. „Ihr müsst euch mit Boone und Nina treffen, um für die Sicherheit der Kinder zu sorgen."

Anjali nickte und schaute sich suchend um. „Wo ist Joey?"

Auf der Lichtung hatte in den letzten Minuten ein reges Treiben geherrscht, aber bei ihren Worten erstarrten alle.

„Ich habe ihn ins Haus geschickt", sagte Dell. „Ich dachte, er wäre bei dir."

Anjali wurde blass. „Ich dachte, er wäre bei dir. Oh Gott..."

Alle schienen bereit, das Gelände nach dem Jungen abzusuchen, aber Silas rief sie zurück. „Moment. Anjali, gehen Sie zu Boone und Nina. Passen Sie auf Quinn auf. Hailey, Dell und Cal – Sie suchen nach Joey. Sobald Sie ihn gefunden haben, bringen Sie ihn zu Boone und beeilen Sie sich, auf Ihre Posten zu gelangen.“

Cal hätte sich die Haare ausreißen können. Er hatte seinen eigenen Plan und musste sich in Position bringen – pronto. Aber Silas hatte recht. Zuerst mussten sie Joey finden.

„Alle anderen auf Ihre Posten“, bellte Silas.

Mit einem letzten besorgten Blick schauten sich alle an und schwärmten dann aus.

„Joey!“, rief Hailey und stürmte auf Dells Haus zu.

„Joey!“ Die Stimme des Löwengestaltwandlers sprühte vor Sorge.

„Ich werde im Haupthaus nachsehen.“ Cal entfernte sich nach links. Es machte Sinn, dass der Junge dort hingehen würde, wenn er von dem Notfall Wind bekam, nicht wahr?

Aber das Haus war unheimlich leer, die Vorhänge wehten im Wind und in den Räumen gab es keinerlei Leben. Cal schaute sich um und es schmerzte ihn innerlich. Vor ein paar Stunden hatte hier noch reges Treiben geherrscht. Jetzt strahlte diese Leere ein Gefühl der Vorahnung aus, das er nicht abschütteln konnte.

Einen Moment lang fragte sich Cal, ob sich Moiras Handlanger eingeschlichen und Joey entführt haben könnten. Aber es gab keine Spur einer fremden Fährte und der Hubschrauber war noch nicht gelandet.

Er drehte sich um, eilte zur Veranda und dachte nach. Das Ganze Kommen und Gehen hatte gut zehn Minuten in Anspruch genommen. Genug Zeit für ein Kind, sich irgendwo zu verstecken. Aber ein verängstigtes Kind versteckte sich nicht. Es würde zu seiner Mutter laufen, richtig?

Joey hätte keine Angst, knurrte sein Wolf mit einem seltsamen Gefühl von Stolz. Fast als wäre es sein Kind. Mein Gott, war sein Verstand verkorkst.

Aber es war wahr. Joey vergötterte die Männer und Frauen in seinem Rudel. Er wollte ein Held sein, genau wie sie. Was bedeutete...

Cal ging die Treppe hinunter und fragte sich, was zum Teufel Plan Zulu war und welche Rolle Joey dabei spielen wollen würde. Dann traf es ihn wie der Schlag.

Nicht Plan Zulu? fragte sein Wolf.

Er drehte sich zu den Berghängen um, die sich am oberen Rand der Plantage erhoben, und erinnerte sich an seine eigenen Worte.

Siehst du den Vorsprung dort? Das wäre der perfekte Ort, um deine Verteidigung zu positionieren, meinst du nicht?

Seine Kinnlade klappte auf. Der Junge würde doch nicht das Gelände verlassen, oder? Er war Barnaby doch sicher zu ähnlich, um so etwas zu tun. Behäbig. Vorsichtig. Von Geburt an gelehrt, nicht ohne nachzudenken, zu handeln.

Aber verdammt. Der Junge hatte auch Cynthias Sturheit geerbt und Cal hatte das Feuer in Joeys Augen schon ein- oder zweimal selbst brennen sehen.

Mit einem schnellen Sprung stürzte Cal die letzten paar Stufen hinunter und sprintete kurz darauf los, um seine Triumph zu erreichen. Eine Minute später brauste er die Einfahrt hinauf.

„Hey!" Tim winkte ihm am Tor zu. Offenbar verlangte Plan Zulu nach einem Bären am oberen Eingang des Grundstücks.

Cal deutete wütend auf das Tor. „Es ist nur eine Vermutung, aber ich glaube, ich weiß, wo Joey hingegangen ist."

Tim verzog das Gesicht. „Außerhalb der Plantage?"

Cal ließ in einer nicht allzu subtilen Andeutung den Motor aufheulen. Es war möglich, ja. Das Gelände war zwar von Mauern und Zäunen umgeben, aber Joey konnte wahrscheinlich einen Weg finden, sich hinauszuschlängeln.

„Mach das verdammte Tor auf."

Tim zögerte noch einen Moment, gehorchte dann jedoch und Cal brauste in die Nacht hinaus.

∞∞∞∞

Eigentlich brauchte Cal das Motorrad nicht, um den Jungen zu verfolgen, aber es würde den Prozess beschleunigen. Vor allem bei dem steilen Anstieg und vor allem mitten in der Nacht. Seine Gedanken überschlugen sich, als der Motor der Triumph aufheulte. Wenn er sich in Bezug auf Joey irrte...

179

Er verdrängte den Gedanken aus seinem Kopf. Wenn er sich irrte, war Joey wahrscheinlich bei Dell zu Hause und bereits in den Unterschlupf des Rudels gebracht worden. Dann hätte Cal genug Zeit, seine eigene Kampfstation zu besetzen. So oder so war er auf dem richtigen Weg.

Aber verdammt, sein Herz schlug heftig und scheiße, seine Handflächen schwitzten.

Er überquerte die Hauptstraße – zu dieser nächtlichen Stunde war kein anderes Fahrzeug in Sicht – und schoss mit dem Motorrad den steilen Pfad auf der gegenüberliegenden Seite hinauf. Seinem Instinkt folgend fuhr er bis zum Ende einer Verästelung, ließ das Motorrad stehen und sprintete los, noch bevor er den Boden berührte. Sein Waffenlager war nur ein paar Meter entfernt und–

„Joey", hauchte er und blieb wie angewurzelt stehen.

Es war dunkel, aber der kleine Rotschopf war nicht zu übersehen. Er stand auf Zehenspitzen und bemühte sich, einen Speer in den Rahmen zu heben, den Cal gebaut hatte.

„Joey", hauchte Cal.

Joey drehte sich um und sah ernster aus als je zuvor. „Ich glaube, ich weiß, wie es funktioniert. Der Speer kommt hier hin, nicht wahr? Aber ich kann ihn nicht hochheben... "

Cal starrte ihn an. Glaubte der Junge wirklich, er könnte sein Zuhause vor einer Horde Söldner beschützen?

Der grimmige Gesichtsausdruck des kleinen Jungen antwortete ihm laut und deutlich.

Cal hielt sich zurück, um nicht zu schreien, *Bist du verrückt geworden? Alle suchen nach dir und haben Todesangst.* Stattdessen sprach er so ruhig, wie er nur konnte.

„Dell braucht dich zu Hause, Joey."

Joey schüttelte den Kopf. „Mommy sagt, alle müssen helfen. "

Ein Helikopter donnerte über ihnen vorbei und Cal stürzte sich auf Joey. Er hoffte, dass sie nicht entdeckt worden waren. Er machte eine Rolle und hielt Joey flach auf dem Boden fest, bevor er seinen Finger auf seine Lippen drückte.

Still. Okay? ließ er seine Augen sagen.

Der Junge nickte einmal und blieb ganz ruhig.

Guter Junge, murmelte Cals Wolf.

Cal verdrehte die Augen. Er war sich nicht sicher, ob er den Jungen umarmen oder umbringen wollte. Aber er hatte jetzt größere Probleme, denn der Hubschrauber landete in nicht allzu weiter Ferne. Cal kroch auf dem Bauch an den Rand der Anhöhe und beobachtete, wie vier Männer und zwei Tiger aus dem Hubschrauber sprangen und sich verteilten. Als ein Motor auf der Hauptstraße dröhnte, riss er den Kopf herum und sah, wie mindestens ein Dutzend weiterer Männer – und Tiere – aus einem Lieferwagen sprangen und sich in der Vegetation rund um die Plantage verteilten.

Mein Gott, es war so weit. Dies war der Angriff, auf den sie sich alle vorbereitet hatten. Irgendwie war es Moira gelungen, ihre Truppen vom Festland einzuschleusen – oder, was wahrscheinlicher war, sie Stück für Stück von der Großen Insel hinüberzubringen. Silas hatte überall auf den Inseln Informanten, aber wenn Moira ein Privatflugzeug gechartert und schnell gehandelt hatte, war alles möglich.

Es ist mehr als möglich, grunzte sein Wolf. *Es ist so weit.*

Sein Herz klopfte. Teils vor Begeisterung, weil dies der Kampf war, auf den er sich sein Leben lang vorbereitet hatte. Zum Teil aber auch aus Angst, denn so hatte sich das alles nicht entwickeln sollen. Anstatt sich in Sicherheit zu bringen, hatte sich Cynthia in die Schlacht gestürzt. Und anstatt die von ihm vorbereiteten Verteidigungspositionen einnehmen zu können, musste Cal nun an ein Kind denken.

Er rutschte zurück, packte Joey und rollte sich mit ihm in eine Mulde. Er hoffte, dass der Junge nicht aufschreien würde. Aber das Kind war ein Kämpfer und er blieb still, obwohl er in Cals Armen zitterte.

„Nicht bewegen", flüsterte Cal.

Das Gebüsch vor ihnen raschelte. Etwas Großes war in Bewegung.

Joey senkte sein Kinn ganz leicht und Cal konnte spüren, wie der Junge den Atem anhielt.

Eine riesige, tellergroße Pfote und der untere Rand eines pelzigen Beins kamen ins Blickfeld. Einer der Tiger pirschte sich an und die Landschaft tarnte ihn gut.

Cal biss die Zähne zusammen. Wenn sich die Brise auch nur ein winziges Stück drehte...

Aber sie tat es nicht, Gott sei Dank. Der Tiger verschwand und konzentrierte sich auf das Grundstück unter ihnen. Alle Lichter auf der Plantage waren erloschen, aber Cal wusste, dass sie dort unten war.

Und der Tiger wusste es anscheinend auch. Nicht gut.

Augenblicke später schlich ein weiterer gestreifter Schatten vorbei und selbst die Grillen hörten daraufhin auf zu zirpen. Cal atmete erst nach einer gefühlten Minute wieder aus, nachdem der Gestaltwandler vorbeigezogen war.

Joeys Augen waren so groß wie Untertassen und sein Gesicht war blass.

Da er nicht wusste, was er sonst tun sollte, klopfte Cal dem Jungen auf die Schulter. „Mach dir keine Sorgen. Dell und die anderen halten sich bereit."

Als Joey ihn mit diesen großen grünen Augen ansah, schluckte Cal schwer.

„Bist du sicher?"

Cal spitzte die Lippen. Verdammt, er hoffte es sehr. Dann nickte er. „Moment. Ich werde dafür sorgen, dass sie es wissen."

Er blickte zum Grundstück hinüber und schloss halb die Augen, um sich zu konzentrieren. *Dell... Silas...*

Es war eine Sache, in Gedanken mit einem Gestaltwandler zu kommunizieren, der nahe war. Aber diese mentale Verbindung über eine Entfernung herzustellen und das mit Gestaltwandlern, die er gerade erst kennengelernt hatte – und während sich alle auf einen Kampf vorbereiteten – war schwierig. Schließlich konzentrierte er sich auf Silas' starke Aura und verfolgte sie nach rechts hinüber.

Zwei Tiger, die aus den Bergen kommen. Vier weitere Gestaltwandler nur knapp dahinter.

Joey... Silas grunzte mit besorgter Stimme zurück.

Ich habe ihn. Sagen Sie es den anderen. Und halten Sie Ausschau nach...

Schritte ertönten in der Dunkelheit zu seiner Rechten und zwei Schatten schwebten über sie hinweg. Cal fluchte leise und konzentrierte sich dann wieder auf Silas.

Zwei Tiger, zwei Wölfe und zwei Drachen, die sich nähern.

Vier Drachen, korrigierte Silas ihn einen Moment später, als zwei weitere Schatten von Süden heranrauschten.

Cal erinnerte sich an den Lieferwagen und wandte sich ab. Silas, Dell und die anderen waren gewarnt worden. Er musste sich beeilen, wenn er seinen geheimen Plan in die Tat umsetzen wollte.

Vorsichtig schob er Joey den Berg hinauf. „Komm mit. Du musst mir hier drüben helfen." Drei Schritte später erreichten sie den Erdwall, den er vor ein paar Tagen ausgehoben hatte und auch die Ausrüstung, die er dort versteckt hielt. „Kannst du das Ende festhalten?"

Joey war ihm sofort gefolgt, aber in dem Moment, als Cal das Tarnnetz von seiner Konstruktion zurückzog, starrte der Junge nur. „Wow."

Cal nickte vor sich hin. Ja, *wow* war allerdings das richtige Wort für diese Waffe.

„Man nennt sie *Balliste.* Sie ist so ähnlich wie eine Schleuder, nur größer", erklärte er, während er hinter den Abschussmechanismus trat.

Und tödlicher, knurrte sein Wolf.

„Balliste?" Joey sah völlig verzückt aus.

Auch Cal erlaubte sich eine Millisekunde lang, das Gerät zu bewundern. Es war zwar ziemlich einfach, aber dadurch auch ausfallsicher. Er brauchte lediglich den Abschussarm zurückzukurbeln, den Speer in Position zu bringen und – feindlicher Drache aufgepasst.

„Nimm das Ende, ja?" Er deutete darauf. Nicht, dass er Joeys Hilfe wirklich brauchte, aber es würde den Jungen genug ablenken, um Panik zu vermeiden.

Gemeinsam manipulierten sie einen drei Meter langen Speer an seinen Platz und spannten den Mechanismus, der ihn auslösen würde.

„Siehst du, wie es funktioniert?" Er zeigte auf die beweglichen Teile. „Du zielst hier, dann ziehst du daran... "

„Wow", murmelte Joey. „Ich dachte immer, Wölfe kämpfen mit Zähnen und Klauen."

Cal verzog das Gesicht. Das wäre toll.

„Das funktioniert bei anderen vierbeinigen Gestaltwandlern, aber nicht gegen Drachen. Also habe ich mir das hier ausgedacht."

Tatsächlich stammte die Idee von Barnaby, aber das wäre jetzt zu viel zu erklären.

Ich würde lieber kämpfen, brummte sein Wolf.

Wie immer sehnte sich das Biest in ihm danach, seinem Feind auf vier Füßen zu begegnen. Aber Cal hatte auf die harte Tour gelernt, dass nur ein kluges Köpfchen – und das Überraschungsmoment – es einem Wolf erlauben würden, einen Drachen zu besiegen.

Er musterte den Schaft des Speers und nickte knapp. Waffe eins, geladen. Es war an der Zeit, den zweiten Abschussmechanismus zu bestücken, den er im Unterholz versteckt hatte. Die Bewegungsabläufe waren ihm vertraut, aber eine Sache war es nicht. Wie sollte er für Joeys Sicherheit sorgen, während er kämpfte? Ein anderer Gestaltwandler könnte jederzeit aus dem Unterholz springen und...

Ein riesiger Schatten erhob sich von irgendwo hinter ihm und das Blut gefror ihm in den Adern.

„Runter", zischte er und riss Joey ein zweites Mal mit sich.

Die Härchen an seinem Nacken stellten sich auf, als seine Nase einen vertrauten Drachengeruch wahrnahm.

Kravik, knurrte sein Wolf.

Langsam drehte Cal den Kopf und sah, wie sich der Drache höher in den Himmel erhob. Das Blut in seinen Ohren rauschte so stark, dass er befürchtete, Kravik könnte ihn hören.

Dieser Bastard. Hier? knurrte sein Wolf. *Jetzt?*

Sie waren sich in den letzten drei Jahren zweimal begegnet, aber Kravik war ein gerissener Bastard und fast unmöglich zu töten.

Sein Wolf knurrte, als er in die Dunkelheit hinaufblickte und Kraviks Umrisse vor dem Hintergrund der Nacht nachzeichnete. Das Biest war prachtvoll – das musste Cal ihm lassen, mit tiefschwarzer Haut, die im Mondlicht glitzerte, und in der Dunkelheit rot glühenden Augen – rot, versnobt und verdammt anmaßend.

Cal schluckte die Bitterkeit in seinem Mund hinunter. Es war ja fast klar gewesen, dass Kravik und seine Bande von europäischen Drachen irgendwann in einen von Moiras Plänen verwickelt werden würden. Aber Cal hatte nicht damit gerechnet, dass sich jetzt alles so zuspitzen würde. Nicht, wenn die Frau, die er liebte, auszog, um auf eigene Faust zu kämpfen. Nicht mit ihrem Sohn, der seiner Obhut anvertraut war. Und nicht mit etwas, das aussah wie ein ganzes Gestaltwandlerbataillon, welches bereit war, die Tore von Koa Point einzureißen.

Und doch war er hier – Kravik, der riesige, schwarze Drache schwebte über ihn hinweg und musterte den Boden. War er auf der Suche nach ihm?

Ein leises, kehliges Geräusch zog Kraviks Aufmerksamkeit auf sich. Zwei weitere Drachen erschienen und erstatteten ihrem Anführer Bericht. Zu dritt zogen sie langsame Kreise und beobachteten den Kampf aus der Ferne.

Cal zählte schnell nach. Vier Drachen flogen bereits über das Anwesen und die Plantage und kämpften mit Silas, Kai und Cassandra. Unzählige andere Gestaltwandler stahlen sich durch die Schatten auf dem Boden und trafen auf ein wildes Gestaltwandlerrudel, das entschlossen war, sein Zuhause zu verteidigen. Kravik und seine beiden Handlanger hielten sich vorerst zurück. Offenbar warteten sie darauf, dass ihre Frontmänner Silas und die anderen schwächten, bevor sie zum endgültigen Angriff übergingen. In der Zwischenzeit mussten Moira und ihre persönlichen Leibwächter drüben auf der Großen Insel sein, um sich Cynthia, Connor und Jenna entgegenzustellen. Alles in allem genug, um die Gedanken eines Wolfes aufzuwühlen. Aber im Grunde ging es um Moira und Kravik. Zwei der rücksichtslosesten und bösesten Drachen, die die Welt je gesehen hatte. Die einzige Frage, die sich stellte, war, wer wessen Handlanger war.

Cal grub seine Finger in den Boden. Die Details spielten keine Rolle. Er war nach Maui gekommen, um ein paar Drachen zu töten, nicht wahr? Kravik dort zu haben, gab ihm die Möglichkeit, zwei Fliegen mit einer Klappe zu schlagen.

Oder drei oder vier... knurrte sein Wolf.

Er schaute nach rechts, um die Entfernung zwischen seinem ersten Schleudergerät und seinem Vorrat an Speeren abzuschätzen, den er zuvor dort versteckt hatte. Dann tippte er Joey auf die Schulter und deutete nach rechts.

„Zeit zum Laden, Junge. Bist du bereit?"

Es war unfair, den Jungen das zu fragen. Aber Joey war ein Brenner und ein Baird. Und verdammt, vielleicht war an den alten Blutlinien tatsächlich etwas dran. Denn der kleine Kerl nickte sofort, obwohl er blass war und zitterte.

„Ja, Sir. Sie ebenfalls?"

Cal musste fast lachen, als der Junge die Männer der Spezialeinheit nachahmte, unter denen er so viel Zeit verbracht hatte. Einen Moment später verblasste Cals Lächeln jedoch und wurde durch einen grimmigen Gesichtsausdruck ersetzt. Sein Wolf schwor, die Drachen über ihm in die Hölle und Verdammnis zu stürzen.

„Bereit. Auf geht's."

Kapitel 17

Cynthia stürzte sich mit gefletschten Zähnen auf Moira und schrie sich selbst an.

Töte sie. Töte Moira ein für alle Mal.

Aber Moira war schockierend schnell und schaffte es, Cynthia zur Seite zu stoßen. Cynthia hatte kaum die Möglichkeit, ihre Flügel einzuziehen, bevor sie über den Boden rollte. Als ein Zischen ertönte, rollte sie weiter – gerade noch rechtzeitig, um der brennenden Explosion eines Vulkanschlots zu entgehen. Dann rappelte sie sich auf und stürzte sich in die Luft.

Moira tat es ihr nach und ihre Wächter schossen alle gleichzeitig auf Cynthia zu. Flammenzungen brannten an ihren Flügeln, ihrem Schwanz und den Ohren. Sie drehte sich in der Luft und stieß einen Flammenstoß aus, der größer als alles war, was sie je zuvor produziert hatte.

Zurück! Ihr Drache spie einen Kreis aus Feuer.

Einen Moment später blinzelte sie überrascht die Schwänze von sechs sich zurückziehenden Drachen an und erschrak beim Echo ihres eigenen Brüllens. War sie das wirklich gewesen?

Darauf kannst du deinen Arsch verwetten, murmelte ihr Drache und benutzte einen Spruch von Silas' Gefährtin Cassandra.

Sogar Moira sah ein wenig verblüfft aus, aber sie vertuschte es schnell. *Sieh an, sieh an. Und ich dachte immer, du wärst so anständig und damenhaft.*

Warte nur ab, grunzte Cynthia zurück.

Sie schlug mit den Flügeln und kreiste um Moira, als sie nach einer Lücke suchte. Moiras Wächter formierten sich schnell neu und fingen an, sie beide zu umkreisen, wobei sie in die entgegengesetzte Richtung flogen. Von all der Bewegung wurde ihr schwindlig, vor allem, weil der Vulkan giftige Gase ausstieß und glühend heiß war.

Verdammt noch mal. Sie suchte nach einer freien Flugbahn, um den Kreis zu durchbrechen.

Habe ich einen Nerv getroffen, liebe Cousine? stichelte Moira.

Cynthia machte sich nicht die Mühe, zu antworten. Stattdessen sauste sie direkt auf Moira zu und biss ihr in den Schwanz. Doch einer der sie umkreisenden Drachen stürzte sich auf sie und versuchte, Cynthias Flügel mit seinen messerscharfen Krallen zu zerfetzen.

Schnell, jaulte sie zu sich selbst.

Sie zog ihren rechten Flügel ein, während sie den linken neigte, um in eine Drehung zu fliegen. Dann drehte sie sich mit einem Schnippen ihres Schwanzes in der Luft herum und spie Feuer.

Ihr Angreifer schrie und schlug mit den Flügeln, um zu entkommen. Cynthia atmete jedoch lange und heftig aus und hielt ihr Feuer aufrecht, bis der Feind zu Boden stürzte. Der Drache schlug auf und ließ die Erde erzittern, als ein Urschrei aus Cynthias Kehle drang. Ein Siegesschrei, der weniger ihre Stimme als vielmehr die Stimmen ihrer Vorfahren war.

Ihr sollet uns nicht besiegen. Wir sind Clan Baird.

Eine Energie, wie sie sie noch nie zuvor gespürt hatte, durchströmte sie, und sie atmete tief ein. Vielleicht hatte es Vorteile, die Letzte in ihrer Familienlinie zu sein.

Sie funkelte Moira an. *Ich werde nicht aufgeben. Ich werde kämpfen, bis du erledigt bist.*

Ohne nachzudenken gewann sie an Höhe und achtete darauf, Moira dabei keinen Vorteil zu verschaffen. Die Kraft ihrer Vorfahren mochte sie antreiben, aber Connors militärisches Training hatte sie auch gelehrt, wann sie angreifen und wann sie lieber beobachten sollte.

Beobachten, sagte eine kleine Stimme in ihrem Kopf.

Sie schaute sich um. Einer von Moiras Gefolgsleuten lag tot am Boden, aber die anderen fünf umkreisten sie mit neuem, geschärftem Blick. Sie würden sie nicht noch einmal unterschätzen, so viel war sicher.

Moira starrte auf die schlaffe Gestalt des Drachen unter ihr. Offenbar hatte sie Cynthia auch unterschätzt. Aber in typischer Moira-Manier lachte sie nur.

Oh, so macht das alles noch viel mehr Spaß.

Cynthia spie Flammen in ihre Richtung. Was für eine Person fand Tod und Zerstörung spaßig?

Moira, grunzte ihr innerer Drache als Antwort.

Du erinnerst mich an Barnaby, seufzte Moira in ihre Gedanken. *Den tapferen, selbstlosen Drachen zu spielen.*

Cynthia brüllte. *Barnaby hat nicht gespielt und ich tue es auch nicht. Nicht, dass du etwas von Tapferkeit verstehen würdest.*

Moira drehte sich um und folgte ihren Bewegungen mit dem Blick. *Was weißt du schon von Tapferkeit? Oder verwechselst du Tapferkeit etwa mit dieser lächerlichen kleinen Sache namens Stolz? Barnaby war nicht so sehr daran interessiert, dich zu beschützen, als vielmehr seinen eigenen Namen zu verteidigen.*

Cynthia wusste es besser, als ihr zu antworten. Aber sie musste Zeit gewinnen, also zischte sie ihrer Cousine eine Antwort in die Gedanken.

Er hat die Menschen beschützt, die er geliebt hat. Liebe, Moira. Ein Konzept, das du niemals verstehen wirst.

Ein weiterer Vulkanschlot explodierte unter ihr und selbst in zwanzig Metern Höhe konnte Cynthia den Luftzug noch spüren. Sie wich schnell zurück, genau wie Moira es tat, und entkam gerade noch rechtzeitig, um der sengenden Dampfsäule auszuweichen, die zwischen ihnen aufstieg.

Oh, ich weiß alles über Liebe, murmelte Moira selbstgefällig. *Ich liebe Macht. Ich liebe Rache.*

Cynthia war noch nie ein Freund von Rache gewesen. Aber verdammt – sie fing an, den Reiz zu erkennen. Andererseits hatte ihr Vater recht gehabt, als er sie die Gefahren dieses Weges gelehrt hatte.

Rache hat einen Anfang, aber kein Ende, hatte er immer gesagt. *Sie wird dich nur auffressen.*

Mit der Liebe war es genauso, aber auf eine gute Art, überlegte sie. Wie ihre Liebe für Joey. Ihre Liebe für Cal, die so viele Jahre gehalten hatte. Ihre Liebe zu ihren Rudelkameraden – ja, zu ihren Rudelkameraden, bis hin zum nervtötenden Dell.

Sie ertappte sich dabei, wie sie lächelte. Aber das Lächeln verblasste schnell, als sie genauer über die Dinge nachdachte. Jeder ihrer Rudelkameraden würde für sie oder Joey sterben. War sie bereit, das Gleiche für sie zu tun?

Ihr Herz zog sich schmerzlich zusammen, als sie daran dachte, Joey als Vollwaise zurückzulassen. Er hatte schon so viel durchgemacht. Aber selbst wenn es zum Schlimmsten kommen würde, hätte er zumindest die anderen. Er wäre von Liebe umgeben ... und hätte Erinnerungen.

Für ein paar Herzschläge verzehrte die Trauer sie. Aber dann fletschte sie die Zähne und konzentrierte sich auf die Drachenfrau, die so viele Angriffe auf die Personen, die Cynthia liebte, verübt hatte.

Ihre Cousine gackerte. *Oh, Cynthia. Du bist eine Prinzessin, keine Kriegerin. Versuche es erst gar nicht.*

Cynthia atmete ein und schürte die Wut in ihrem Inneren. *Prinzessin* mochte zu ihrer Erziehung passen, aber das Schicksal hatte ihren Weg längst umgeleitet. Und eine Kriegerin zu sein – nun, sie hatte vielleicht keine Ausbildung in einer Spezialeinheit genossen, aber sie war eine Mutter, und das gab ihr eine ganz andere Art von Macht.

Moira hat so viel zerstört und sie wird noch mehr zerstören, wenn sie nicht aufgehalten wird, flüsterte eine kleine Stimme in ihrem Kopf.

Cynthia stieß ihrer Cousine einen langen Feuerstrahl entgegen.

Sie hat dich überlistet, damit du Cal gehen lässt, fuhr die Stimme fort.

Sie schlug mit den Flügeln und gewann an Höhe.

Sie will dir dein Kind wegnehmen.

Cynthia brüllte und stürzte sich auf Moira. *Niemals.*

Moiras Wächter schossen allesamt auf sie zu, aber Cynthia konzentrierte sich auf die Glut, die tief in ihrer Drachenseele brannte. Ihr Blut rauschte, als sie die Flammen aus jedem Teil ihres Körpers heraufbeschwor, bis sie einen riesigen wirbelnden Ball in ihrer Lunge bildeten. Dann, mit dem mächtigsten Atemstoß ihres Lebens, ließ sie alles heraus.

Moira schrie und drehte sich. Cynthia folgte ihr unerbittlich und beschoss Moira mit Flammen. Aber die Wächter waren ihr dicht auf den Fersen und versuchten, sie in einem Pentagramm aus Feuer zu fangen. Also drehte sich Cynthia mitten in der Luft und zielte stattdessen auf sie.

Die nächsten Minuten vergingen mit ohrenbetäubendem Gebrüll und donnernden Flügelschlägen. Cynthia hatte das vage Gefühl, dass ihr rechter Flügel schmerzte, und der Schweiß stand ihr auf der Stirn. Blut tropfte von ihren Krallen, aber sie war sich nicht sicher, von wem es kam. Es war auch egal. Sie wütete weiter und bündelte ihre innere Kraft. Kraft, die aus dem Herzen kam, aus der Lebenskraft ihrer Vorfahren und aus einem seltsamen Gefühl, dass sie zu ... ihrem Knöchel zurückverfolgen konnte? Er kribbelte sehr stark. Waren die Perlen verdreht oder hatte sie sich dort verbrannt? In der Hitze des Kampfes hatte sie keine Zeit, um nachzusehen.

Die Sturzflüge, Überschläge und Drehungen, die sie von Connor gelernt hatte, hielten sie ihrem Feind stets um Haaresbreite voraus. Wenn ein Drache aus dem Nichts auftauchte und in die Richtung ihrer Flügel Feuer spie, drehte sie sich aus dem Weg. Ein anderer wich ihren scharfen Krallen aus, nur um dann in ihre Feuerlinie zu geraten, bevor er zu Boden stürzte. Cynthia wusste nicht, woher sie die Energie nahm, gegen sie alle zu kämpfen. Nur, dass es etwas mit der Hitze zu tun hatte, die sich an ihrem Knöchel bündelte.

Als sie nach unten blickte, stellte sie mit Schrecken fest, dass ein ringförmiges bläulich weißes Leuchten von ihren Perlen ausging. Es schien bedeutsam zu sein, aber sie hatte in diesem Moment keine Zeit, den Gedanken zu verarbeiten. Nicht, wenn sich ein weiterer Drache von der Seite näherte und Feuer spie.

Sie überschlug sich, drehte sich zur Seite und erwiderte das Feuer, bis alles nur noch verschwommen war. In diesem wilden Luftkampf verlor sie Moira aus den Augen. Wärmeschlote schossen von unten hinauf und trugen zu ihrer Verwirrung mit bei. Irgendwo zu ihrer Rechten bemerkte Cynthia eine lange Feuerlinie – ein Lavastrom, der in der Dunkelheit der Nacht purpurrot floss.

Pass auf! brüllte eine Stimme in ihrem Kopf.

Sie wirbelte gerade noch rechtzeitig herum, um einen herannahenden Drachen abzuwehren. Dann drehte sie sich, um sich dem Nächsten zu stellen und öffnete ihr Maul ganz weit, um einen weiteren Feuerstoß zu entfesseln.

Stopp! rief eine vertraute Stimme.

Sie blinzelte in die haselnussbraunen Augen des Biestes. *Connor?*

Oha, stotterte er und wich zurück. *Ja, ich bin es. Und das dort drüben ist Jenna.* Er riss seinen Kopf nach oben und nach rechts. *Versuchen Sie uns nicht zu töten, ja? Nur die bösen Jungs.*

Cynthia nickte und drehte sich wieder um, um sich den anderen zu stellen. Aber die enge Gruppe der Drachen hatte sich in zwei Fraktionen aufgeteilt. Einer von Moiras Söldnern hatte den Schwanz eingezogen und war geflohen. Jenna folgte ihm. Zwei weitere lagen verbrannt und leblos auf dem verwüsteten Boden unter ihnen. Einer stützte sich von oben auf sie und griff sie an.

Ich kümmere mich um diesen Dreckskerl, bellte Connor in ihre Gedanken. *Nehmen Sie sich Moira vor.*

Cynthia löste sich von der Gruppe und suchte aufmerksam die Dunkelheit ab. Und tatsächlich machte sich Moira davon, von hinten beschützt von den letzten ihrer Wächter. Cynthia schlug mit den Flügeln und raste hinter ihnen her.

Lass sie nicht abhauen, rief ihr die Stimme zu.

Es war nicht Connors Stimme und auch nicht die ihres Drachen. Sie schwankte leicht, als sie erkannte, wer es war.

Barnaby, flüsterte sie.

Ein Kloß schnürte ihr die Kehle zu und blockierte den Fluss des Feuers. Von Trauer verzehrt flog sie weiter. Es hatte zu viele Verluste gegeben und viel zu viel Leid. Zu viel Schmerz für die Personen, die sie liebte.

Dann beende es, flüsterte Barnabys Geist. *Räche mich und lebe weiter. Du und der Mann, den du verdienst.*

Sie hätte sich auf den Boden werfen und schluchzen können. Barnaby war ein guter Mann, doch sie hatte ihn nie so geliebt, wie er es verdient hätte.

Alles was zählt, bist du. Joey. Die Zukunft, versicherte er ihr. Dann senkte sich seine Stimme fast zu einem Knurren. *Und Moira. Erledige sie ein für alle Mal. Töte sie!*

Cynthia holte tief Luft, fuhr ihre Krallen aus und raste Moira hinterher. Der Söldner, der Moira bewachte, drehte sich um, als Cynthia sich ihm näherte. Aber sie überwältigte ihn mit einer unerbittlichen Feuerflut. Er taumelte durch die Luft und stürzte schließlich zu Boden. Cynthia hielt nicht inne, um sich den Aufprall anzusehen, aber sie hörte das Zischen eines Vulkanschlots und einen darauffolgenden Schrei. Einen Augenblick später stieg ihr der Geruch von versengtem Leder in die Nase. Ein weiterer Feind war tot.

Du Schlampe! schrie Moira und flog in einem Bogen den Weg zurück, den sie gekommen war.

Cynthia verschwendete keinen Atemzug für eine Antwort. Sie schlug heftig mit den Flügeln und stürzte Moira hinterher.

Das kannst du nicht machen! kreischte Moira und taumelte zur Seite. Vor lauter Verzweiflung gelang es ihr, Cynthias nächsten drei Angriffen auszuweichen. Moiras Augen suchten überall nach Verstärkung, die jedoch nicht kam.

Niemand wird für sie zurückkommen, knurrte Cynthias Drache.

Der Kontrast war verblüffend, denn Cynthia hatte ein ganzes Rudel auf ihrer Seite. Connor und Jenna waren den ganzen Weg zur Großen Insel geflogen, um ihr zu helfen. Und der Rest des Rudels befand sich auf Maui und beschützte Joey. Cal war bei ihnen und sogar Barnabys Geist stand ihr zur Seite.

Sie schloss kurz die Augen und machte sich bewusst, wie viel Glück sie hatte. All diese Liebe. All diese Loyalität. Moira tat ihr fast leid.

Aber nicht leid genug, schnaubte ihr Drache und flog hinter Moira her.

Die erste Flamme, die sie spie, versengte ihrer Cousine den Schwanz. Die zweite ließ Moira nach rechts taumeln und die dritte...

Moira drehte sich in einer schockierend schnellen Bewegung und schnappte nach Cynthias Flügelspitze. Fast wäre Cynthia nach rechts ausgewichen, aber ein Echo der Vergangenheit hallte in ihrem Kopf wider.

Aber es gibt eine noch bessere Technik, hatte Connor einst zu ihr gesagt.

Ohne nachzudenken, faltete sie ihren Flügel nah an ihren Körper und drehte sich. Einen Augenblick später ließ sie sich direkt unter Moira fallen, schlug die Flügel wieder auf und schoss nach oben, während sie Feuer spie.

Nein! Moira drehte sich seitwärts, nur um ihren linken Flügel der Feuersbrunst auszusetzen. Sie stürzte halb und flatterte halb zu Boden und verfehlte den Lavastrom nur knapp. Cynthia folgte ihr und landete zwei Körperlängen entfernt auf der zerklüfteten Landschaft. Sie keuchte erstaunt über den Trick, der ihr soeben gelungen war.

Jetzt ist sie erledigt, murmelte ihr Drache.

Moira schleifte ihren verletzten Flügel hinter sich her und wich eilig zurück. Ihre Augen waren weit aufgerissen und sie schlug mit dem Schwanz hin und her.

Cynthia beobachtete sie genau, aber die einzigen Tricks, die Moira noch auf Lager hatte, beruhten auf Worten.

Das darfst du nicht. Lass mich in Ruhe.

Cynthia fletschte ihre Zähne. *So wie du mich in Ruhe gelassen hast?*

Ich werde es wiedergutmachen, schrie Moira und starrte auf die geschmolzene Lava, die ihr den Fluchtweg abschnitt.

Cynthia brüllte. *Du kannst niemals wiedergutmachen, was du getan hast. Wen du getötet hast und auch nicht den Schmerz, den du verursacht hast. Niemals.*

Moira verwandelte sich in ihre Menschengestalt und riss flehend die Arme in die Luft. Nun – sie hob ihren rechten Arm. Der linke hing verbrannt und nutzlos an ihrer Seite. Aber wenn sie glaubte, an Cynthias Gnade appellieren zu können, hatte sie sich geirrt.

„Das darfst du nicht. Du darfst mich nicht töten."

„Warte mal ab." Cynthia pirschte sich näher heran.

„Aber ich bin verletzt. Siehst du?" Moira gestikulierte kleinlaut.

Flügel flatterten über ihr und Cynthia schaute auf. Es war Connor, Gott sei Dank, zusammen mit Jenna, die...

Achtung! schrie Jenna.

Cynthia wich zurück, als Moira sich blitzschnell in ihre Drachengestalt zurückverwandelte.

Stirb! schrie Moira und beschoss Cynthia mit einem gut gezielten Feuerstoß.

Cynthia taumelte rückwärts und entging nur knapp einem Vulkanschlot. Dann kochte die Wut in ihrer Seele hoch und die Hitze um ihren Knöchel verstärkte sich noch. Brüllend ging sie zum Gegenangriff über. Ihre Flammen prallten aufeinander und ließen sie beide taumeln. Einen Moment später verstärkten beide Drachen die Kraft ihres Feuers. Cynthia bewegte sich vorwärts und drängte Moira rückwärts über den Boden. Erst langsam und dann immer schneller, bis Moira am Rande der geschmolzenen Lava stand.

Nein! schrie Moira und schlug verzweifelt mit den Flügeln.

Aber es war zu spät und einen Moment später...

Cynthia zwang sich, zuzusehen, wie Moira in die Lava stürzte. Ein grässlicher Schrei durchdrang die Luft, als sie im brodelnden Lavafluss versank und der ekelhafte Geruch von brennendem Leder aufstieg. Innerhalb von Sekunden war nur noch die verbrannte Spitze eines Drachenflügels zu sehen. Dann verschwand auch der aus dem Blickfeld. Die Lava blubberte, glättete sich dann und floss weiter dem Meer entgegen.

Cynthias Puls überschlug sich und das einzige Geräusch war das Zischen der rot glühenden Lava, die das Wasser des Meeres verdampfte. War es das gewesen? War Moira wirklich verschwunden?

Cynthia sackte in sich zusammen, unfähig, sich zu freuen. Sie hatte soeben ein anderes Lebewesen getötet – noch dazu ihre eigene Cousine. Langsam schwang sie sich in die Luft und schloss sich Connor und Jenna an, die ihr zur Seite eilten. Keiner sagte ein Wort. Sie flogen nur in müden Kreisen herum und betrachteten den Lavastrom unter ihnen. Das war doch sicher nur ein weiterer von Moiras Tricks. Sie musste irgendwo dort unten sein und sich zwischen den Felsen verstecken, nicht wahr?

Connor schwang sich hinunter, um genauer nachzusehen, und kehrte mit einem grimmigen Blick zurück.

Sie ist weg, ganz sicher. Sie haben es geschafft, Cynthia.

Trotzdem kreiste sie weiter und war noch nicht ganz bereit, dies zu akzeptieren. Sollte sie sich nicht schrecklich fühlen, weil sie ihre eigene Cousine umgebracht hatte? Hätte es einen besseren Weg geben können? Aber die Antworten waren *nein* und *nein* und sie wusste es genau. Langsam entfernte sie sich von den Lavafeldern und folgte Connor und Jenna, die bereits zurück in Richtung Maui flogen. Ihr Maul schmeckte nach Asche und ihre Kehle war verbrannt. Ihr Körper war so, so müde. Als sie sich umdrehte, um sicherzugehen, dass niemand folgte, blieb ihr Blick an einem Lichtblitz an ihrem Knöchel hängen. Im ersten Moment blinzelte sie nur verständnislos. Ihre Perlen?

Sie erinnerte sich daran, dass sie ihre Perlenkette an ihrem Knöchel befestigt hatte, bevor sie sich verwandelte. Aber zu diesem Zeitpunkt hatten sie ihre übliche Eierschalenfarbe gehabt. Jetzt strahlte die Perle in der Mitte in einem hellen bläulichweißen Licht und sandte wärmende Wellen durch ihren Körper. Eine gute Form der Wärme, die ihr die Energie gab, weiterzufliegen, obwohl sie jedes Recht gehabt hätte, vor Erschöpfung zu Boden zu sinken.

Jenna kreiste zurück. *Geht es Ihnen gut? Wir könnten...*

Sie verstummte, als sie die Perlen entdeckte.

Ihre Perlen... hauchte Jenna. *Sie glühen.*

Cynthia nickte langsam. Nicht alle von ihnen, nein. Aber die mittlere glühte ganz sicher. Connor schlug einen Kreis zu ihnen zurück und auch seine Augen blitzten auf. Als er sprach, war seine Stimme wie ein flüsterndes Raunen in ihrem Kopf. *Ist es das, was ich denke?*

Fast hätte sie gespottet. Was meinte Connor denn damit? Das waren doch nur ihre normalen Perlen, nicht wahr?

Dann wurde ihr bewusst, dass die Kraft, die sie während des Kampfes angetrieben hatte, vielleicht nicht nur die Kraft einer wütenden Mutter gewesen war. Vielleicht hatte es auch mit der

Perle zu tun. Aber was für eine Perle pulsierte mit Energie und Licht und erfüllte ihren Träger mit übernatürlicher Kraft?

Eine Perle des Verlangens, hatte Jenna einst geflüstert, als sie die Perle, die sie am Strand von Koakea entdeckt hatte, in ihrer Hand hielt.

Hailey hatte den gleichen staunenden Gesichtsausdruck gehabt, als sie ihre Perle entdeckt hatte. Ebenso wie Anjali und Sophie, als ihre Zeit gekommen war.

Jetzt ist deine Zeit gekommen, flüsterte eine tiefe, übernatürliche Stimme in ihrem Kopf.

Aber wie konnte sie denn eine Perle des Verlangens besitzen? Sie blinzelte erschöpft. Vielleicht bildete sie sich das auch nur ein.

Aber Connor und Jenna starrten sie wirklich an und die Perle strahlte so hell, dass sie schwören konnte, sie würde ihr zuzwinkern.

Cynthia zog ihr Bein unter ihren Körper, so dass die Perlen aus dem Blickfeld verschwanden. Sie war im Moment nicht in der Lage, an etwas anderes zu denken als daran, endlich nach Hause zurückzukehren. Sie starrte in die Ferne und fürchtete sich bereits vor dem Flug.

Mach dich auf den Weg nach Hause, sagte Barnaby sanft. *Zu Joey. Zu deinem Gefährten.*

Cynthia zwang sich, ihren Mund zu einer geraden Linie zu pressen, weil sie sonst zu weinen angefangen hätte.

Du warst immer so gut zu mir, flüsterte sie und hoffte, dass es wirklich Barnabys Geist war und nicht noch eine weitere Illusion in ihrem armen, erschöpften Kopf.

Du hast nichts anderes verdient. Dann seufzte er und sie spürte, wie er in die Ferne entschwand. *Jetzt fliege nach Hause. Fange neu an. Finde den Mann, den das Schicksal von Anfang an für dich bestimmt hat.*

Sie schluckte schwer, schlug mit den Flügeln und machte sich auf den Heimweg. Connor und Jenna flankierten sie, aber sie flogen immer wieder schneller voraus, nur um dann erneut auf sie zu warten.

Ähm... Ich glaube, ich fliege voraus, murmelte Connor. Er warf Jenna einen Blick zu und die beiden führten ein stilles

Gespräch. *Nur für alle Fälle.*

Sicher, erwiderte Jenna. Ihr sonst so fröhlicher Tonfall war allerdings angespannt.

Cynthia runzelte die Stirn, als Connor davonrauschte. *Für alle Fälle?*

Zögerlich suchte sie in Gedanken nach Cal und Joey, bereit, ihnen die gute Nachricht zu überbringen, dass Moira besiegt war.

Aber in dem Moment, als sie die mentale Verbindung herstellte, schrie sie erschrocken auf. Cal kämpfte erbittert, obwohl sie seinen Feind nicht identifizieren konnte. Joey kauerte in der Nähe. Angst und Entschlossenheit wirbelten in seinem Kopf herum. Feuer schoss durch die Luft und der Boden bebte.

„Cal… Joey…" Sie konnte es nicht riskieren, die beiden direkt zu rufen, aber sie krächzte ihre Namen in den Wind.

Jenna warf ihr einen Blick zu und ihre Augen sagten alles. Der Kampf war noch nicht vorbei. Er hatte gerade erst begonnen.

Kapitel 18

„Runter", grunzte Cal, als ein Trio von Drachen auf sie zugerast kam.

Joey duckte sich sofort auf den Boden. Cal kauerte sich schützend über ihn und bedeckte sie beide mit seinem Mantel. In der Dunkelheit dieses Schutzes lauschten sie auf jedes kleinste Geräusch. Die Luft pfiff, als drei riesige Drachen vorbeirauschten, brüllten und in langen tödlichen Flammen Feuer spien. Dann hörten sie das peitschende Geräusch von Schwänzen und das schwere Schlagen von Flügeln, welches signalisierte, dass die Drachen vorbeigeflogen waren, nachdem sie ihre Beute nicht hatten finden können.

Cal zählte drei von Joeys flachen Atemzügen, warf dann den Mantel zurück und griff nach dem Abzug an seiner Balliste.

„Bleib unten", murmelte er.

Gott sei Dank tat Joey, wie ihm geheißen. Er umklammerte den Mantel und betrachtete ihn mit großen, unschuldigen Augen.

Mein Daddy hat dir den gegeben? hatte Joey kurz zuvor gefragt und schockiert zugesehen, wie Cal ihn in zwei Teile zerschnitt.

Cal schwang die Balliste herum und folgte den Drachen mit der Speerspitze, als die Vergangenheit in seinen Erinnerungen wieder aufstieg. Barnaby hatte ihm nicht nur den feuerfesten Mantel gegeben – einen von vielen Gegenständen aus seiner riesigen glitzernden Schatzkammer – er hatte Cal auch Geheimnisse anvertraut. Zum Beispiel, wo sich die verwundbarste Stelle eines Drachen befand.

Oh, Sie meinen hier? hatte Cal als Antwort gegrunzt, ein Silberschwert gegriffen und es direkt gegen Barnabys Brust geschwungen.

Ja, genau dort, hatte Barnaby geantwortet, ohne mit der Wimper zu zucken.

Das Starren, das daraufhin folgte, war ein ebenso epischer Kampf des Willens wie jeder physische Kampf, den Cal je erlebt hatte. Er konnte nicht glauben, dass Barnaby den Nerv hatte. Vertraute der Drache tatsächlich darauf, dass er – ein einsamer Wolf, der allen Grund hatte, den Mann zu verachten, der ihm seine Gefährtin gestohlen hatte – das Schwert nicht in seine Brust rammen und ihn töten würde?

Ja. Ja, ich vertraue Ihnen, hatten Barnabys Augen gesagt.

Am Ende hatte Cal keine andere Wahl gehabt, als die Waffe zu senken und nachzugeben. Es wäre nicht ehrenvoll, Barnaby so zu töten und es gäbe auch kein glückliches Ende für ihn und Cynthia. Cal hatte nichts anderes tun können, als den Mantel zusammen mit Barnabys Aufforderung, das Richtige zu tun, anzunehmen.

Mit stählernem Blick folgte er den Bewegungen der Drachen und zwang sich, sich zu konzentrieren. Alle Fäden, die das Schicksal gesponnen hatte, liefen nach zwölf langen, einsamen Jahren zusammen. Er. Cynthia. Barnaby.

„Kravik", fügte Cal murmelnd hinzu.

Dieser Scheißkerl war für so viel Böses in der Welt verantwortlich – Böses, das Kravik über einen neuen Kontinent ausbreiten wollte, nachdem er aus dem europäischen Gestaltwandlerestablishment ausgestoßen worden war. Cal hatte den Drachen bereits vorher gehasst, aber jetzt hasste er Kravik sogar noch mehr, weil er ihn gezwungen hatte, seinen wertvollsten Besitz – den feuerfesten Mantel – in zwei Hälften zu schneiden.

„Scheißkerl", grunzte er.

Der böse Drache konnte ihn nicht gehört haben, aber möglicherweise hatte er die Herausforderung in Cals Wort gespürt, denn er drehte sich für einen weiteren Angriff um die eigene Achse. Seine Gefolgsleute flankierten ihn. Das Trio stürzte über die im Berghang geformte Senke und hielt sich dabei tief am Boden. Eigentlich das perfekte Ziel für eine Balliste, wäre da nicht eine Sache.

Cal fluchte, als Kravik vom Drachen zu seiner linken Seite verdeckt wurde, was einen ungehinderten Schuss unmöglich machte. Trotzdem drückte er auf den Abzug und ließ den Speer fliegen.

Es war erstaunlich, wie viel Kraft man mit ein paar Hebeln und einigen Spiralfedern erzeugen konnte. Der Hartholzspeer schoss durch die Luft und bohrte sich durch die Schuppen des Drachen. Die Bestie schrie auf, taumelte und stürzte auf ihren Master zu.

Cal hätte liebend gern zugesehen, wie der Drache zu Tode stürzte, während die anderen beiden durch die Luft taumelten und sich fragten, was sie getroffen hatte. Stattdessen schnappte er sich Joey und rannte los, wobei er absichtlich einen Busch zum Schwanken brachte. Dann duckte er sich hinter einem Felsen und deckte sich und Joey gerade noch rechtzeitig mit den beiden Teilen des Umgangs zu.

Wusch! Ein Feuerstoß verbrannte den Busch und ein Drache brüllte vor Wut. Hitze schlug ihnen entgegen, aber Cal hielt den Mantel fest und schlang seinen Arm um Joey. Ein Knistern erfüllte die Luft, als die Vegetation verbrannte. Das Atmen fiel ihm schwer. Aber solange er und Joey in Deckung blieben, waren sie sicher.

Cal lauschte auf das heftigere Knacken von brennendem Holz, aber er konnte nichts hören. Was bedeutete, dass die Drachen den Abschussapparat unter seinem Tarnnetz nicht bemerkt hatten.

Drei... Zwei... Eins...

Er zählte rückwärts und sah dann Joey an.

„Weißt du noch, was ich dir gesagt habe, Partner?"

Joey nickte schnell.

Cal vergewisserte sich, dass die Drachen sie noch nicht entdeckt hatten. Dann drehte er sich wieder zu Joey um, wobei er darauf achtete, dass sein Gesicht völlige Zuversicht vermittelte, auch wenn er sich alles andere als sicher fühlte.

„Bereit, Junge?"

„Bereit." Joeys Stimme zitterte, aber sein Nicken war entschlossen. Verdammt, hatte Cynthia ein gutes Kind erzogen.

Cal blickte noch einmal prüfend gen Himmel und schob Joey den Mantel zu. „Okay. Los."

Joey hielt ein letztes Mal inne. „Versprichst du, dass du nicht weit weggehst?"

„Ich verspreche es. Wir sind Partner, oder? Und jetzt los!"

Er schob Joey zu einem Versteck weiter oben am Hang und sprintete dann zu seinem geheimen Vorrat mit Speeren. Das kleinere Stück des Umhangs flatterte in seinen Händen, aber das war ihm recht. Alles, um die Aufmerksamkeit von Joey abzulenken.

Es funktionierte und beide Drachen richteten ihre scharfen Augen auf Cal. Einer von ihnen stieß das kehlige Brüllen aus, mit dem Drachen ihr Ziel anpeilten. Die Luft wirbelte herum und vor dem angreifenden Drachen auf. Cal wartete bis zur letztmöglichen Sekunde, bevor er sich duckte und mit dem Mantel zudeckte.

Er schaffte es gerade noch rechtzeitig, bevor die Flammen ihn trafen – etwas, das er auf die harte Tour gelernt hatte. Die Hitze des Drachenfeuers war eine Gefahr, die schiere Wucht der Flammen eine andere, so als würde man von einer riesigen Welle getroffen werden. Also senkte er sein Kinn nach unten und klammerte sich am Fetzen seines Umhangs fest, von dem sein Leben abhing.

Einen Augenblick später war die Wucht der Flammen verflogen und Cal sprang auf die Beine. Nach ein paar Schritten hatte er sein Versteck erreicht, schnappte sich einen Speer und drehte sich um.

„Hier drüben, du Bastard", brüllte er.

Als beide Drachen herumwirbelten und auf ihn zurasten, musste er schwer mit sich kämpfen, um ruhig zu bleiben. Früher oder später würden die Drachen herausfinden, was sein Umhang bewirkte, und ihn ihm entreißen. Die Kunst bestand darin, sie vorher zu töten.

Er überlegte immer noch, ob er den Speer abfeuern oder sich wieder unter den Umhang ducken sollte, als Kravik seinen Angriff mit einem langen, nach oben gerichteten Bogen abbrach. Mit einem scharfen Klicken befahl er dem anderen Drachen, dasselbe zu tun. Nur ein paar heftige Herzschläge später starrten sich Cal und die beiden Drachen an. Sie krümmten ihre Flügel und peitschten mit den Schwänzen, um auf der Stelle zu schweben, während sie ihn anfunkelten.

„Sieh an, sieh an. Du schon wieder", rief Kravik mit der tiefen kratzigen Stimme, die Drachen benutzten, um laut zu kommunizieren – eine Stimme, die von einem starken europäischen Akzent durchdrungen war.

Cal lockerte seinen Speer ein wenig und rief zurück: „Komisch, das wollte ich auch gerade sagen. Wann immer ich einen hinterhältigen Feigling wittere, finde ich dich."

„Wie interessant." Kravik riss seinen langen, schuppigen Hals herum und befahl dem anderen Drachen zurückzuweichen.

Cal holte tief Luft. Er war Kravik schon mehrfach über den Weg gelaufen – alles im Rahmen einer Drachentötungsmission, zu der Barnaby ihn inspiriert hatte. Kravik hatte nichts mit dem Angriff zu tun gehabt, bei dem Barnaby ums Leben gekommen war, aber der Neuankömmling hatte begonnen, sich mit den bösen Drachen zu verbinden, die Cynthia und Joey an jenem Tag fast getötet hätten. Cal hatte sie lange genug aufgehalten, damit Cynthia fliehen konnte, und zwei von ihnen getötet. Als er sich danach auf die Jagd nach den anderen gemacht hatte, stellte er fest, dass Kravik zunehmend in ihre schmutzigen Geschäfte verwickelt war. Zweimal hatte er den Hauch einer Chance gehabt, den Scheißkerl zu töten, aber der Drache hatte es immer wieder geschafft, zu entkommen. Cal war nur die geringere Genugtuung geblieben, Kraviks Handlanger zu eliminieren. Aber er hatte dem Drachen noch nie von Angesicht zu Angesicht gegenübergestanden.

Jetzt tun wir es, knurrte sein innerer Wolf.

Er streckte sich zu seiner vollen Größe und wartete.

„In der Tat interessant", sinnierte Kravik. „Du musst der lästige Drachentöter sein, von dem ich immer wieder höre."

Cal wusste, dass der Hauch von Stolz, den er bei dieser Bemerkung empfand, lächerlich war, aber hey.

Kravik schnupperte in der Luft und einen Moment später blitzten seine Augen auf.

„Drachentöter. Wolfsgestaltwandler. Tatsächlich interessant."

Cal packte seinen Speer fester und starrte auf die Stelle an Kraviks Brust, wo die Schuppen aufeinandertrafen und eine Kerbe bildeten. Er würde dem Kerl zeigen, was *interessant* war.

Er brüllte zurück, wobei er den Speer benutzte, um seinen Standpunkt zu unterstreichen. „Und du musst Kravik sein. Ein Bastard. Genereller Abschaum. Kein Wunder, dass du dich auf Moira einlässt."

Kravik lachte. „Mich auf sie einlassen? Moira ist eine nützliche … Verbündete, könnte man sagen. Aber ich habe viel besseren Geschmack, glaube mir."

Irgendetwas am Gackern des Drachen ließ Cal nervös werden. Was genau sollte das bedeuten?

Hinter Kravik bewegte sich der zweite Drache hin und her und wartete auf das Signal zum Angriff.

„Ihr Gestaltwandler aus der Neuen Welt seit so ignorant", seufzte Kravik. „Mein Blut ist viel zu edel, um sich mit Gesindel wie Moira LeGrange zu vermischen. Ihre Cousine hingegen…"

Cal gefror das Blut in den Adern. Kravik war nicht nur machthungrig. Er war auch hinter Cynthia her.

Seine Abscheu musste sich gezeigt haben, denn Kravik brach in ein tiefes Drachenlachen aus. „Glaubst du wirklich, ich würde Tausende von Kilometern reisen und mich mit Miss LeGrange herumschlagen, nur um ein neues Grundstück zu erlangen?" Er schnippte mit einem Flügel in die Richtung der Plantage. Dann brach er in ein breites Grinsen aus. „Es sei denn, du meinst einen Besitz der etwas anderen Art, wie zum Beispiel die reizende Miss Baird. Oder sollte ich sagen, meine zukünftige Braut?"

Cals Hand zitterte. Auf gar keinen Fall. Niemand würde ihm Cynthia wieder wegnehmen.

„Sie wird niemals dir gehören."

Kravik schnaubte. „Natürlich wird sie das. Die Frau hat königliches Blut. Sie ist eine der Letzten ihrer Art, genau wie ich. Wir sind ein Traumpaar."

Mit gefletschten Zähnen und strammen Beinen schrie Cal zurück. „Sie wird sich nicht auf dich einlassen."

Kravik lachte. „Sie wird keine Wahl haben, du Narr. Als ob es einen niederen Wolf wie dich etwas anginge..."

Cal sträubte sich. Es ging ihn allerdings etwas an. Und verdammt, wie sehr er Drachen hasste.

Die meisten Drachen, korrigierte sein Wolf ihn.

Nun, Cynthia war eine Ausnahme. Sie war von Anfang an etwas Besonderes gewesen, denn sie hatte den wahren Mann hinter den rauen Ecken und Kanten gesehen. Aufgeschlossen und abenteuerlustig, war sie alles, was die meisten Drachen nicht waren.

Natürlich ist sie das, summte sein Wolf. *Sie gehört mir.*

Er spannte seine Armmuskeln an und starrte an der Länge des Speers entlang. Aber Kravik war gerade außerhalb seiner Reichweite. Wenn er doch nur an die Balliste herankäme...

Kravik ließ seinen Blick zurück über die Plantage schweifen. „Und was ihren Jungen angeht..."

Cal stand regungslos da.

Kraviks Blick schwenkte zurück. „Ah, jetzt habe ich dich erkannt. Du bist der Söldner, den Barnaby angeheuert hat."

Cal funkelte ihn an. „Die einzigen Söldner hier sind die, die du mitgebracht hast."

Der schwarze Drache beugte sich näher heran und peitschte mit dem Schwanz. „Ist das so? Ach, die arme Cynthia. Wie verraten sie sich doch fühlen wird, wenn sie erfährt, dass du ihren Sohn getötet hast..."

Cals Kinnlade klappte auf. Was zum Teufel? Er würde Joey niemals etwas tun.

Kravik krallte tief in Gedanken versunken mit seinen Krallen in die Luft. „Ja, ja, ich kann es mir schon vorstellen. Was für ein trauriges Schicksal Miss Baird ertragen muss. Stell dir vor, der eifersüchtige Wolf aus ihrer Vergangenheit, der ihr all die Jahre nachgestellt hat..."

Nachgestellt? Cals Wangen brannten.

„Und so getan hat, als würde er sie lieben..."

Ich tue nicht nur so, zischte sein Wolf. *Ganz und gar nicht.*

Cals Gedanken überschlugen sich. Woher wusste Kravik, dass er Cynthia solange heimlich beschützt hatte? Sein Blick schweifte zum Horizont und er fluchte.

Moira. Natürlich.

Kravik fuhr unterdessen fort und beschwor eine Vision herauf, die ihn zu amüsieren schien.

„Mal sehen... Du hast ihr Vertrauen zurückgewonnen, nur um sie dann auf die herzloseste Weise zu verraten." Er riss seine Krallen durch die Luft, so dass es nur allzu leicht war, sich Joey in seinen Fängen vorzustellen.

Nein, wollte Cal schreien. *Niemals.*

„Ihren einzigen Nachkommen zu töten." Kravik seufzte. „Ja, in der Tat eine traurige Geschichte. Eine, die Miss Baird vielleicht sogar dazu bringen könnte, eine Schulter zum Ausweinen zu suchen. Du weißt schon, wenn alles, was sie geliebt hat, weg ist. Ihr Sohn. Ihre Freunde. Der Mann, von dem sie dachte, dass sie ihn liebt."

Cal riss den Speer in Kraviks Richtung hoch. „Sie liebt mich. Das hat sie immer und wird sie immer."

Kravik zuckte mit den Schultern. „Wie auch immer, sie wird mir gehören. Die einzige Erbin des gesamten Baird-Vermächtnisses unter meiner Kontrolle. Ihr königliches Blut, bereit, mit meinem gemischt zu werden."

Cal schüttelte sich vor Wut. Er hatte immer nur daran gedacht, Cynthia vor Angriffen feindlicher Drachen zu beschützen, aber Kraviks Plan ging sogar noch einen Schritt weiter und dies machte ihn krank.

Verfluchte Drachen. Sie denken, sie können sich alles nehmen, was sie wollen, knurrte sein Wolf.

„Ah, ich glaube, da kommt sie", murmelte Kravik zu einem Schatten am Horizont. Cal schüttelte den Kopf, als sich sein ganzer Plan vor seinen Augen aufzulösen drohte. Er musste Kravik in seiner Nähe behalten, um den Bastard zu töten. Wenn der Drache jetzt wegflog...

Ein raschelndes Geräusch kam von links und er konnte nicht anders, als hinüberzublicken. In dem Moment, als er es tat, fluchte er innerlich. Gott, nein.

Joey, zischte er in den Kopf des Jungen. *Nein. Runter. Verstecke dich.*

Aber Joey fuhr fort, den Schleudermechanismus der Balliste zu spannen, so dass der Holzrahmen unter dem Druck ächzte.

Kravik bemerkte es nicht, aber als der Speer mit einem scharfen Klicken einrastete...

Der Drache wirbelte herum und seine Nasenlöcher bebten. „Sieh an, sieh an."

Joey kurbelte weiter und war so konzentriert, dass er dabei die Zunge herausstreckte. Bei diesem Anblick hätte es Cal warm ums Herz werden sollen, aber er wollte nur schreien. *Nein, Joey, nein...*

Kravik kniff die Augen zusammen und winkte den zweiten Drachen an seine Seite. Gemeinsam stürzten sie vor und beäugten Cal. Er konnte nicht hören, wie sie kommunizierten, aber er konnte es in Kraviks Augen sehen.

Wir töten den Wolf zuerst. Den Jungen schnappen wir uns beim zweiten Anlauf.

Cal riss einen Fuß zurück, um sich für den Angriff zu wappnen. Aber die Felsen unter seinen Füßen gaben nach und er rutschte aus. Also blieb ihm nichts anderes übrig, als den Speer fallenzulassen und sich unter dem Mantel zu ducken.

Eine halbe Sekunde später schlugen die Flammen mit der Kraft eines Feuerwehrschlauches über den Umhang. Er konnte sich nur mit Mühe daran festklammern, während beide Drachen ihn mit ihren Flammen beschossen. Als er nach Luft schnappte, brannte seine Lunge. Gerade als er glaubte, keinen Moment länger durchhalten zu können, ließ der Druck nach und die Drachen fegten an ihm vorbei.

Cal sprang sofort auf die Füße und schwankte in einem Schleier von Schmerz. Seine Haut war nicht verbrannt, aber sein Körper war ramponiert.

Speer, befahl er sich selbst. *Speer.*

Speer beschrieb den verkohlten Stock wohl kaum, den das Drachenfeuer zurückgelassen hatte, also hinkte er mit einem schmerzhaften Schritt nach dem anderen zu seinem Versteck hinüber, um einen weiteren zu holen.

Eine schrille Stimme klopfte eindringlich an den Rand seiner Gedanken. *Beeil dich.*

Das war Joey. Das musste er sein. Cal sammelte all seine Kraft, um seine Gelenke wieder in Gang zu bringen. Er schnappte sich einen neuen Speer und wirbelte herum. Kravik und der zweite Drache drehten eine Schleife zu ihnen zurück. Der Bogen ihrer Drehung war anmutig und wirkte sogar völlig ruhig. Aber in dem Moment, als sie sich zu Cal umdrehten, schlugen sie schneller mit den Flügeln und ihre elfenbeinfarbenen Reißzähne blitzten auf. Vier rote Punkte rasten durch die Nacht und markierten zwei Paar unbarmherziger Drachenaugen.

Cal hielt die Stellung und stellte sich breitbeiniger auf. Es war so weit. Und verdammt, seine Chancen waren gering. Selbst wenn er einen Drachen tötete, würde ihn der andere wahrscheinlich erwischen, und das war es dann. Aber seine Bemühungen könnten den anderen genügend Zeit verschaffen, um zurückzueilen und Joey zu retten.

Cal ertappte sich dabei, vor sich hin zu lächeln. Es war schon seltsam, wie sich die Ziele eines Mannes verändern konnten. Vor zwölf Jahren war es sein einziges Ziel gewesen, Barnaby zu töten. Dann war er dazu übergegangen, Cynthia beschützen zu wollen. Und ja, er hatte sogar die vage Hoffnung gehegt, sie eines Tages für sich zurückzugewinnen. Aber jetzt war Joey das Einzige, worum er sich wirklich sorgte. Dieser Junge war Cynthias Schatz. Ihre Zukunft. Ihr Ein und Alles.

Die Brise spielte in der kurzen Flaute vor dem Angriff der Drachen durch Cals Haar und etwas veränderte sich in ihm. Der aufgestaute Zorn und die Eifersucht wurden schwächer und ließen...

Er runzelte die Stirn. Was genau war das für ein Gefühl?

Dann wurde es ihm schlagartig klar. Das Schicksal lächelte ihn zum allerersten Mal an. Ein so ungewohntes Gefühl, dass er nicht wusste, wie er darauf reagieren sollte.

Konzentriere dich, zischte sein Wolf. *Um des Kindes willen, konzentriere dich.*

Er hob den Speer und überlegte. Irgendwie musste er den einen Drachen ausschalten, dem zweiten ausweichen und einen weiteren Speer in die Finger bekommen.

Ein Knarren ertönte und lenkte seine Aufmerksamkeit auf die Balliste und den kleinen Jungen mit den großen hoffnungsvollen Augen.

Schussbereit, Sir, ertönte eine piepsende Stimme in seinem Kopf.

Cal hatte keine andere Wahl, als zu nicken und gegen jede Hoffnung zu hoffen. Vielleicht konnte der Junge tatsächlich einen Drachen abschießen. Und wenn Cal den anderen erwischte... Nun, zum Teufel. Vielleicht gab es tatsächlich einen Hauch von Hoffnung.

„Hier", murmelte Cal und drehte sich wieder zu Kravik um. „Hier drüben."

Die Augen des Drachen glühten in einem noch strahlenderen Rotton. Ja, nun. Cals Augen glühten ebenfalls. Das konnte er an der Hitze spüren.

„Genau hier", flüsterte er und lenkte seinen Blick zu Kravik hinunter, der sein Maul weit aufriss. Ein rötlich oranger Punkt glühte in seiner Kehle und zeigte an, dass er gleich Feuer speien würde.

Cal zählte Mikrosekunden, die sich wie Stunden hinzogen. Verdrängte Luft strömte vor dem Drachen her und drückte Cals Hemd gegen seine Haut. Er stützte sich mit dem hinteren Bein ab und umklammerte den Speer fester.

Stirb, sagte Kraviks weit aufgerissener Kiefer, gerade als Cals innerer Countdown auf Null tickte. *Stirb.*

„Nein, du stirbst", grunzte Cal. Mit einem Ruck schleuderte er den Speer.

Die Wucht ließ ihn stolpern und dann blickte er auf. Der Tod musste ihm direkt über die Schulter schauen, denn alles bewegte sich in Superzeitlupe. Sein Speer flog in gerader und genauer Flugbahn auf Kravik zu. Gleichzeitig breitete sich eine dünne Feuerlinie aus dem Maul des Drachen aus. Irgendetwas pfiff von rechts, aber Cal hatte nur Augen für den Speer und das Feuer, die sich parallel bewegten – der Speer flog auf die Brust des Drachen zu, während das Feuer auf Cals Kopf zu rauschte.

Nein, Moment. Das Feuer war auf die Stelle gerichtet, wo sein Kopf gewesen war, bevor er stolperte, also musste Kravik sein Kinn neigen, um seinen Angriff umzulenken. Zu spät, um den Speer in der Luft zu verbrennen ..., aber nicht zu spät, um Cal zu töten?

Cal rollte sich zur Seite und betete für ein Wunder. Aber selbst wenn er Kraviks Feuer ausweichen konnte, waren die Chancen, rechtzeitig einen neuen Speer zu schnappen, um den zweiten Drachen zu töten, gering. Dieser flog neben Kravik her und hielt sich bereit, Cal zu erledigen.

Doch plötzlich schrie der zweite Drache auf und taumelte seitwärts.

Joey! Cals Wolf jubelte, als er sah, dass der Speer tief in den Rippen des Biestes steckte.

Der Junge hatte es geschafft! Er hatte den zweiten Drachen getroffen, so dass dieser auf Kravik zu taumelte. Die Flamme aus Kraviks Maul brach ab, als er sich wütend umdrehte. Es lenkte ihn gerade lange genug ab, um—

Kravik schrie qualvoll auf, als sich Cals Speer in die dunklen Schuppen seiner Brust bohrte. Seine Augen funkelten vor Schmerz. Einen Augenblick später krachte der zweite Drache gegen seinen Körper und gemeinsam stürzten sie in Richtung Boden.

Cals Herz machte einen hoffnungsvollen Sprung. Sie hatten es geschafft – er und Joey hatten es tatsächlich geschafft!

Bis auf eine Sache. Kravik war tödlich verwundet, aber jetzt stürzten beide Drachen direkt auf Cal zu. Er jaulte und sprang nach rechts, aber es war zu spät. Schmerz schoss durch seinen Körper und seine Sicht verschwamm, als eine Kraft, wie er sie noch nie erlebt hatte, wie ein rasender Zug auf ihn einschlug. Die Welt geriet ins Schwanken und alles wurde zu einem Wirrwarr aus kollidierenden Körpern, herumfliegendem Dreck und hartem Felsen.

Dann wurde alles still – sehr still und das einzige verbleibende Geräusch war sein schwerer Atem. Cal fand sich auf dem Rücken wieder und versuchte, die Sterne aus seinen Augen zu blinzeln. Ein gewaltiges Gewicht quetschte das Leben aus ihm heraus und egal, wie sehr er strampelte oder krallte, er konnte sich nicht befreien. Der Körper des zweiten Drachen zerdrückte ihn.

Hätte er die Kraft in seiner Lunge gehabt, hätte er das Schicksal angeschrien. Großer Gott. Konnte es einem Kerl nicht mal eine Pause gönnen? Der Stille nach zu urteilen, die eingetreten war, waren beide Drachen tot. Aber verdammt. Cal nahm an, er selbst hätte auch nicht mehr lange.

Er versuchte es erneut und stieß mit aller Kraft zu. Aber der Drache war riesig und der Körper weigerte sich, sich zu bewegen. Cal ließ seinen Kopf zurück auf den Boden sinken und schloss die Augen.

Er dachte, er wäre bereit gewesen, zu sterben. Aber jetzt, da er tatsächlich auf der Schwelle des Todes stand – tat es weh. Nicht so sehr körperlich, aber in seinem Herzen.

Cynthia, heulte sein Wolf.

Er würde sie nie wieder berühren. . . sie nie wieder halten. . . sie nie wieder küssen. Er würde niemals seine zweite Chance bekommen.

Natürlich hätte er vorhersehen müssen, dass es so enden würde. Wieder einmal war er so nah und doch so fern von dem einzigen Preis, den er je begehrt hatte. Cynthia.

Nun, wenn schon nichts anderes, würde er wenigstens als ihr Held sterben. Wenigstens hatte er das, nicht wahr?

Doch die Bitterkeit blieb. Zu gern hätte er dem Schicksal eine reingehauen. Nur ein einziges Mal.

„Cynthia", flüsterte er, während eine Dia-Show in seinem Kopf ablief.

Er sah ihre Augen vor sich, die ihn anlächelten, während sie tanzten. Ihr Haar, das im Wind wehte, während er mit der Triumph über eine Landstraße raste. Ihre Finger, die in seine verschlungen waren.

Jemand zog an seiner Schulter und flüsterte. „Cal?"

Das war Joey und Cal nahm genügend Kraft zusammen, um aufzuschauen. Der Junge lehnte sich gegen den toten Drachen und drückte mit aller Kraft dagegen, aber die Erde rutschte ihm unter den Füßen weg.

„Hey, Joey", flüsterte Cal, als der Junge erschöpft auf die Knie sank. „Es ist okay."

„Es ist nicht okay", beharrte Joey.

Cal war nicht bereit, sich ein weiteres Mal das Herz brechen zu lassen, also schob er das schmerzende Gefühl beiseite.

„Nein, es ist in Ordnung", sagte er, obwohl seine Stimme eher ein Keuchen war.

Aber Scheiße. Der Junge weinte und das konnte er nicht ertragen.

„Schhh, ganz ruhig", versuchte er, ihn zu trösten.

Aber Joey wollte einfach nicht hören. Immer noch weinend stand er auf und stolperte davon. „Ich werde Dell holen."

Cal streckte die Hand aus, um ihn aufzuhalten, aber der Junge war schon zu weit weg.

„Joey!" Es war nicht abzusehen, wie viele von Moiras Gestaltwandlern sich dort draußen noch herumtrieben.

Joeys Schritte knirschten durch die Landschaft und verschwanden dann in der Ferne. Cal lauschte angespannt. Aber alles war still und als er die Augen schloss, kehrte allmählich Ruhe an allen schmerzenden Stellen in seinem Körper und seiner Seele ein.

Der Boden unter ihm war kalt und der lederne Körper des Drachen hätte ihm eigentlich eine Gänsehaut bescheren müssen. Aber je mehr er an Cynthia dachte, desto weniger spielte das alles eine Rolle. Irgendetwas sagte ihm, dass Joey sicher war, also konzentrierte Cal sich auf Cynthia und genoss jede Erinnerung. Ihr Tanz im Lucky Devil. Die innere Ruhe, die er empfunden hatte, als er sie am Arm hielt. Ihr glücklicher Seufzer, nachdem sie sich geliebt hatten...

Er hatte keine Ahnung, wie lange er dort lag. Aber es kam ihm wie Stunden vor. Die Nacht schien zu verblassen, ebenso wie die Sterne. Oder vielleicht war es auch nur seine Sicht, die genau wie seine Lunge langsam versagte.

„Cal... ", rief jemand.

Er lächelte schwach. Es war schon seltsam, wie der Verstand funktionierte. Jetzt stellte er sich vor, dass Cynthia da war.

Hände wurden auf seine Schultern gedrückt und er öffnete die Augen.

„Cynthia... " Er verzog die Lippen. Sie war es wirklich und sie sah genauso wunderschön aus wie immer, wenn auch ein wenig verzweifelt. Hinter ihr färbten die ersten Strahlen der Morgendämmerung den Himmel und verdrängten die Nacht.

„Oh Cal", flüsterte sie.

Er lächelte. Trotz allen Schmerzes, trotz all der vergeudeten Jahre, trotz all des Bedauerns – es war so schön, sie jetzt zu sehen. Endlich ihr Held zu sein.

„Cal. . . “ Sie berührte seine Schultern.

Er schloss die Augen und versuchte, sie in Gedanken zu erreichen, als er die Kraft zum Sprechen nicht in sich fand.

Es ist in Ordnung. Es geht dir gut. Das ist das Einzige, was zählt.

Sie schien es nicht zu verstehen, aber er hatte nicht die Kraft, es zu erklären. Warum sollte er sich quälen, ein paar Worte herauszubringen, wenn er sich auf die Wärme ihrer Hände und diesen wunderbaren Duft von Rosen und Weide konzentrieren konnte? Warum sich bewegen, wenn er so schöne Visionen im Kopf hatte?

Langsam begannen seine Sinne zu schwinden und Cynthias Stimme wurde immer leiser. Er hatte keine Kraft mehr, gegen den Tod anzukämpfen, aber das war in Ordnung. Mit jedem schwächer werdenden Atemzug gab Cal sich damit zufrieden, ruhig in ihren Armen zu liegen und langsam aber sicher zu entschlummern.

Kapitel 19

„Cal…“

Cynthia rief seinen Namen so eindringlich, dass Cals Augenlider flatterten. Vage spürte er, wie sie an seiner Schulter rüttelte, aber er reagierte nicht. Verstand sie es denn nicht? Zu sterben war in Ordnung, weil es ihr gut ging. Außerdem war er müde. Wirklich, wirklich müde und wegzudriften, war so viel einfacher, als sich zurück in eine Welt voller Schmerz zu quälen.

„Cal…“

Ihre Hand umklammerte seine und er drückte sie, so fest er konnte, zurück, um ihr zu sagen, dass es in Ordnung war. Er liebte sie. Und was den Tod anging… Nun, er hatte vielleicht nicht ehrenhaft gelebt, aber er würde ganz sicher ehrenhaft sterben. Warum konnte sie ihn nicht einfach gehenlassen?

„Hilf mir zu schieben“, sagte Cynthia zu jemand anderem.

Schmerz durchzuckte Cals Körper, als das schwere Gewicht über ihn rollte und er stöhnte auf. Dann war es weg und Cynthia berührte ihn erneut.

Schön, brummte sein Wolf.

Aber sie redete auch auf ihn ein, verdammt noch mal. Sie weigerte sich, ihn gehenzulassen.

„Cal, bleib bei mir.“

Konnte sie denn nicht sehen, dass es zu spät war?

„Komm schon, Mann…“, drängte jemand anderes. War das Dell?

Cal spürte, wie er stur wurde. Niemand sagte ihm, was er zu tun hatte, und schon gar nicht dieser dumme Löwe.

„Cal, bitte“, flehte Cynthia.

Die Tränen in ihrer Stimme taten ihm weh, aber es war doch sicher besser so. Sie konnte sich an all die guten Zeiten erinnern und nicht an die schlechten.

Höre auf sie, sagte eine tiefe, erdige Stimme. *Du brauchst nicht zu sterben, um würdig zu sein.*

Würden seine Rippen nicht so vor Schmerz schreien, hätte er vielleicht gelacht. War das etwa das Schicksal, das endlich auf seiner Seite stand?

Sie braucht dich.

„Bitte...", flehte Cynthia.

Etwas Warmes und Nasses tropfte auf sein Gesicht und er geriet in Panik, weil er dachte, es wäre Blut. War Cynthia verletzt? Aber es war kein Blut, nur Tränen. Ihre Tränen.

„Mein Liebster...", flüsterte sie.

Sein Herz schwoll auf etwa das Fünffache seiner üblichen Größe an. Gott, tat es gut, das zu hören. Was wahrscheinlich bedeutete, dass dieser Zeitpunkt der perfekte zum Sterben war. Er entspannte sich und ließ sich von dem warmen, hellen Licht wie von einem Laserstrahl anziehen.

Cynthia umklammerte seine Schulter und einen Moment später veränderte sich ihre Stimme.

„Nein. Nein. Wage es ja nicht."

Cal verkrampfte sich und der Laserstrahl hielt inne. Hatte Cynthia ihm tatsächlich einen Befehl gegeben?

„Ja, ich befehle es dir", schrie sie.

„Ähm, Cynth", murmelte der Löwe und versuchte, sie zu beruhigen.

Aber sie zerrte immer weiter an seiner Hand und beharrte. „Ich werde dir niemals verzeihen, wenn du jetzt stirbst." Cal runzelte die Stirn. Das war nicht fair. Helden sollten Helden sein, auch wenn sie starben.

Aber dann meldete sich Joey zu Wort, was es noch schwieriger machte, friedlich einzuschlafen.

„Du hast es versprochen", flüsterte der kleine Junge unter Tränen. „Du hast es versprochen."

Cal wollte sagen, dass er kein solches Versprechen gegeben hatte, aber verdammt. Er hatte es, nicht wahr, als Joey in angefleht hatte. *Versprichst du, dass du nicht weit weggehst?*

Ich verspreche es, hatte er geantwortet. *Und jetzt los!*

„Sieh mich an, Cal", befahl Cynthia und schloss ihre Hände um seine Wangen.

Das würde er nicht tun, denn er wusste, dass es dadurch nur noch schwieriger werden würde – für ihn und für sie. Aber dann meldete sich auch noch das Schicksal zu Wort, dieser Bastard.

Sieh sie an.

Also tat er es, obwohl sich seine Augenlider nicht rühren wollten. Zuerst sah er nur die Morgendämmerung und sie war spektakulär. Orange und rosafarbene Streifen, die über den Bergen aufblitzten. Der ganze Himmel bot ihm ein letztes Schauspiel. Dann konzentrierte er sich allmählich auf Cynthias Gesicht und das war sogar noch spektakulärer. Das dunkle, tiefe Schwarz ihrer Augen, die von Tränen nass waren und doch voller Feuer brannten.

Sie brennen mit Liebe, erkannte er.

Ein Kloß bildete sich in seiner Kehle. Wenn dies das letzte Mal war, dass er sie sehen würde... Nun, verdammt. Dieser Gedanke traf ihn viel härter als der Gedanke an eine letzte Morgendämmerung oder irgendetwas anderes.

„Verlass mich nicht. Bitte", flüsterte sie.

Dann küsste sie ihn – auf die Lippen und das vor allen anderen, oder zumindest vor allen, die anwesend waren. Joey, Dell und ein paar andere, von denen Cal spüren konnte, dass sie regungslos wurden. Nicht, dass er ihnen viel Aufmerksamkeit schenkte, denn dieser Kuss sandte kleine Energiestöße durch seinen Körper. Von ihrem Duft nach Rosen und Weiden wurde ihm ganz schwindelig. Er atmete tief ein und runzelte dann die Stirn. Ihr Duft hatte auch einen Hauch von Rauch, Asche und noch etwas anderem...

Dell. Cal riss die Augen in dem Moment auf, als er den Duft erkannte. Er war bereit, den Löwengestaltwandler in Stücke zu reißen. Dann blieb sein Blick an dem weißen Hemd haften, das über Cynthias Schultern hing, und er knurrte. Ein großes Oberhemd mit Knopfleiste das ihren Körper, wenn auch nur knapp, bedeckte.

Gerade als er die Kraft aufbringen wollte, sich aufzurütteln und Dell anzugreifen, traf ihn die Wahrheit wie ein Schlag und er sank zurück. Dell hatte sich nicht an Cynthia vergriffen. Er hatte ihr einfach nur ein Hemd gegeben, nachdem sie sich aus ihrer Drachenform zurückverwandelt hatte. Abgesehen von diesem Hemd war sie nämlich völlig nackt – es sei denn, Cal zählte die Perlenkette mit, die sie mit der Hand umklammerte.

„Wow." Er blinzelte gegen das helle Licht.

„Cynth...", flüsterte Dell verblüfft, als er es ebenfalls sah.

Die mittlere Perle strahlte so hell, als hätte jemand eine Glühbirne eingeschaltet. Das warme, elfenbeinfarbene Licht schien mit jedem Atemzug, den er tat, heller zu leuchten.

Cynthia schien es jedoch nicht zu bemerken. Sie sah ihm noch immer tief in die Augen und hielt ihre Hand fest an seiner Schulter. „Cal. Bleib bei mir. Bitte..."

Seine Augenlider schlossen sich wieder. Gott, war er müde. Er war von vielen Dingen erschöpft, aber vor allem davon, sich zu sträuben. Wenn Cynthia wollte, dass er lebte, dann würde er es vielleicht ein letztes Mal versuchen.

Also konzentrierte er sich auf das Glühen ihrer Perle anstatt auf das Licht, mit dem der Tod ihn zu sich rief. Auch wenn es schmerzte, saugte er mit jedem Atemzug ein wenig mehr Luft in seine Lunge. Und obwohl seine Augenlider wieder zufielen, hörte er auf Cynthia.

„Bleib bei mir..."

Seine Lippen kräuselten sich ein ganz klein wenig. War das alles nur ein Traum?

∞∞∞∞

Als Cal das nächste Mal die Augen öffnete, befand er sich in einem Haus und die Farben der Morgendämmerung strömten durch das Fenster. Oder war es vielleicht der Sonnenuntergang? Er war sich nicht sicher und es dauerte auch nicht lange, bis er wieder weggedriftet war ... und wieder und wieder. Er schwebte für Tage oder Stunden zwischen dem Bewusstsein und seiner Ohnmacht hin und her. Manchmal waren Menschen im Raum, die sich gegenseitig oder ihm etwas zuflüsterten. Manchmal waren es nur er und Cynthia, und das war das Beste. Es war so gut, dass er sich fragte, ob er schon wieder träumte.

Aber nein. Es war kein Traum. Im Traum waren Schmerzen stechend und furchterregend, während der Schmerz in seinem Körper gedämpft war, als hätte ein Elefant auf seiner Brust getanzt. Seine Rippen kreischten vor Qualen, aber am schlimmsten war es gewesen, als ein paar Jungs gekommen waren und ihn hochgehoben hatten. Seine Lunge stöhnte bei jedem Atemzug und jeder Schlag seines Herzens tat weh.

Andererseits war Cynthia da und das machte den Rest wieder wett. Sie berührte ihn. Küsste ihn. Flüsterte ihm zu und gab ihm so etwas, worauf er sich statt des Schmerzes konzentrieren konnte.

Wie auf die Zukunft. Ein gemeinsames Leben. All die Dinge, die er sich gewünscht hatte, und ein paar Dinge, an die er noch nie zuvor gedacht hatte. Wie das Geräusch langsam blätternder Seiten und die sanfte Stimme eines kleinen Jungen, der laut vorlas.

„Frosch hat Kröte aus dem Bett geschubst..."

Es war Joey, der auf der Kante des Bettes saß, in welchem Cal sich befand. Er las ihm von einem Frosch und einer Kröte vor, die Freunde waren.

„Dann sagte Frosch zu Kröte: ‚Abends werden wir hier auf der Veranda sitzen und die Sterne zählen...'"

Cal hatte keine Ahnung, was mit Frosch oder Kröte los war, aber es war irgendwie schön, zuzuhören und zu wissen, dass sich jemand um ihn sorgte.

Er driftete in diese Geschichte hinein und wieder hinaus – und in einen Haufen anderer, sowie ein paar weiterer Sonnenauf- und Sonnenuntergänge. Bis er eines Tages tatsächlich aufwachte. Nun, zumindest für ein paar Stunden am Stück. Stunden, die er mit Cynthia verbringen konnte, die seine Hand fest umklammerte, während sie ihm alles berichtete, was geschehen war – das Gute und das Schlechte. Über Moira und den Kampf an der Großen Insel. Darüber, wie sie zurückgekehrt war und ihn dem Tode nah vorgefunden hatte. Über Joey, der so mutig gewesen war...

Ihre Stimme versagte und er hielt sie für eine Weile fest. Dann setzte sie sich auf, putzte sich die Nase und begann, seine

Verletzungen aufzuzählen. Als sie von *gebrochenen Rippen* zu einer *kollabierten Lunge* überging, bat er sie, zu schweigen.

„Gut, dass wir Gestaltwandler schnell heilen."

Sie runzelte missbilligend die Stirn. Ja, er wusste, wie knapp es gewesen war. Aber jetzt, da das Schlimmste vorbei war, war er bereit, nach vorn zu schauen und nicht zurück.

„Geht es allen anderen gut?", fragte er und hielt den Atem an.

Wenn sich Cynthias Gesichtsausdruck verfinsterte, würde er wissen, dass einer ihrer Freunde im Kampf gestorben war. In einem so engen Rudel wie dem ihren gab es nichts Schrecklicheres als diese Art von Verlust.

Sie nickte schnell, Gott sei Dank. „Anjali und Nina haben die Kinder beschützt und die anderen haben dafür gesorgt, dass keiner der Angreifer in die Nähe kam. Silas und Kai haben die Drachen getötet, die gegen sie gekämpft haben, und du und Joey…"

Ihre Stimme brach erneut und Cals Herz wurde schwer. Ja, er und Joey hatten die drei Drachen getötet, die darauf gelauert hatten, einen Überraschungsangriff zu starten. Aber ein so junges Kind hätte in solche Gewalt nicht mit hineingezogen werden dürfen, auch wenn es ihn selbst zu einem Helden machte.

„Wie geht es ihm?", fragte Cal leise.

Cynthia klammerte ihre Hand fester an seine, aber ihre Augen strahlten. „Er konzentriert sich mehr auf das Wie als auf das Was, Gott sei Dank. Du hast ihn wirklich beeindruckt mit dieser Bastell… Ballis…"

„Balliste", sagte eine tiefe Stimme vom Türrahmen aus.

Cal blickte an Cynthia vorbei und entdeckte Silas, der am Türrahmen lehnte.

Aber Cal musste zweimal hinschauen. Silas war einer dieser blaublütigen, tadellos erzogenen Drachengestaltwandler – ganz ähnlich wie Cynthia. Ihre Art lehnte sich nicht lässig irgendwo an. Verdammt, sie lächelten auch nur selten. Meistens stürmten sie herum, waren gestresst und schnaubten Feuer. Aber dort stand Silas – und sah glücklicher und entspannter aus, als es je ein Drache gewesen war.

„Sie haben Joey dazu gebracht, meine Bibliothek nach Büchern über Römische Kriegsführung zu durchforsten, wissen Sie."

Cal musterte ihn und wartete auf mehr. Aber das schien alles zu sein. Und wow. Wenn dies das Schlimmste war, was der Drache ihm vorwerfen wollte, dann wäre es ihm recht.

Cynthia hingegen richtete sich auf und jaulte: „Römische Kriegsführung?"

Cal zuckte zusammen und machte sich darauf gefasst, dass sie ausflippen würde, weil Joey so etwas ausgesetzt war. Aber eine Sekunde später seufzte sie. „Vielleicht kann ich ihn mit etwas wie Aquädukten ablenken."

„Römische Kriegsführung. Daran hätte ich nie gedacht." Silas schaute Cal mit hochgezogenen Augenbrauen an. „Und wie genau ... haben Sie das gelernt?"

Cal zuckte mit den Schultern. „Sie sind nicht der einzige Drache mit einer umfangreichen Bibliothek."

Cynthias Kinnlade klappte auf. „Barnaby? Aber... Aber... "

Cal schluckte. Eines Tages würde er ihr die Geschichte erzählen, wie er und Barnaby die Dinge geklärt hatten. Aber für den Moment...

„Die Balliste war Barnabys Idee. Er hat mir ein paar Bücher geliehen, als mir bewusst wurde, dass es keine echte Option war, Drachen mit bloßen Zähnen zu töten."

Zu spät bemerkte Cal, dass er sich die Brandnarben an seinem Arm rieb. Er hörte abrupt auf, aber Cynthia – und Silas – hatten es bemerkt. Sie beide musterte ihn mit einem ganz neuen Glanz in den Augen. Ein Glanz, der auf Respekt, vielleicht sogar auf Ehrfurcht hindeutete. Cal zuckte mit den Schultern, aber innerlich glühte er. Ja, er hatte es mit seinem ersten Drachen tatsächlich in Wolfsgestalt aufgenommen und überlebt, um davon erzählen zu können. Aber nein, er wollte jetzt nicht darüber reden.

Zum Glück kam Joey in diesem Moment herein und wedelte mit einem Buch herum. „Ich habe es gefunden! Ich habe es gefunden!"

Er eilte hinüber, ließ sich neben Cal aufs Bett plumpsen und begann in dem Buch zu blättern. „Irgendwo hier…"

Cal erstarrte und schaute sich aus dem Augenwinkel heraus um. Joey schien mit einem Mann im Bett seiner Mutter kein Problem zu haben und auch Silas zuckte nicht mit der Wimper. Selbst Cynthia schien es nicht zu stören, dass ihr Sohn sich an Cal kuschelte.

Seine Lunge schmerzte immer noch, aber Cal atmete trotzdem tief ein und fragte sich, was Barnaby wohl dazu sagen würde. Aber als er sich den älteren Drachen vorstellte, stand der Mann in seinem Arbeitszimmer, hielt ein Glas Brandy in der Hand und war nicht im Geringsten verärgert.

Cynthia liebt dich. Sie wird dich immer lieben, flüsterte Barnabys Stimme in seinem Kopf. *Und was Joey betrifft…* Er stieß einen tiefen traurigen Seufzer aus und Cal spürte den endlosen Kummer. *Ich kann nicht länger für ihn da sein. Aber du kannst es. Du musst es.*

Joey sprach und zeigte auf etwas, aber Cals Blick wanderte zu dem Stück Himmel draußen vor der Balkontür.

Barnaby, wollte er antworten und sagen. *Du bist ein stärkerer und ehrenvollerer Mann, als ich es dir zugetraut habe.*

Der Barnaby in seinen Gedanken – ein Geist? Eine Erinnerung? – lächelte und nippte an seinem Brandy, dann hielt er ihn hoch, um ihm zuzuprosten. *Nun, du weißt ja, wie Drachen sind. Edel zu sein, ist alles.*

Cal schüttelte den Kopf. *Nicht für alle Drachen. Nur für manche.*

Dann senkte er den Kopf und dachte noch ein oder zwei Minuten über Barnaby nach. Eines Tages würde er sich einen Brandy besorgen und auf den Mann trinken müssen. Aber im Moment…

Er lenkte seine Aufmerksamkeit wieder auf das Hier und Jetzt zurück. Auf Cynthia, die sich an ihn kuschelte, als würde sie ihn nie wieder loslassen wollen. Auf Joey, der mit der Idee einverstanden zu sein schien, einen Ersatzvater in seinem Leben zu haben. Auf Silas, der ihn mit kühler, ruhiger Akzeptanz betrachtete.

Er schloss die Augen. Mit Verletzungen wusste er umzugehen. Mit großen Glücksfällen hingegen nicht so sehr.

Glück hat damit nichts zu tun, flüsterte Cynthia in seinen Gedanken. Sie schlang einen Arm um seine Schulter und setzte sich aufrechter und stolzer hin. Stolz auf *ihn.*

Cal blies seine Wangen ein wenig auf und erlaubte sich, ebenfalls ein wenig Stolz zu empfinden.

„Oh, schau mal", rief Joey und zeigte auf ein Bild. „Eine Balliste auf Rädern. Cool!"

„*Karrenballiste*", murmelte Silas.

Cal rollte mit den Augen. Hatte jedes Blaublut so etwas in der Drachenschule gelernt?

„Kannst du mir helfen, eine zu bauen?", bettelte Joey.

Cal riss die Hände hoch und zuckte bei der Bewegung zusammen. „Vielleicht eines Tages."

Cynthia protestierte nicht, das musste man ihr lassen. Sie half ihm nur, sich wieder in die Kissen zurückzulehnen und strich die Bettlaken glatt. „Ich glaube, Cal braucht jetzt etwas Ruhe, Joey."

Cal wollte protestieren, dass er so etwas bestimmt nicht brauchte, aber... Nun, vielleicht brauchte er sie doch.

Silas streckte Joey eine Hand entgegen. „Connor meinte, ich solle dir sagen, dass er jetzt bereit für weitere Flugstunden sei."

Joey riss die Augen weit auf und stürmte hinaus, nachdem er Cynthia kurz umarmt hatte. „Tschüss, Mommy! Ich muss los."

Cal riss die Augenbrauen hoch. *Flugstunden?* hauchte er.

Cynthia seufzte. „Nur mit einem Flugdrachen, Gott sei Dank. Aber eines Tages... "

Die Treppe knarrte, als Silas und Joey hinuntergingen und sie allein zurückließen.

„Eines Tages?" Cal versuchte – und scheiterte –, einen lässigen Ton anzuschlagen. „Glaubst du, du wirst mich solange in deiner Nähe behalten?"

Cynthia schlang ihre Arme um ihn. „Ich lasse dich nie wieder gehen, Wolf." Sie schniefte und ihre Umarmung war so fest, dass es wehtat, aber es machte ihm nichts aus. Dann zog sie sich abrupt zurück und sah ihn plötzlich besorgt an. „Das heißt, wenn es für dich in Ordnung ist.“

„Ich werde dich auch nie wieder gehen lassen, gnädige Frau.“

Ihr Lächeln war wie Sonnenschein, der zwischen zwei Wolken hervorstrahlte und eine kleine Spur von Neckerei schlich sich erneut in ihre Stimme. „Ach nicht? Glaubst du, du kannst mit einer gestressten Drachendame als Gefährtin umgehen?“

Er lachte. „Ich weiß, dass ich es kann.“

Ihr Ausdruck wurde ernster. „Und mit Joey? Und einem ganzen Rudel nervtötender Gestaltwandler?“

„Nervtötend? Du weißt selbst, dass du sie liebst.“

Cynthia biss sich auf die Lippe und nickte dann. „Das tue ich. Nicht so, wie ich dich liebe“, beeilte sie sich, hinzuzufügen. „Aber ja. Ich liebe sie. Sie sind wie eine Familie für mich. Ich fühle mich ihnen näher als der Familie, in die ich hineingeboren wurde.“

Er verkniff sich, darauf hinzuweisen, dass dies angesichts der Tatsache, dass Moira ihre Cousine gewesen war, nicht sehr schwer sein sollte. Aber ja. Er verstand es.

Cynthia beugte sich zu einer weiteren Umarmung hinunter. Eine schöne enge Umarmung, bei der sie ihr Gesicht an sein Ohr schmiegte und ihre Arme leicht auf seinen Schultern ruhen ließ. Ihr Körper war an all den richtigen Stellen warm und weich.

Sein innerer Wolf fing an, zu brummen, und brachte ihn auf alle möglichen schlechten Ideen.

Mit jedem tiefen Atemzug drückten sich ihre Brüste fester gegen seine Brust und langsam wurde sich Cal auch noch anderer Körperteile bewusst. Er schlang seine Arme um ihre Taille, drehte seinen Kopf ganz leicht und führte seine Lippen an ihren Hals.

„Mmm.“ Sie seufzte und machte ihm mehr Platz.

Ein kleiner Ruck genügte, um sie näher an sich heranzuziehen. Cal ließ seine Hände höherwandern und neckte die untere Kante ihrer Brüste. Ihr Atem wurde genau wie seiner heftiger. Dieses Mal lag es jedoch nicht am Schmerz, sondern am Ansturm von Wärme und Verlangen.

Er wollte sie gerade über sich ziehen, als sie blinzelte und sich zurückzog. „Mein Gott. Es tut mir so leid. Du musst dich ausruhen."

Er zog sich zurück. „Ich brauche meine Gefährtin."

„Aber… Aber…" Ihre Proteste verwandelten sich in leises Stöhnen, als er eine Hand über ihren Hintern und die andere über ihre Brust gleiten ließ.

„Aber?", forderte er sie heraus.

Sie fing an, über seinen Unterleib zu reiben. „Ich habe schon vergessen, was ich sagen wollte. Oh…" Sie neigte den Kopf zurück und öffnete ihre Lippen, um sich seiner Berührung hinzugeben.

Er küsste ihr Schlüsselbein und öffnete die Knöpfe ihrer Bluse. „Zu viele Klamotten."

Sie half ihm mit der Bluse und ihrer kurzen Hose und zog dann mit einem verruchten Grinsen die Bettdecke beiseite. „Und wie ich sehe, bist du praktischerweise schon nackt."

Er grinste. „Ich glaube, das war alles Teil deines teuflischen Plans. Ich bin unschuldig, ich schwöre es."

Sie lachte unverhohlen. „In deinem Körper gibt es keinen einzigen unschuldigen Knochen, Wolf. Wenn da nicht diese Verletzungen wären…"

„Wo ein Wille ist, ist auch ein Weg. Siehst du?" Er zog sie wieder auf sich, so dass sie mit gespreizten Beinen über ihm saß. In dem Moment, als ihre weiche Weiblichkeit gegen seinen Schwanz drückte, zuckte er zusammen. Das löste alle möglichen Schmerzen aus, aber was machte das schon, wenn er mit seiner Gefährtin zusammen sein konnte?

„Bist du dir sicher, dass du nicht warten willst?", flüsterte sie und lehnte sich leicht zurück.

Er schüttelte den Kopf. Er hatte zwölf lange Jahre gewartet. Genug war genug.

„Kein Warten mehr, meine Gefährtin."

Ihre Augen glühten und er konnte die Bilder sehen, die ihr durch den Kopf schossen. Darin keuchte sie und wiegte sich über ihm. Sie knabberte an seinem Hals, während er aus seiner halbsitzenden Position in sie stieß. Sie biss tief zu und dann…

Sein Atem stockte, als ihm klar wurde, was sie vorhatte. Der Paarungsbiss. Er hatte jahrelang davon geträumt, sie mit seinem Biss selbst zu markieren, und es war nicht das erste Mal, dass er sie bei dem Gedanken ertappte, ihn ebenfalls für sich einzufordern. Normalerweise war es der männliche Gestaltwandler, der zuerst biss, aber in Anbetracht der Umstände...

Er packe ihre Hüfte fester und lehnte sich zurück. Als er antwortete, war seine Stimme rau vor Verlangen.

„Mir gefällt dieser Plan."

„Das tut er tatsächlich, nicht wahr?" Sie bewegte sich auf seinem Schoß und brachte ihre Körper in Position.

In dem Moment, als sein Schwanz genau die richtige Stelle traf, zischte sie. Mit einem entschlossenen Blick, wie Cal ihn von Cynthia noch nie zuvor gesehen hatte, drückte sie sich nach unten und nahm ihn tief in sich auf.

Cal atmete ein und genoss das süße Brennen. Dann stieß er in sie und zog an ihrer Hüfte, um sie zum Weitermachen anzuregen. Cynthias Augen wurden ganz glasig, als sie sich auf ihm zu bewegen begann. Ihr langes, seidiges Haar glitt über ihre nackten Schultern und ihre Brüste wippten. Cal dachte an all den Spaß, den er mit seiner Gefährtin haben würde, wenn er wieder ganz gesund war.

Wir müssen sie erst zu unserer Gefährtin machen, erwiderte sein Wolf. *So richtig. Für immer.*

Cal biss die Zähne zusammen und drang tief in ihre nasse, enge Weiblichkeit ein.

Cynthia, heulte sein Wolf verträumt.

Die einzige Frau, die er je geliebt hatte. Die einzige Frau, die er je lieben würde, selbst wenn er bis in alle Ewigkeit lebte.

„Oh... ", schrie sie auf.

Er stieß härter und hielt ihre Hüfte fest an seine gedrückt.

„Ja... "

Sie hatte den Kopf nach hinten geneigt und der Puls schlug in ihrem Nacken, was ihn in Versuchung führte. Doch einen Moment später beugte sie sich nach vorn und küsste ihn heftig auf den Mund. So intensiv und vor Verlangen wimmernd. Mit einer Hand neigte sie seinen Kopf zur Seite, beugte sich hinunter und...

Cals Puls beschleunigte sich, als ihre Zähne über seine Haut kratzten. Himmel, fühlte sich das gut an.

Sie bewegte sich ein wenig zu weit nach links und dann wieder zurück, um die richtige Stelle zum Beißen zu finden.

„Genau dort", stöhnte er instinktiv, als sie die Furche neben seinem Adamsapfel anpeilte. „Genau dort."

Genau jetzt, stöhnte sie in seine Gedanken und zuckte heftig mit der Hüfte.

Drei weitere Stöße waren alles, was er brauchte, um in ihr zu explodieren und mit einem gedämpften Stöhnen zum Höhepunkt zu kommen. Ein Stöhnen, das durch das scharfe Bohren von zwei Spitzen in das Fleisch seines Halses unterbrochen wurde. Sein Verstand wurde durch das schiere Hochgefühl geblendet und als sie ausatmete...

Er heulte tief und heftig auf. Ein Heulen der Ekstase angesichts der Hitze, die durch seine Adern schoss. Drachenfeuer war etwas, das man vermeiden musste – zumindest war es das in den letzten zehn Jahren seines Lebens gewesen. Und jetzt raste ein kleiner Funke davon durch seinen Körper und markierte jeden Zentimeter von ihm als den ihren. Und Mann, war das gut. Unglaublich. Jenseits seiner wildesten, schmutzigsten Träume.

Meiner, schrie Cynthia, als ihr Körper zuckte. *Du gehörst mir.*

Cal hatte keine Ahnung, wie lange sie an diesem Biss festhielt. Irgendwann ließ sie ihn langsam los, wobei sie die Bisswunden mit ihren Lippen versiegelte und sicherstellte, dass sie heilten, bevor ein winziger Tropfen Blut austreten konnte. Dann sackte sie völlig erschöpft auf ihm zusammen. Cal lehnte sich zurück, hielt sie an seinem Körper fest und murmelte zusammenhanglose Sachen. Seine menschliche und seine wölfische Seite versuchten beide gleichzeitig auszudrücken, wie gut er sich fühlte, aber alles, was dabei herauskam, war ein Gemurmel aus tierischen und menschlichen Lauten.

Eine Träne glitt aus Cynthias Auge, dann noch eine, und obwohl sie sie wegwischte, wollten sie einfach nicht aufhören.

Cal rieb ihre Körper mit dem Laken ab und schob sie sanft zur Seite, bis sie neben ihm lag und sich eng an ihn schmiegte.

„Ich weiß genau, wie du dich fühlst", flüsterte er und ließ sie sich ausweinen.

Es gab Dinge, die musste man einfach rauslassen. Wie den Kummer über eine lange, schwierige Vergangenheit und die Freude über eine sonnige Zukunft.

Er küsste ihre Schulter und konzentrierte sich auf den Teil mit der Zukunft. „Glaub mir, ich weiß genau, wie du dich fühlst."

Kapitel 20

„Bist du dir sicher, dass du bereit bist?", fragte Cynthia.

Ihr Drache summte, als Cal in eine Dampfwolke und ein Handtuch gehüllt aus der Dusche trat. Gott, war der Mann durchtrainiert. Auf diese *verwegene kriegerische* Art attraktiv. Und wer konnte es ihm vorwerfen? Das letzte Jahrzehnt war für sie beide die Hölle gewesen und die letzten sechs Tage eine Achterbahn der Gefühle.

War es wirklich vorbei? Ging es ihm tatsächlich gut?

„Es geht mir gut", versicherte er ihr zum zwanzigsten Mal.

Er rieb sich mit einem zweiten Handtuch über die Brust und sie konnte den Blick nicht abwenden. Jeder Muskel – und jede Narbe – an seinem Körper erzählte die Geschichte seiner unerschütterlichen Hingabe. Würde sie ihm jemals zurückgeben können, was er getan hatte?

„Ja, das kannst du." Er reichte ihr das Handtuch.

Sie blinzelte und zuckte dann zusammen. Hoppla. Sie würde vorsichtiger sein müssen, um ihre Gedanken vor ihrem Gefährten zu verbergen.

„Kannst du mir bitte den Rücken abtrocknen? Ich bin noch ein bisschen zu steif, um ranzukommen."

„Als ob das alles wettmachen würde."

Er küsste ihre Fingerknöchel. „Jetzt zählen nur noch die Gegenwart und die Zukunft. Die Vergangenheit liegt hinter uns."

Er drehte sich um, bevor sie antworten konnte, und sie rieb sanft über seine Haut und bewunderte jeden Zentimeter ihres Gefährten. Sie hatte ihn beinahe das zweite Mal fast verloren und wurde die Angst nicht ganz los, dass das Schicksal daherkommen könnte und...

Cal drehte sich um und warf ihr einen strengen Blick zu. „Jetzt sprich mir nach. Das ganze Leben ist ein einziges großes Vielleicht... “

Sie verzog das Gesicht. „Und das soll ein Trost sein?“

Er fuhr fort, ohne zu zögern. „... aber wenn du daran glaubst, wird alles gut werden.“

Sie umarmte ihn. Wahrscheinlich zu fest, aber es schien Cal nicht zu stören. Eine Minute später löste er sich sanft von ihr.

„Glaube mir, ich würde das hier gerne fortsetzen, aber wir haben ein Treffen, das wir hinter uns bringen müssen.“

Sie holte tief Luft. Richtig, das Treffen. Der einzige Grund, warum Cal sich überhaupt aus dem Bett geschleppt hatte.

„Es kann auch noch einen Tag warten, weißt du.“

„Ich bin bereit. Nun, bereit genug. Aber ich hätte nichts dagegen, wenn du mir mit meinen Klamotten hilfst.“

Sie half ihm in sein Hemd und in die Hose, strich dann ihr weißes Kleid mit den Händen glatt und betrachtete sich im Ganzkörperspiegel. Cal umarmte sie von hinten.

„Wow. Schau dich einmal an“, hauchte er ihr ins Ohr.

Sie lächelte so breit, dass ihre Wangen schmerzten. „Schau uns einmal an.“

Sie verzichtete darauf, *Schau dich einmal an* zu sagen, weil ihn das verlegen machen könnte. Aber wow. Der Mann sah in seinem knackigen weißen Hemd und der schwarzen Hose einfach umwerfend aus. In Wahrheit roch er auch umwerfend, weil sich der anhaltende Duft seines Rasierwassers mit seinem natürlichen Hauch Sandelholzduft vermischte.

Er spitzte die Lippen. „Ich weiß nicht, ob ich mich daran gewöhnen kann, so... respektabel auszusehen.“

Sie lachte. „Vielleicht nur hin und wieder. Dein Motorrad steht immer noch in der Scheune, weißt du, und deine Jeans liegt dort drüben.“ Es gab keinen Grund, irgendetwas an ihrem Gefährten zu ändern. Sie liebte ihn genauso, wie er war.

Er grinste. „Warte nur ab. Wenn das Treffen vorbei ist, nehme ich dich vielleicht auf eine Spritztour mit.“

Es war lächerlich, wie sehr dieser Gedanke sie reizte. Als wäre sie wieder zwanzig und er ein gut aussehender, geheimnisvoller Fremder, der sie zum ersten Mal um eine Verabredung bat.

„Versprochen?"

„Versprochen." Sein tiefes gleichmäßiges Grollen deutete auf Versprechen hin, die sehr weit über eine Spritztour hinausgingen.

Ich verspreche dir alles, flüsterte sein Wolf. *Ein ganzes Leben lang.*

Sie lehnte ihren Kopf kurz an seinen, wandte sich dann der Tür zu und holte tief Luft. „Bereit?"

Cal nickte entschieden. „Bereit."

Er sah so kämpferisch, entschieden und zuversichtlich aus. Dennoch deutete sein fester Griff auf die nötige Entschlossenheit hin, die dies erforderte. Schließlich würde er nun ihrem gesamten Rudel gegenübertreten – einer Gruppe von äußerst beschützenden Alphamännern. Es wäre wie das Treffen mit einem zukünftigen Schwiegervater – hoch fünf.

Sie spielte nervös an ihrer Perlenkette und führte ihn die Treppe hinunter.

„Moment mal." Auf der Veranda hielt sie kurz inne. Warum war der Tisch nicht gedeckt? Wo waren denn alle?

Ein Topfdeckel klapperte in der Küche, wo Dell auf Hochtouren kochte, während Chase und Joey umherwuselten und Teller und Schüsseln zusammentrugen.

„Hallo Mommy!", rief Joey. „Hallo Cal."

Cynthia lächelte. „Hallo, mein Schatz."

Cal zerzauste das Haar ihres Sohnes. „Hallöchen, Joey."

„Ah, da sind Sie ja. Endlich." Dell machte eine Show daraus, mit den Augen zu rollen. „Nehmen Sie die mit, ja?"

Cynthia nahm das Tablett, auf das er zeigte. „Wo sind denn alle?"

„Sie warten."

Sie schaute sich um.

Dell stieß einen übertriebenen Seufzer aus. „Folgen Sie einfach Joey. Sie werden schon sehen."

„Weißt du, für wie viele Leute ich den Tisch decken musste?", fragte Joey, während er, sie und Cal die Treppe hinunter und über den Rasen, der zur Scheune führte, gingen.

Cynthia warf Cal einen Blick zu und dann auf die Scheune. Warum in aller Welt ging Joey dorthin?

„Für wie viele, mein Schatz?“

Er bog um die Ecke der Scheune und rief fröhlich: „Vierundzwanzig Plätze. Ein neuer Rekord.“

Als Cynthia entdeckte, was er meinte, klappte ihre Kinnlade hinunter und sie blieb plötzlich stehen. Cal stieß fast mit ihr zusammen, aber Chase machte einen Bogen um sie und trat durch das weit geöffnete Scheunentor, als ob nichts Außergewöhnliches vor sich ginge.

„Oh, hallo, Cynthia!“ Anjali hob den Arm ihrer kleinen Tochter und winkte. „Sag Hallo, Quinn.“

„Hi“, flüsterte Cynthia und starrte noch immer.

„Ist es Weihnachten oder so?“, murmelte Cal in ihr Ohr.

Cynthia hätte schwören können, dass der Dezember noch Monate entfernt war, aber es sah wirklich festlich aus. Das Innere der Scheune war mit Lichterketten geschmückt und auf der langen Reihe der darin aufgestellten Tische, standen dampfende Schüsseln – so viele, dass sie kaum den bunten hawaiianischen Aufdruck der Tischdecken darunter erkennen konnte.

„Nein, nicht Weihnachten. Aber es ist ein besonderer Anlass.“ Anjalis Augen tanzten, als sie die beiden ansah.

„Das ist es in der Tat.“ Silas kam mit einem Sektglas in der Hand auf sie zu. Er küsste Cynthia auf beide Wangen und schüttelte dann Cals Hand. „Schön, Sie zu sehen.“

„Schön, Sie zu sehen“, schaffte es Cynthia zu erwidern. Sie war immer noch fassungslos.

Alle waren da – buchstäblich alle. Die ganze Bande von der Koakea Plantage und außerdem ihre Nachbarn von Koa Point – die Drachen, Wölfe, Tiger, Löwen und Bärengestaltwandler, die ihre engsten Freunde waren. Und alle grinsten wie blöd.

Sie klammerte sich an Cals Hand. Diese Freunde lächelten sie nicht nur an. Sie freuten sich für sie und feierten das Happy End, von dem sie nie gedacht hatte, dass sie es bekommen würde.

„Kommen Sie schon, Cynth.“ Dell kam von hinten mit einem Korb dampfender Kokosnussmilchbrötchen daher. „Stehen Sie nicht nur so da.“

„Was soll ich denn tun, Mr. O'Roarke?"

Er stellte die Brötchen ab und drehte sich mit einem Grinsen zu ihr um. „Sie sollten sich erst einmal von mir beglückwünschen lassen. Sie beide. Und zweitens sollten wir endlich diese steife Förmlichkeit bleiben lassen und uns alle offiziell duzen."

Cynthia starrte ihn sprachlos an, als Dell Cals Hand schüttelte und dann nach ihrer griff, um dasselbe zu tun. Dann murmelte er: „Ach zur Hölle" und umarmte sie stattdessen. Eine kurze, geschwisterliche Umarmung, die *Hey, du hast es geschafft* vermittelte und sie völlig unvorbereitet traf. Dann trat er zur Seite und zwinkerte ihr zu. „Außerdem solltet ihr euch setzen, damit wir endlich essen können."

„Nun, Dell, ich vermute, *du* hast recht", erwiderte Cynthia noch immer völlig überwältigt, „es ist längst überfällig, uns zu duzen, wir alle." Sie schaute in die strahlenden, nickenden Gesichter ihrer Rudelkameraden.

„Ich denke, ich spreche für uns alle, wenn ich sage, das wir uns freuen", antwortete Connor für alle und signalisierte ihnen Platz zu nehmen.

Es kostete Cynthia alles, was sie hatte, die Tränen zu unterdrücken, die ihr in die Augen stiegen. Joey führte sie zum Stuhl am Kopfende der langen Tafel und alle setzten sich an ihre Plätze.

Tim versteckte ein Humpeln, wie sie sah, und Jenna hatte eine Brandnarbe am Arm. Silas' rechte Schulter sah steif aus und Anjali umklammerte Quinn fester denn je. Cynthia hätte weinen können. In der letzten Woche hatte sie nur an Cal gedacht. Aber auch die anderen hatten ihre eigenen Wunden gepflegt. Sie wollte sich gar nicht vorstellen, wie die Kämpfe am Boden ausgesehen hatten. Zusätzlich zu den angreifenden Drachen hatte Moira über zwanzig weitere Söldner geschickt, um die Plantage anzugreifen. Das Gelände war von mehreren langen verkohlten Linien gezeichnet, wo Drachenfeuer die Erde versengt hatte, und der Boden war an unzähligen Stellen aufgewühlt, wo der hitzige Gestaltwandlerkampf ausgebrochen war.

Aber sie waren alle heil davongekommen, Gott sei Dank. Sie waren müde, aber glücklich. Und auch hoffnungsvoll. So wie Tessa, die zum ersten Mal ihren wachsenden Babybauch zeigte, und Kai, ihr Gefährte, der nicht aufhörte, um sie herumzuwuseln. Keiki, die Katze von nebenan, schmiegte sich zwischen Silas' Beinen umher und schnurrte laut. Fast so, als würde sie versprechen, dass Tessas Baby nur eines von vielen Wundern war, die die Zukunft bereithielt.

Cynthia setzte sich langsam und nahm alles in sich auf. Cal saß zu ihrer Linken und Joey zu ihrer Rechten. Daneben Dell, Anjali, Silas… Nun, einfach alle. Die Tafel schien endlos zu sein und der Duft von Jasmin und Zitronengras stieg von dem Festmahl auf, das die Tischoberfläche krümmte. Die Tore an beiden Enden der Scheune waren weit geöffnet und boten einen Blick auf die majestätische Landschaft von Maui. Die Partylichter, die von den Dachsparren der Scheune herabhingen, passten zum feurigen Sonnenuntergang, der sich draußen am Himmel abzeichnete.

„Das ist wundervoll", sagte sie und hatte Mühe, ihre Gefühle in Worte zu fassen.

„Das ist es wirklich." Dell grinste auf die Mahlzeit, die er zubereitet hatte.

„Perfekt." Hailey starrte auf die Kerzen, die sie und die anderen Frauen aufgestellt hatten – zumindest war dies Cynthias Vermutung.

„Hinreißend", murmelte Cal und starrte Cynthia an.

Sie biss sich auf die Lippe. Trotz all der Zeiten, in denen das Leben hoffnungslos oder deprimierend erschien, gab es auch Zeitpunkte, in denen die pure Schönheit alles einhüllte. Gerade jetzt könnte sie Dutzende – nein, Hunderte – von Dingen finden, die es zu feiern gab.

Connor schaute Cynthia an. „Erst essen, dann reden?"

Sie nickte. In Anbetracht der Tatsache, dass sie kaum zwei Worte aneinanderreihen konnte, wäre dies wohl das Beste.

Dell fing an, Schüsseln und Platten herumzureichen, und schon bald war die Scheune von Geplauder, Gelächter und dem leisen Klirren von Silberbesteck durchdrungen. Der mit Ananas glasierte Schmorschinken war so köstlich, dass Cynthia ihre

Gabel sauber leckte. Die warmen, mit Macadamiabutter bestrichenen Brötchen waren sündhaft gut, ebenso wie der grüne *Kula*-Salat, die Knoblauchgarnelen und all die anderen Gerichte. Dell hatte alle Register gezogen und Tessa hatte ihre besten Rezepte von Koa Point mitgebracht. So gut das alles auch schmeckte, Cynthia verbrachte die meiste Zeit des Essens damit, sich umzusehen. Vor nicht allzu langer Zeit waren die meisten dieser Männer und Frauen noch vollkommene Fremde gewesen. Jetzt waren sie enge Freunde geworden.

Mehr als Freunde, entschied ihr Drache. *Familie*.

Ihre Mutter hätte gespottet, denn Silas war der Einzige, der von einem edlen Drachengeschlecht abstammte. Die meisten anderen stammten aus einfachen oder sogar benachteiligten Verhältnissen. Einige von ihnen waren noch nicht einmal reinrassige Gestaltwandler, sondern „nur" Menschen, die durch ihre Partner zu Gestaltwandlern geworden waren. Außerdem gab es so viele verschiedene Arten – Bären, Wölfe, Löwen, Drachen und Tiger, dass sie sich kaum eine zusammengewürfeltere Gruppe vorstellen konnte. Aber da waren sie nun, aßen und lachten zusammen. Sie lebten als eine Gemeinschaft und passten alle aufeinander auf.

Einen Moment lang wünschte sie sich eine Kamera, aber dann verwarf sie den Gedanken wieder. Es gab kein Objektiv, das diesen Moment einfangen könnte, geschweige denn ihre Gefühle.

„Möchte jemand Nachtisch?", rief Dell.

Ein Dutzend Hände schossen in die Höhe, aber Connor schüttelte den Kopf und schaute Cynthia an. „Wie wäre es, wenn wir uns das für etwas später aufheben?"

Sie holte tief Luft und nickte. Die Teller und Platten waren bereits abgeräumt und die meisten Gläser ausgetrunken. Es war also ein guter Zeitpunkt, um das Unvermeidliche zu besprechen.

„Also", begann Connor langsam und verstummte dann, als er zwischen Cynthia und Cal hin und her blickte.

Sie räusperte sich und ergriff auf seinen Hinweis hin das Wort. „Es gibt ein paar Dinge, die wir besprechen sollten."

Alle schauten sich schweigend an und gaben ihr Zeit, die richtigen Worte zu finden.

„Es gibt ein paar Dinge, die ich euch erzählen wollte", sagte sie schließlich. „Angefangen mit meinem Namen, schätze ich."

„Ich wusste es", rief Dell laut. „Dein richtiger Name ist Esmeralda!"

Alle lachten bis auf Anjali, die ihm spielerisch auf den Arm schlug.

Cynthia lachte ebenfalls. Auf Dell war immer Verlass, die Dinge aufzulockern. „Nein, ich meine den Brown-Teil. Mein richtiger Familienname ist Baird. Cynthia Baird."

Offiziell hieß sie Cynthia Berwyn Elizabeth Victoria Rhydderick Baird Brenner, aber diesen Zungenbrecher brauchte niemand zu hören.

Alle schauten verblüfft – alle außer Dell, Cal und Silas, die es schon gewusst hatten.

„Baird, wie *die* Bairds?", fragte Connor.

Sie nickte langsam. „Ja, diese Bairds." Dann holte sie tief Luft. „Solange ich mich erinnern kann, hat mir meine Familie stets beigebracht, dass wir aufgrund unserer Blutlinie etwas Besonderes sind. Wegen unseres Reichtums. Unserer Traditionen. Nicht wegen unserer Leistungen, unserer Tapferkeit oder unserer Loyalität." Sie schaute Connor an und sah sich dann am Tisch um. „Aber ihr habt mich gelehrt, wie falsch sie damit lagen. Stolz sollte man auf seine eigenen Leistungen sein, nicht auf die Taten seiner Vorväter. Ihr habt mich gelehrt, dass es keine Rolle spielt, wo oder wie ein Held geboren wird. Was zählt, ist das Herz. Wie sehr man sich anstrengt. Die Aufopferung." Sie schaute Cal an, bis sie den Tränen nah war. Dann wandte sie sich an Joey und machte einen kleinen Scherz. „Wir werden ein paar unserer Unterrichtsstunden umgestalten müssen, mein Schatz."

„Keine Rechtschreibung mehr?" Joeys Stimme erhob sich voller Hoffnung.

Alle lachten und Cynthia wühlte durch sein wunderschönes rotes Haar. „Ich meine Geschichte."

„Aber ich mag Geschichte. Es gibt Ballisten und andere coole Sachen."

Noch mehr Kichern ertönte, obwohl Boone, der Wolfsgestaltwandler von Koa Point und Vater von Zwillingen, nachdenklich aussah, als er den auf seiner Schulter schlafenden Säugling tätschelte. „Ich hätte nie daran gedacht, in menschlicher Gestalt gegen einen Drachen zu kämpfen, das muss ich zugeben."

Chase, einer der anderen Wölfe, nickte.

Cal streckte seine Hände hoch. „Die Idee kann ich nicht für mich beanspruchen."

Connor schnaubte. „Nein, nur die Exekution. Kein Wortspiel beabsichtigt."

Cynthia schluckte den Kloß in ihrem Hals hinunter und dachte an Barnaby.

„In der Tat können Helden von überall her kommen." Silas hob sein Glas in Richtung Joey. „Und es gibt sie in allen Größen. Und unter allen Arten." Er nickte Cal zu. „Und gelegentlich sogar aus den alten Blutlinien." Er schwenkte sein Glas in Cynthias Richtung herum und deutete dann mit einer Bewegung um den Tisch auf sie alle. „Auf unsere Helden, egal aus welcher Familie sie stammen."

Sie alle stießen mit den Gläsern an und Cynthia konnte nicht aufhören, die versammelten Leute zu betrachten. Jeder ihrer Gestaltwandlerfreunde hatte in der Vergangenheit skrupellose Feinde besiegt. Aber jetzt hatten sie zusammengearbeitet, um den größten Feind von allen niederzustrecken.

„Hey, sie glüht wieder." Cal deutete auf ihre Halskette.

Seine Stimme war nur ein Flüstern, aber alle wurden still und starrten auf ihre Perle.

Kapitel 21

Cynthia konnte ihre Perlen nicht sehen, aber sie konnte sie spüren – oder besser gesagt, die Perle in der Mitte. Mit einer geübten Bewegung strich sie sich das Haar zur Seite, öffnete den Verschluss und hielt die Kette in den Händen.

„Meine strahlt zurück", flüsterte Anjali und hielt ihr die einzelne Perle hin, die an der Kette hing, die sie um den Hals trug.

„Meine auch", fügte Jenna hinzu.

Sophie und Hailey taten es ihnen gleich und zeigten jeweils eine Perle in einer anderen Farbe.

„Also gut, Cynth." Dell warf seine Hände in gespielter Verzweiflung hoch. „Was für Überraschungen hast du sonst noch für uns?"

„Glaube mir, das war auch für mich eine Überraschung."

„Eine der Perlen des Verlangens?", fragte Silas leise.

Sie schluckte und berührte die mittlere Perle. „Das hätte ich nie vermutet. Aber ja, ich glaube, es ist eine."

„Das muss es sein. Schaut doch mal." Jenna zeigte auf die Mitte. Jede Perle strahlte, als würde sie von innen heraus leuchten und schwache Lichtstrahlen kreuzten sich über dem Tisch und verbanden die Perlen miteinander.

„Eine Perle des was?" Cal starrte.

„Eine der Perlen des Verlangens", erklärte Anjali. „Ich kann gar nicht glauben, dass du die letzte Perle die ganze Zeit über hattest."

„Ich kann es auch nicht glauben", versicherte Cynthia ihr. „Und das hat sie auch noch nie gemacht."

„Ich habe meine schon oft gespürt, aber sie hat mir noch nie so viel Kraft verliehen wie dieses Mal." Jenna berührte ihre Perle. „Als hätte sie gewusst, dass alles auf dem Spiel stand."

Hailey nickte mit düsterem Blick ebenso wie die anderen Frauen. Cynthia atmete tief ein und dachte daran, wie knapp alles gewesen war. Ohne die Macht der Perle hätte sie Moiras Wächter niemals so lange aufhalten können. Sie hielt sie höher, fasziniert von den sich kreuzenden Lichtstrahlen, die ihre Perle mit denen der anderen verbanden. Noch nie hatte sie sich mit den anderen Frauen so sehr wie Schwestern gefühlt und sie war auch noch nie so dankbar gewesen, Teil eines so besonderen Rudels zu sein.

„Es ist genauso, wie die Legende besagt", fügte Anjali leise hinzu. „Nanalani, die Tochter des Haikönigs, rief den Geist des Meeres herbei, um einen Zauber über ihre Perlen zu legen, damit sie Liebe erfahren konnte."

„Verlangen, Baby. Das Wort ist Verlangen", scherzte Dell.

„Liebe", beharrte Anjali.

„Leidenschaft." Tim lächelte Hailey an.

„Sehnsucht", flüsterte Chase und zog Sophie in eine Umarmung.

„Wahre Liebe." Cynthia schaute Cal an und hatte das Gefühl, ihr Herz könnte vor lauter Freude zerspringen. Dann sah sie sich unter den anderen um und ein neuer Gedanke kam ihr in den Sinn. Vielleicht war es nicht nur Cal, nachdem sie sich gesehnt hatte, sondern auch nach einem Gefühl der Zugehörigkeit. Das Verlangen nach Freunden und Familie, die nicht an Bedingungen geknüpft waren.

Jetzt haben wir alles – und noch mehr, flüsterte ihr Drache. *Ein schönes, sicheres Zuhause. Ein Rudel, zu dem wir gehören, nicht nur um es anzuführen.*

Es war schon erstaunlich, wie so viele Schätze auf einmal auf eine Frau herabregnen konnten.

„Wahre Liebe", stimmte Anjali zu und warf Dell einen strengen Blick zu. „Schließlich hat Nanalani ihre Perlen zurück ins Meer geworfen, wo sie darauf warteten, wiedererweckt zu werden, um erneut große Taten der Liebe zu inspirieren." Sie verschränkte ihre Finger mit denen von Dell, neigte den Kopf gegen den ihres Babys und seufzte. „Genau wie es in der Legende steht.“

„Die Frage ist nur, was sie gerade jetzt erweckt hat“, überlegte Silas.

Anjali kicherte. „Ist das nicht offensichtlich? Es ist immerhin eine Perle des *Verlangens*...“

Sie betonte das letzte Wort und die Frauen lächelten sich wissend an. Die meisten Männer hingegen schauten verwirrt.

Cynthia wurde purpurrot und blickte zu Cal, der völlig ahnungslos wirkte.

„Ich verstehe es nicht“, sagte Dell.

Anjali rollte mit den Augen. „Macht es denn nicht Sinn, dass eine Perle des Verlangens erwacht, wenn ihre Trägerin ... nun ja, Verlangen verspürt?“ Sie warf Cynthia einen nur gespielt entschuldigenden Blick zu. „Ich meine, wenn sie eine zweite Chance auf wahre Liebe bekommt?“

Cynthias Mund blieb offenstehen. „Woher habt ihr das gewusst?“

Sie schaute die Frauen nacheinander an. Wie hatten sie es wissen können? Sie dachte zurück und war sich sicher, dass sie sich nie erlaubt hatte, Cal zu erwähnen.

Anjali ließ ein Lächeln aufblitzen. „Nenn es Intuition.“

Dell rieb sich die Hände. „Sieh an, sieh an. Ich kann schon sehen, dass wir damit Ewigkeiten Spaß haben werden.“

„Wage es ja nicht.“

„Spaß? Womit?“, fragte Joey.

„Ähem... ähem...“ Dell wusste nicht genau, was er sagen sollte. Ein Moment, den Cynthia vielleicht sehr genossen hätte, wenn sie sich nicht darum sorgen würde, was er als Nächstes von sich geben könnte.

„Dell macht sich über mich lustig, weil ich verliebt bin“, erklärte sie, bevor Dell etwas anderes verraten konnte.

Ich liebe dich aus tiefster Seele, und verliebe mich nicht nur, flüsterte sie in Cals Gedanken.

Ich liebe dich auch, damals wie heute, antwortete er.

„Oh.“ Joey schaute erst sie und dann Cal an. Cynthia hielt den Atem an. Was würde er sagen? Einen Moment später zuckte Joey mit den Schultern und wandte sich an Dell. „Gibt es bald Nachtisch?"

Cynthia starrte ihn an. Konnte es tatsächlich so einfach für ihren Sohn sein, einen neuen Mann in ihrem Leben zu akzeptieren?

Dell stand mit einem breiten Grinsen auf. „Guter Plan. Komm und hilf mir, ihn aus der Küche zu holen, ja?"

Joey stand auf und Sophie tat es ihm gleich. „Ich mache Kaffee."

Anjali lächelte, als sie gingen, und deutete dann auf Cynthias Perlen. „Woher hast du diese Halskette eigentlich?"

„Sie war ein Geschenk meiner Mutter." Cynthia berührte die warme, glatte Oberfläche der mittleren Perle und fragte sich, ob ihre Mutter gewusst hatte, was sie eigentlich war. Sie bezweifelte es jedoch.

„Und woher hatte sie sie?", fragte Anjali. „War deine Mutter jemals auf Hawaii, wo die Perlen ihre Kraft erhalten haben?"

Cynthia spitzte die Lippen und dachte an die Legende von Nanalani, die den Perlen ihre Magie gegeben hatte.

„Nein. Sie war nie hier. Meine Mutter hat sie von ihrer Mutter bekommen, aber woher meine Großmutter diese Perlen hatte, weiß ich nicht." Sie dachte zurück und an das elfenbeinfarbene Schmuckkästchen, das ihre Großmutter in ihrem Schlafzimmer aufbewahrt hatte. „Mein Großvater hat ab und zu etwas aus seiner Schatzkammer herausgesucht – als besonderes Geschenk für sie." Als ihr klar wurde, wie das klingen musste, zuckte sie zusammen.

Und natürlich schnaubte Cal. „Schatzkammer, was? Mein Großvater hatte einen Schrottplatz."

Tim lachte. „Man weiß nie, wo man einen echten Schatz findet." Er blickte in Haileys Richtung und seine Augen strahlten mit Liebe. „Ich habe meinen in einem Einkaufszentrum gefunden."

„In einem Flugzeug", murmelte Connor und sah Jenna an.

„In einem Smoothie-Wagen." Chase sah genauso verliebt aus wie an dem Tag, an dem er Sophie kennengelernt hatte.

Cynthia konnte nicht verhindern, dass sie selbst ein wenig verträumt aussah. Sie murmelte: „Nachts am Straßenrand."

Cal strich mit dem Daumen über ihre Hand und für einen Moment verblasste die Welt um sie herum, bis es nur noch sie beide gab. Sie starrten sich in die Augen, so wie sie es vor so langer Zeit auf einer stillen Landstraße in den Adirondacks getan hatten. Sie konnte das Rascheln der Blätter fast hören und die frische Herbstluft spüren.

Aber dann wurde sie von einem belustigten Schrei aus ihren Träumen gerissen.

„Das gibt's doch nicht. Du hast den Kerl am Straßenrand aufgegabelt?" Dell lachte und tänzelte mit einem Stapel Dessertschüsseln hinter ihr herum. „Hatte sein Motorrad eine Panne? Erzähl doch mal, Cynth."

Sie grinste. „Ich war diejenige mit der Autopanne. Cal hat mich eingesammelt."

Eingesammelt... Mitgenommen... Hingelegt... Dich zu der meinen gemacht, flüsterte Cal in ihre Gedanken, so dass ihr ganz warm wurde. Sehnsucht machte sich in ihr breit.

Glücklicherweise ging Dell ein zweites Mal zum Haus zurück und Hailey beugte sich vor und deutete auf Cynthias Perle. „Komisch, ich dachte immer, sie sei weiß, aber sie ist jetzt bläulich gefärbt."

Cynthia nickte. „Das hat schon vor einer Weile angefangen."

„Als Cal hier angekommen ist?", fragte Anjali.

„Nein, ein paar Wochen vorher." Sie schaute Cal an, der die Perle studierte.

„Etwa zu der Zeit, als ich die Ostküste verließ, um dich zu finden", sinnierte er.

Sie starrte ihn an und dann auf die Perle, die zu zwinkern schien, als wollte sie sagen: *Ja, ich wusste es schon.*

„Was symbolisiert das Blau in einer Perle?", fragte Jenna.

Cynthia öffnete den Mund, um es zu erklären. Aber dann traf die Bedeutung sie wie ein Schlag – heftig – und die Worte blieben ihr im Halse stecken. Als Cal ihre Hand drückte, um sich zu vergewissern, dass es ihr gut ging, riss sie sich wieder zusammen.

„Meine Mutter hat mir gesagt, blau bedeutet, dass man *Liebe finden wird*", flüsterte sie.

Cal zog die Mundwinkel hoch. „Die habe ich schon vor langer Zeit gefunden."

Für einen kurzen Moment drohte der Kummer der vergangenen Jahre wieder hochzukommen, so dass es gut war, als Dell, Joey und Sophie zurückkamen.

„Wer möchte Kaffee?", fragte Sophie.

Der satte Duft wehte durch den Raum und alle rissen die Hände hoch.

„Außerdem haben wir Mango-Tiramisu und einen umgekehrten Ananaskuchen", sagte Dell.

„Ich habe geholfen, sie zu machen", verkündete Joey.

Alle staunten, aber Dell winkte nur ab und zeigte auf die weit geöffneten Türen. „Viel wichtiger ist das dort draußen."

Alle drehten sich um, aber niemand bemerkte etwas. Niemand außer Cynthia, deren Blick an Cals Motorrad hängen blieb, das in einer Ecke geparkt war. Ihr rosa Schal war noch immer an den Lenker gebunden. Es war wie eine düstere Erinnerung an die Vergangenheit. Gott, sie war noch so jung gewesen, als sie ihn ihm gegeben hatte. Aber selbst wenn sie damals gewusst hätte, welche Kämpfe auf sie zukommen würden, hätte sie nichts daran geändert. Nicht jetzt, da all ihr Schmerz und Kummer zu anhaltender Freude geführt hatten.

Aber sie bezweifelte, dass Dell das meinte, also suchte sie jenseits der Triumph nach einem Hinweis.

„Was?", forderte Connor.

Dell machte eine Geste, still zu sein. „Hört doch mal."

Alle lauschten einen Moment lang, aber da war nichts – zumindest nichts Ungewöhnliches.

Dell fing an zu grinsen. „Genau – nichts. Ist das nicht schön? Keine Feinde, die vom Himmel herabstürzen. Keine Geräusche von Eindringlingen. Nur Frieden. Echter Frieden."

Sie alle lauschten auf eine neue Weise und Tim nickte ernsthaft.

„Wow. Du hast recht. Es ist so friedlich wie noch nie zuvor."

„Und das Beste ist, dass es so bleiben wird", fügte Dell hinzu.

„Nun, wir müssen trotz allem achtsam bleiben", sagte Connor, aber selbst er klang ein wenig verträumt.

Cynthia schaute sich um und war fast darauf gefasst, dass ihr ein Schauer der Vorahnung über den Rücken laufen würde. Aber Dell hatte recht. Die Welt schien auf eine Weise friedlich zu sein, wie sie es noch nie zuvor empfunden hatte.

„Man kann nie wirklich sicher sein." Cal rieb sich abwesend über die verletzten Rippen. „Aber jetzt, da Moira weg ist... "

Silas verzog das Gesicht. „Und Kravik." Er schüttelte den Kopf. „Wir haben uns die ganze Zeit über nur auf Moira konzentriert. Ich hätte nie gedacht, dass Kravik sich ihr anschließen würde, um einen Großangriff zu starten."

„Wer genau war dieser Kravik überhaupt?", fragte Connor.

Silas' Gesichtsausdruck verdunkelte sich. „Der Anführer eines Drachenclans, über den ich schon seit geraumer Zeit Gerüchte gehört habe. Altes Blut, aber böses Blut, wenn Sie wissen, was ich meine. Sie haben Europa vor etwa einem Jahr verlassen – oder wurden von dort vertrieben –, um ein neues Gestaltwandlerimperium zu etablieren." Silas fixierte Cal mit seinem Blick. „Mr. Zydler, wir schulden Ihnen mehr, als wir jemals wiedergutmachen können."

Cynthia beobachtete, wie Cal Silas' Blick begegnete. Sein Gesicht verriet nichts, aber sie konnte den Stolz in den Augen ihres Gefährten glänzen sehen.

„Die Prophezeiung", flüsterte sie, ohne nachzudenken.

„Welche Prophezeiung?", fragte Hailey.

Cal zuckte zusammen und Cynthia tat es ebenfalls. Sie hatte sein Geheimnis nicht verraten wollen, auch wenn er sich immer geweigert hatte, daran zu glauben.

Aber Silas ergriff das Wort, bevor einer von ihnen es tun konnte. „Eine Prophezeiung über einen Krieger, der aus dem Nichts auftaucht und große Dinge vollbringt." Er ließ Cal dabei nicht aus den Augen. „Ein Krieger, der ein großes Übel auslöschen und eine neue Ära des Friedens in der Gestaltwandlerwelt einläuten würde."

Cal zuckte mit den Schultern. „Ach, ihr wisst schon. Ammenmärchen."

„Das glaube ich nicht, Mr. Zydler", beharrte Silas. „Das glaube ich nicht."

Einen Moment lang sagte niemand etwas und Cynthia ging das Herz auf. Cal war immer ein Außenseiter gewesen, aber im Grunde seines Herzens war er ein starker Alpha. Er war der Typ Mann, der für ein Leben unter höchstfähigen Gestaltwandlern geboren war, nicht um allein herumzuziehen. Sie schaute sich um und drückte seine Hand. Ja, Cal würde perfekt hierher passen. Dann schaute sie ihm in die Augen. Würde er dem zustimmen?

Cal räusperte sich und schaute sich um. „Die Sache ist die, dass ich von diesem ganzen Drachentöten erst einmal genug habe."

Silas zog eine Augenbraue hoch. „Ist das so?"

Cal nickte. „Ja. Ehrlich gesagt habe ich daran gedacht, mich niederzulassen." Seine Stimme klang ganz lässig, aber er klammerte seine Hand fester um Cynthias. „Und ich habe gedacht, dass Maui ganz gut zu mir passen könnte. Zumindest für eine Weile."

Silas wandte sich an die anderen. „Irgendwelche Einwände?"

Alle lächelten breit und Connor antwortete für die Anwesenden. „Nein. Solange du auf unserer Seite bleibst, Mann."

Cal lachte und zeigte mit dem Daumen auf Cynthia. „Kein Problem. Nicht, solange du auf ihrer guten Seite bleibst."

„Ich weiß nicht." Tim rieb sich mit der Hand über den Bart. „Es ist irgendwie praktisch, einen Drachentöter in der Nähe zu haben." Er nickte Cal mit purem Respekt zu. „Was ist mit dem Rest von Kraviks Clan?"

Silas schüttelte entschieden den Kopf. „Meine Kontakte auf dem Festland berichten, dass seine Kumpane einen schnellen Rückzug nach Europa antreten."

„Gut", grunzte Connor. „Sollen sie dortbleiben. Ich hoffe nur, dass es dort drüben genügend zuverlässige Gestaltwandler gibt, um sie unter Kontrolle zu halten."

Ein geheimnisvolles Lächeln spielte um Silas' Lippen. „Nach dem, was ich gehört habe…" Aber er verstummte dann und ließ dieses Geheimnis für einen anderen Zeitpunkt. „Wir schweifen ab." Er griff nach seinem Glas, hob es in Cynthias Richtung und grinste. „Ich habe einen Vorschlag, Miss Baird."

Sie blickte auf, nachdem sie den Kopf gesenkt hatte, um sich die Halskette wieder anzulegen.

„Ja, Mr. Llewellyn?"

„Da in letzter Zeit mehrere neue Mitglieder zu unserer Gruppe gestoßen sind..." Silas schwenkte sein Glas in Richtung Cal, dann zu Sophie und zu den anderen. „Nun, ich denke, es ist an der Zeit, die Abläufe hier neu zu organisieren."

Cynthia saß ganz still und befürchtete schon das Schlimmste.

„Es geht um ein bestimmtes Grundstück auf Maui, das mir gehört", fuhr Silas fort. „Eine Plantage, die mir sehr ans Herz gewachsen ist. Aber mein Onkel hat mir so viele Grundstücke vererbt..."

Jenna riss die Augen weit auf. „Auf keinen Fall, Silas. Sie können die Plantage nicht verkaufen."

Sein Lächeln wurde breiter, obwohl alle anderen schockiert aussahen. „Natürlich kann ich das. Allerdings würde ich sie nur an jemanden verkaufen, der sich besser darum kümmert, als ich es kann. Miss Baird, was meinen Sie?"

Cynthia starrte ihn an. Wollte er vorschlagen, dass sie Koakea von ihm kaufen könnte? Aber wie denn? Die Plantage war Millionen wert und sie hatte keinen Cent.

Dann löste ihr innerer Drache das Rätsel. *Jetzt, da Moira ausgeschaltet wurde, ist Joey in Sicherheit. Du brauchst deine Identität nicht mehr zu verbergen.*

Sie schlug sich eine Hand vor den Mund. „Mein Erbe." Sie könnte ihren Anspruch auf ihr gesamtes Erbe geltend machen...

Silas grinste. „Und das von Barnaby. Und das von Moira. Schließlich sind Sie die Letzte in beiden Familienlinien."

Alle starrten sie an. Dell klopfte ihr auf den Rücken. „Heiliger Strohsack, Cynth. Bist du reich?"

Sie blinzelte ein paar Mal. „Ich schätze, das könnte man so sagen."

Ein Tumult brach aus, als alle auf die Nachricht reagierten, aber Cynthia konnte sich kaum bewegen. Schließlich zog sie Joey auf ihren Schoß und umarmte ihn und Cal gleichzeitig.

„Eine Erbschaft ist schön und gut", flüsterte sie. „Aber ehrlich gesagt habe ich alle Reichtümer, die ich brauche."

Cal schlang seine Arme um sie und küsste sie auf den Kopf. „Das ist es, was ich an dir liebe. Nun, eines von vielen Dingen."

Cynthia schloss die Augen und sie lauschte dem gleichmäßigen Schlag seines Herzens, während sie mit den Fingern durch die weichen Strähnen von Joeys Haar fuhr. Sie war glücklich. So überglücklich und eine riesige Erbschaft war der geringste Teil davon. Trotzdem war der Gedanke aufregend, denn es bedeutete, dass sie für immer auf Koakea bleiben konnte. Und nicht nur das, sie konnte sich auch um ihr neues Rudel kümmern, so wie sie es sich immer gewünscht hatte.

Schließlich sammelte sie sich und hob zur Antwort ihr Glas. „Mr. Llewellyn, ich akzeptiere. Aber nur, wenn alle damit einverstanden sind."

Connor schnaubte. „Es ist dein Geld, weißt du."

Sie schüttelte den Kopf. „Es ist unser Rudel. Also was denkt ihr? Auf der Eigentumsurkunde mag vielleicht ein anderer Name stehen, aber alles bleibt beim Alten. Nun ja, größtenteils."

Sie lächelte und kuschelte sich an Cal.

„Ist mir recht", verkündete Connor.

Dell grölte. Tim und Chase klatschen sich gegenseitig ab. Anjali und Sophie umarmten sich und eilten dann zu Cynthia hinüber, um auch sie zu umarmen.

„Ich kann es nicht glauben."

„Das ist unglaublich."

„Es *ist* unglaublich", fügte Dell hinzu. „Kriege ich eine Gehaltserhöhung, Cynth?"

Sie starrte ihn mit ihrem strengsten Blick an, aber er lachte nur.

„Okay, okay." Er gab nach. „Ich gebe mich mit Nachtisch zufrieden. Sonst noch jemand?"

Cynthia lachte mit den anderen, hob ihre Hand jedoch nicht. Sich an Cals Brust zu lehnen, hatte ihren Drachen auf alle möglichen schlechten Ideen gebracht, und plötzlich sehnte sie sich nach ihrem Gefährten. Auch in Cals Augen glühten die ersten Anzeichen von Verlangen und als Joey von ihrem Schoß rutschte, um sich einen Teller Tiramisu zu nehmen…

„Ich hätte gerne Nachtisch gegessen, aber … ähm… “ Cynthia fummelte an ihrer Serviette herum.

Cal stand auf und legte eine Hand an ihre Seite. „Ich hätte auch gern welchen, aber meine Rippen bringen mich um. “

Cynthia hätte fast gelacht, als er sie mit seiner üblichen steinharten Kraft nach oben zog. In Dells Augen blitzte bereits der nächste freche Spruch auf – eine Neckerei, die er sich Gott sei Dank verkneifen konnte.

„Du musst erschöpft sein“, warf Anjali tadelnd ein und scheuchte Cal davon. „Cynthia, du gehst besser mit, falls er Hilfe braucht. “

Cynthia stand auf und Cal ließ seine Hand außer Sichtweite der anderen über ihren Hintern gleiten. „Ich brauche definitiv Hilfe. “

Cynthia folgte ihm und versuchte, nicht zu erröten. „Nun, wenn du darauf bestehst… “

„Macht euch keine Sorgen. Wir bringen euch Joey in einer Stunde“, rief Hailey.

„Oder zwei. “ Anjali zwinkerte.

Cynthia wandte sich ab und blieb ganz dicht neben Cal. Sie spürte, wie seine Körperwärme anstieg. Ja, eine Stunde oder zwei wären schön.

„Danke für das Abendessen“, rief Cal.

So sehr sie sich auch darauf freute, ein wenig Zeit mit ihrem Gefährten zu verbringen, hielt Cynthia an der Scheunentür inne und drehte sich um. Alle verbargen ihr Lächeln, da sie genau wussten, was sie und Cal vorhatten. Aber es gab noch eine Sache, die sie sagen musste.

„Ich danke euch. “ Sie griff mit einer Hand nach dem Türrahmen und hielt sich mit der anderen Hand an Cal fest. „Für alles. “

Das Grinsen wurden breiter und Connor antwortete im Namen aller. „Nichts zu danken. Und jetzt verschwinde und kümmere dich um deinen Gefährten. “

Oh ja, das hatte sie allerdings vor.

Ganz sicher, sagte ihr Drache in einem sinnlichen Flüsterton und sie zog ihren Gefährten in die Nacht hinaus. Die frische Luft konnte ihre Leidenschaft nicht abkühlen und die Sterne – hell, fröhlich und unzählig – schienen sie nur noch anzufeuern. Sie und Cal schafften es kaum um die Ecke, bevor sie sich einem langen, hungrigen Kuss hingaben. Ihre Hände flogen nur so über ihre Körper, während sich die Perle auf ihrer Haut erhitzte. Er schob seine Finger durch ihr Haar und hielt sie fest, als ob er nicht vorhatte, sie jemals wieder loszulassen.

Weil ich es niemals tun werde, murmelte er in ihre Gedanken. *Niemals wieder.*

Kapitel 22

Drei Wochen später...

„So?", fragte Joey und wischte seinen Schraubenzieher an einem fettigen Lappen ab.

„Ja. Genauso." Cal nickte und lehnte sich zurück, um ihre Arbeit zu bewundern. Nachdem er seine Triumph viel zu lange vernachlässigt hatte, hatten er und Joey sie endlich wieder auf Vordermann gebracht.

Er lächelte über das glänzende Chrom. Dieses Motorrad war die einzige Konstante in seinem Leben gewesen, seit er neunzehn war. Es hatte genauso viele Kilometer – und Veränderungen – auf dem Buckel wie er selbst. Zu Anfang war das Motorrad sein Ticket in die Freiheit gewesen und er war damit die ganze Ostküste entlang durch alle möglichen Städte gefahren, dem Ärger meistens nur einen Schritt voraus. Die ganze Zeit über hatte er sich geschworen, sich niemals eine Frau zu nehmen. Dann, in einer schicksalhaften Nacht, hatte er Cynthia kennengelernt und für eine Weile wahre Glückseligkeit erlebt. Und nicht lange danach echten Kummer. Aber jetzt...

Er schloss die Augen und holte tief Luft, wobei er mehr als nur den süßen Duft der tropischen Blumen in der frischen salzigen Luft wahrnahm. Cynthia war in der Nähe und ihr natürlicher Duft wirkte auf ihn wie Balsam – besonders jetzt, da er mit einem Hauch seines eigenen Dufts vermischt war.

Gefährtin, knurrte sein Wolf befriedigt. *Meine Gefährtin gehört endlich mir.*

In der Ferne rollten die Wellen des Ozeans langsam über die Küste, was das Gefühl der Ruhe noch verstärkte. Selbst die Thruxton – ein Meisterwerk der Technik, das geradezu

Geschwindigkeit und *Leistung* schrie – schien über die Pause glücklich zu sein. Der zerfetzte Schal, der am Lenker hing, war der einzige Teil an diesem Motorrad, der nicht im Sonnenlicht glänzte, aber das war in Ordnung, zumal er nun nicht länger seine einzige Erinnerung an Cynthia war.

In den letzten Wochen hatten sie so gut wie jede Stunde zusammen verbracht – sie aßen, schliefen und arbeiteten Seite an Seite. In der letzten Nacht hatten sie – wie in den meisten ihrer bisherigen Nächte – heißen, harten und extrem leisen Sex gehabt, da Joey im Nebenzimmer schlummerte. Dann waren sie eingeschlafen und Cal hatte seine Gefährtin die ganze Nacht im Arm gehalten – ganz nah und fest, als wäre sie der ultimative Preis für einen Krieger, der endlich seinen Weg nach Hause gefunden hatte.

Irgendwann in den Morgenstunden war Cynthia mit ihrem sechsten Sinn aufgewacht und sie hatten sich schläfrig angezogen – gerade noch rechtzeitig, bevor Joey hereingetrudelt kam und sich auf Cynthias Seite des Bettes eingekuschelt hatte. Was auch schön war. Einfach nur eine ruhige verschlafene Stunde dazuliegen, war großartig gewesen – und nicht nur wegen des Kontrastes zu einigen der miserableren Morgen in Cals Leben, die er fern von seiner großen Liebe verbracht hatte. Er schwelgte in der Ruhe. In der Stille. Dieses ungewohnte Gefühl von Frieden, innerlich und äußerlich.

Frieden. Ein Wort, das er bis jetzt nie wirklich verstanden hatte.

„Das sieht gut aus“, sagte Joey.

Cal betrachtete sein Spiegelbild im Chrom des Motorrads. *Sieht glücklich aus,* hätte er fast gescherzt. Stattdessen begnügte er sich damit, zu murmeln: „In der Tat.“

„Meinst du, Mommy wird es gefallen?“

Cal lachte und wühlte durch Joeys Haar. „Ich glaube, sie wird es lieben.“

Der kleine Rotschopf schaute sich um und flüsterte dann: „Glaubst du, sie lässt mich noch einmal damit fahren?“

Cal lächelte breit. Am Tag zuvor hatten Dell, Connor und die anderen Cal geholfen, Cynthia zu überreden, ihn eine Runde mit Joey drehen zu lassen. Es war die kürzeste und langsamste Fahrt der Welt gewesen, die sie ein paar Runden um die Plantage geführt hatte. Aber er hatte noch nie ein Kind gesehen, das so begeistert war wie Joey während dieser Fahrt.

„Ich bin mir sicher, dass sie uns noch einmal zusammen fahren lässt. Wir sind doch Partner, Mann."

Joey lächelte und wischte mit dem Lappen noch einmal über den Schalldämpfer. „Partner."

Cal nickte. *Partner* funktionierte gut für sie beide, denn Joey hatte bereits einen großartigen Vater, und Cal würde ihm helfen, die Erinnerungen an ihn für den Rest seines Lebens zu bewahren. Außerdem war Cal sich nicht sicher, ob er schon bereit war, Dad genannt zu werden. *Partner* hingegen half ihnen beiden, sich in ihren neuen Rollen zurechtzufinden.

Das Knirschen von Kies signalisierte, dass jemand um die Ecke der Scheune kam.

„Wow. Das sieht ja toll aus", rief Cynthia.

Cal wirbelte herum und grinste, noch bevor er sie entdeckt hatte. Was auch immer er hatte erwidern wollen, blieb ihm jedoch im Halse stecken, denn ihr Anblick verschlug ihm jedes Mal die Sprache.

Sieht toll aus. Sein Wolf pfiff praktisch.

Die Sonne reflektierte von ihrem langen schwarzen Haar und verlieh ihr einen himmlischen Glanz. Ihr Lächeln war sanft und voller Staunen, als würde sie Zeugin eines wahrgewordenen Traumes werden.

Cal schluckte. Es sollte nicht möglich sein, sich noch mehr zu verlieben als zuvor, aber er tat es trotzdem. Cynthia schien es genauso zu gehen – sie wirkte glücklicher, ruhiger und noch schöner als je zuvor. Bildete er sich das nur ein oder war irgendetwas anders an ihr? Etwas, dass er nicht genau benennen konnte, wie ein schwaches Strahlen.

Er räusperte sich und deutete auf Joey. „Das verdanken wir alles diesem Kerl hier."

Joey strahlte und Cynthia lächelte. Ihr Blick verweilte einen Augenblick auf dem Schal, dann auf Cal und ihm wurde ganz warm.

„Ich finde, die sieht immer noch alt aus", murmelte Dell im Vorbeigehen.

Cal schnaubte. „Die ist Vintage, Mann.“

„Ein bisschen wie du?“ Dell gluckste.

Cynthia klopfte Cal auf die Schulter. „Er ist wie ein guter Wein. Wenn du uns jetzt entschuldigen würdest...“

Dell verstand den Wink und schlenderte weiter. Cynthia deutete auf den Hügel hinter ihnen. „Seid ihr beide bereit, zu gehen?“

„Sicher. Wir haben nur auf dich gewartet“, sagte Cal.

Innerhalb weniger Minuten hatten er und Joey alles aufgeräumt und sie gesellten sich zu Cynthia, die auf einen Weg deutete, der hinter einem Feld mit Kaffeepflanzen verschwand.

Joey nahm ihre Hand. „Wohin gehen wir, Mommy?“

„Zu dem Ort, den ich dir und Cal zeigen wollte.“

In ihrer Stimme lag ein Hauch von Neckerei, aber Cal war zu sehr damit beschäftigt, die winzigen Narben an ihrem Hals zu bewundern, um ihren Worten Beachtung zu schenken. Eine Woche, nachdem sie ihm den Paarungsbiss gegeben hatte, hatte er sich auf dem Höhepunkt einer weiteren leidenschaftlichen Nacht revanchiert. Ein Feuerschwall war durch seinen Körper gerauscht, als sich ihre Drachenessenz mit seinem Wolfsblut vermischte.

Cynthia schaute zu ihm zurück und errötete plötzlich. *Würdest du damit aufhören?*

Er grinste. War es seine Schuld, dass ihn bei der Erinnerung daran die Lust übermannte?

Cynthia versuchte, züchtig zu wirken, aber es gelang ihr nicht.

Als ob du nicht auch daran denken würdest, forderte er sie heraus.

Ständig, gab sie zu. *Aber im Moment...* Sie deutete mit dem Ellbogen auf Joey.

Cal holte ein paar Mal tief Luft. Das war das Schwierige daran, verpaart zu sein – das ständige Bedürfnis, sich mit der Frau, die er liebte, zu vereinigen. Aber ein Spaziergang war auch schön und Cynthia war ganz eindeutig aufgeregt über das, was sie ihnen zeigen wollte. Also drängte er seine Lust in den Hintergrund und ließ die Neugierde in den Vordergrund treten.

„Was genau ist dort oben?"

„Das wirst du schon sehen", sagte sie plötzlich ganz schüchtern.

Der Weg schlängelte sich mal hierhin, mal dorthin, hob und senkte sich mit den Konturen der Plantage. Sie gingen um den Kaffeehain herum und stiegen dann in die vom Bach ausgehöhlte Schlucht hinab. Cal schnupperte und nahm den Duft von Frangipanis, Ingwer und Löwe wahr – schließlich wohnten Dell und Anjali gleich um die Ecke. Dann kletterten sie auf der anderen Seite wieder hinauf und wichen dabei ein paar Ästen aus. Vor ihnen lichtete sich das Laub und Cal konnte sich noch nicht einmal vorstellen, wie unglaublich die Aussicht von dort oben sein musste. Cynthia erklomm die nächste Anhöhe und schaute dann zurück.

„Der Weg muss ein wenig gerodet werden, aber... "

Sie deutete mit einer Geste auf die offene Fläche, die vor ihnen lag. Als Cals Blick über die sattgrüne Landschaft glitt, seufzte sein Wolf. *So viel Platz.*

Dieser Hang war ein kleines Paradies für sich, das so angewinkelt war, dass man es vom Rest der Plantage aus nicht sehen konnte. Die Meeresbrise wehte über das Gelände und ließ das hohe Gras auf eine Weise tanzen, die seinen Blick von einem kleinen Detail zum nächsten lenkte. Auf der einen Seite befand sich ein Felsvorsprung – der perfekte Ort für einen Wolf, um den Mond anzuheulen, oder für einen Drachen, um von dort aus zu starten. Eine Gruppe von sechs Bäumen auf der anderen Seite bildete einen kleinen Obstgarten und in der Mitte des Geländes...

Cal blieb stehen und starrte auf das perfekte kleine Häuschen. Ein niedriger weißer Bungalow, der in einer Zeit gebaut worden sein musste, als sich die Leute noch die Zeit nahmen, Verzierungen zu schnitzen und Quadrate aus Buntglas in die Rahmen zu setzen. Das Fenster neben der Eingangstür war ein einziges großes, grünes Stück Glas umgeben von kleinen gelben, blauen und roten Täfelchen, während das Fenster an der Nordseite die gelbe Farbe in der Mitte hatte, die an allen vier Seiten von bunten Täfelchen umgeben wurde.

„Ein nettes Haus", murmelte er.

Cynthias Augen füllten sich mit Hoffnung. „Es ist nett."

Ein Schleier lag über ihren Gedanken, aber Cal vermutete, dass ihr Gedankengang in etwa so lautete, *Nett genug, um darin zu wohnen.*

Joey sprang voraus. „Oh! Ich kenne dieses Haus. Tim hat mich das Dach mit ihm prüfen lassen. Ich durfte sogar darunter kriechen."

Cal hatte nicht viel darauf geachtet, was der Bärengestaltwandler so tat. Aber wenn er jetzt darüber nachdachte, konnte er sich daran erinnern, dass Tim tatsächlich einige Male in diese Richtung verschwunden war.

„Sollen wir es uns näher ansehen?", fragte Cynthia, ach so beiläufig.

Cal nickte und folgte ihr, während er sich fragte, warum der weiße Lattenzaun in ihm nicht den Drang auslöste, sich umdrehen und weglaufen zu wollen. Solche Zäune waren etwas für Leute, die sesshaft werden wollten. Typen, die ihre Wochenenden gern mit Hausreparaturen verbrachten, anstatt auf ihren Motorrädern über Autobahnen zu rasen. Typen, deren Gedanken vielleicht sogar so weit gingen, eines Tages eine Familie gründen zu wollen.

Sein Wolf peitschte ein paarmal mit dem Schwanz. *Unsere eigene kleine Höhle.*

Nun, *Höhle* war nicht gerade das richtige Wort dafür – nicht für diese sonnendurchflutete Veranda oder die breiten, fröhlichen Fenster. Aber es passte zu dem gemütlichen Gefühl, das der Ort vermittelte.

„Das beste Zimmer ist hinten." Joey riss die Vordertür auf und stürmte hinein.

„Warte, mein Schatz–", rief Cynthia und hielt dann inne.

Cal konnte spüren, wie sie mit sich rang. Wer würde gewinnen – die überfürsorgliche Mutter, die schon so viel durchgemacht hatte? Oder die mächtige Drachendame, die genug Vertrauen in die Welt hatte, um ihrem Sohn ein wenig Freiraum zu geben?

Ehrlich gesagt, war auch Cal selbst ein wenig angespannt. Aber dann erinnerte er sich daran, was die anderen Jungs Cynthia stets sagten.

Entspann dich... Lass das Kind ein Kind sein...

Es war schwer, sich zu entspannen, wenn etwas so Kostbares wie ein Kind auf dem Spiel stand, aber Dell, Connor und die anderen hatten recht. Es lag kein Hauch von feindlichem Drachen in der Luft und es gab auch keinen Hinweis auf unbekannte Gestaltwandler, die sich zu einem weiteren Angriff heranschlichen.

„Schon gut." Cynthia ließ Joey weiter galoppieren.

Cal folgte ihr die knarrenden Stufen hinauf. Das Fliegengitter quietschte, als sie es öffneten und ins Haus traten, wo Joey bereits von Zimmer zu Zimmer rannte.

„Das dort ist das größte Zimmer und dieses dort hat ein riesiges Spinnennetz. In dem hier ist ein Schrank, der ein Piratenversteck ist." Joey plapperte vor sich hin und wies auf jede Besonderheit hin, die für ein Kind interessant war.

Cal betrachtete es mit anderen Augen. Die Tapete löste sich ab und die Armaturen im Bad sahen aus, als wären sie hundert Jahre alt. Aber wow. Das Haus hatte echt Potenzial.

„Was denkst du?", flüsterte Cynthia und hielt seine Hand.

Cal schaute sich um. „Ich denke, dass man sechs Monate hart arbeiten müsste, um es bewohnbar zu machen, aber ja. Es ist ein schönes Haus."

„Sechs Monate sind mehr als genug", murmelte Cynthia.

Für einen kurzen Moment fragte er sich, worauf ihre Frist beruhte, aber der Blick auf die Aussicht lenkte ihn ab. So viel Meer praktisch vor seiner Haustür. All diese Weite. Und gleichzeitig war der Rest von ihrem Rudel nicht weiter entfernt als vom Haupthaus. Dell und Anjali wohnten drüben am Bach. Und Jenna und Connor lebten am Rande der Klippe, die den Blick auf das Meer abschloss. Dennoch bot dieser Bungalow ein Gefühl von Privatsphäre, die das Haupthaus der Plantage niemals bieten konnte. Nicht mit dem gemeinsamen Küchen- und Wohnbereich im Erdgeschoss.

Er schaute zu Cynthia auf. Dachte sie, was er dachte?

„Es ist ziemlich perfekt." Es war schwer, beiläufig zu klingen, wenn sein Wolf von Minute zu Minute verzauberter war. Wenn er nicht aufpasste, würde das Biest anfangen, im Kreis zu rennen und gemeinsam mit diesen Gedanken seinem Schwanz nachjagen.

Unser eigenes Haus. Unser eigener Garten. Unser eigenes Zuhause.

„Perfekt für...?", fragte Cynthia.

Ihre Worte hingen in der Luft und er spürte, wie sie den Atem anhielt. War er wirklich bereit für ein Leben wie dieses?

Verdammt ja, bellte sein Wolf.

Er brauchte nicht einmal darüber nachzudenken. „Perfekt für uns."

Cynthia umarmte ihn mit Tränen in den Augen. Eine Umarmung, die von tiefen, grenzenlosen Hoffnungen sprach und nicht länger von dunklen, unausgesprochenen Ängsten.

„Es ist perfekt." Sie schaute sich um. „Viel Platz für uns alle."

Er lächelte über das Wort *alle.* Drei Personen waren nicht wirklich viele. Aber sie hatte recht. Das große Zimmer wäre perfekt für ihn und Cynthia. Das Hinterzimmer war für Joey geeignet und...

Sein Blick wanderte zum dritten Zimmer und sein Herz klopfte schneller.

„Viel Platz für uns alle", wiederholte Cynthia, ließ eine Hand zu ihrem Bauch gleiten und tätschelte ihn leicht.

Zuerst nickte Cal beiläufig, aber dann setzten sich die Zahnräder in seinem Kopf endlich in Bewegung.

Für uns alle... Sechs Monate sind genug... Die zärtliche Art, wie sie ihre Mitte berührte.

Seine Kinnlade klappte auf. „Für uns alle?"

Cynthia nickte. „Für uns alle. Für dich. Für mich, Joey..." Sie nahm seine Hand und führte sie zu ihrem Bauch. „Und für sie."

Cal holte tief Luft. Er hatte Cynthias inneres Strahlen darauf zurückgeführt, dass sie eine frisch verpaarte Gestaltwandlerin war. Und ein Teil davon hatte ganz sicher auch damit zu tun. Aber als er ihren Duft genauer untersuchte, entdeckte er etwas ganz anderes darin, das sich wie eine Ranke aus winzigen weißen Blüten um den Rest schlängelte. Etwas Süßes, Zerbrechliches und völlig Unschuldiges.

Ein Baby? So bald schon?

Sein innerer Wolf grinste stolz und murmelte etwas von potentem Hundeblut.

Er liebte den Gedanken, aber es verblüffte ihn. Die meisten Gestaltwandler – sogar vorbestimmte Schicksalsgefährten – brauchten ewig, um schwanger zu werden. Er und Cynthia waren erst seit ein paar kurzen Wochen verpaart.

Der Blick in Cynthias Augen wurde ganz bittersüß, als sie ihren Drachen in seinen Gedanken sprechen ließ. *Es waren wohl eher Jahre.*

Ein Stich der Traurigkeit durchzuckte ihn, aber eine Flutwelle von Freude überschwemmte ihn sofort danach. Er riss Cynthia von den Füßen und wirbelte sie im Kreis herum.

Joey kam angerannt und klatschte begeistert, ohne zu wissen, worüber sie sich so sehr freuten. „Ich auch! Ich auch!"

Cal ließ Cynthia lange genug los, um auch Joey herumzuwirbeln, wobei er die ganze Zeit über lachte. Er zog sie beide in seine Arme, drückte seine Wange an die von Cynthia und atmete ihren Duft ein. Lichtstrahlen strömten durch die Fenster – gelb, grün und rot. Es gab sogar einen blauen Lichtstrahl, der aus einem weiteren kleinen Raum auf der rechten Seite hereinschien.

„Vielleicht gibt es sogar genug Platz für mehr als ein Baby", flüsterte Cynthia im Spaß und Ernst zugleich.

Cal grinste und küsste sie lange und innig. „Gnädige Frau, das ganze Leben ist ein einziges großes Vielleicht. Und das meine ich auf die bestmögliche Weise."

Sneak Peek: *VERLOCKUNG DES JÄGERS*

Streng tabu oder vom Schicksal vorherbestimmte Gefährten?

Josie hat ein Geheimnis – das kein Wolfsrudel entdecken darf. Aber mit einem alten Feind auf den Fersen bleibt ihr keine andere Wahl, als Lance zu vertrauen, dem Mann von der falschen Seite der Gleise. Zuerst scheint es eine gute Idee zu sein, auf Lance' Motorrad mitzufahren. Aber als sich Josie dem faszinierenden Kojotengestaltwandler nach und nach öffnet, könnte sie damit alles aufs Spiel setzen.

Die neue Wölfin auf der Ranch mag als streng tabu gelten, trotzdem kann sich Lance einfach nicht von ihr fernhalten. Als der Nervenkitzel der Jagd sein Blut auf mehr als eine Weise in Wallung versetzt, ist er bereit, jede Grenze zu überschreiten und jede Regel zu brechen. Das Schicksal sagt, dass sie ihm gehört – der herrschende Alpha des Rudels hingegen meint, sie gehöre einem anderen.

DIE WÖLFE DER TWIN MOON RANCH

Die Twin Moon Ranch: Heimat eines Rudels von Wolfsgestaltwandlern, die bereit sind, für das Leben und die Liebe zu kämpfen. Mit Schurken, Vampiren und menschlichen Übergriffen, die das Rudel und ihre Gefährtinnen bedrohen, hat der Hawthorne-Clan garantiert alle Hände voll zu tun.

Weitere Titel von Anna Lowe

Aloha Shifters - Perlen des Verlangens

Drachenrebell (Buch 1)

Bärenrebell (Buch 2)

Löwenrebell (Buch 3)

Wolfsrebell (Buch 4)

Rebellenherz (Buch 5)

Alpharebell (Buch 6)

Der Ruf des Drachen (Buch 1)

Der Ruf des Wolfes (Buch 2)

Der Ruf des Bären (Buch 3)

Der Ruf des Tigers (Buch 4)

Die Verlockung des Drachen (Buch 5)

Der Ruf des Fuchses (Buch 6)

Töchter des Feuers - Billionaires & Bodyguards

Töchter des Feuers: Paris (Buch 1)

Töchter des Feuers: London (Buch 2)

Töchter des Feuers: Rom (Buch 3)

Töchter des Feuers: Portugal (Buch 4)

Töchter des Feuers: Irland (Buch 5)

Töchter des Feuers: Schottland (Buch 6)

Töchter des Feuers: Venedig (Buch 7)

Töchter des Feuers: Griechenland (Buch 8)

Töchter des Feuers: Schweiz (Buch 9)

The Wolves of Twin Moon Ranch

Desert Hunt (die Vorgeschichte)

Desert Moon (Buch 1)

Desert Blood (Buch 2)

Desert Fate (Buch 3)

Desert Heart (Buch 4)

Desert Rose (Buch 5)

Desert Roots (Buch 6)

Desert Yule (eine Kurzgeschichte)

Desert Wolf: Complete Collection (vier Kurzgeschichten)

Sasquatch Surprise (ein Ableger der Twin Moon Story)

Blue Moon Saloon

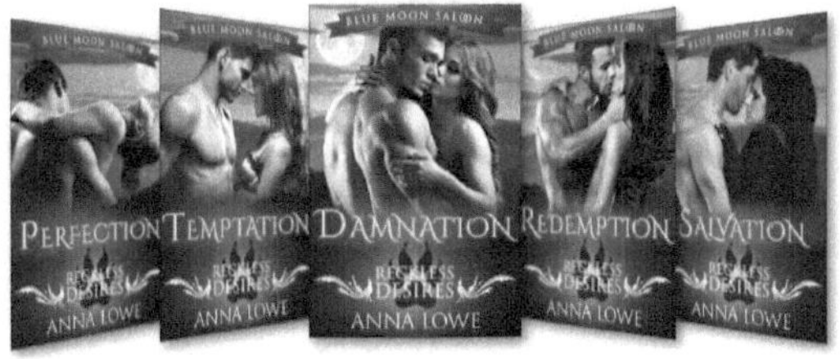

Perfection (die Vorgeschichte in Kurzform)

Damnation (Buch 1)

Temptation (Buch 2)

Redemption (Buch 3)

Salvation (Buch 4)

Deception (Buch 5)

Celebration (ein Festtagsschmaus)

Shifters in Vegas

Paranormal romance with a zany twist. Im englischen Original bei Amazon erhältlich.

Gambling on Trouble

Gambling on Her Dragon

Gambling on Her Bear

Serendipity Adventure Romance

Im englischen Original bei Amazon erhältlich.

Off the Charts

Uncharted

Entangled

Windswept

Adrift

Travel Romance

Im englischen Original bei Amazon erhältlich.

Veiled Fantasies

Island Fantasies

www.annalowe.de

Über Anna Lowe

USA Today und Amazon Bestseller Autorin Anna Lowe schreibt fesselnde Romane mit tatkräftigen Heldinnen und unwiderstehlichen Helden in exotischen Umgebung, mit jeder Menge Zündstoff für scharfe Romantik.

Sie liebt Hunde, Sport und Reisen, die auch die Inspiration für Ihre Bücher liefern. Wenn Anna nicht gerade in die Arbeit an ihrem nächsten Buch vertieft ist, kannst Du Sie am Wochenende beim Wandern in den Bergen antreffen. Egal wo und wie – sie wird den Tag mit einem leckeren Stück Zartbitterschokolade ausklingen lassen.

Einfach mal vorbeischauen, auf **www.annalowe.de**.